KB096067

하늘이여
땅이여

하늘이여 땅이여 2

개정판 1쇄 발행 | 2023년 04월 28일

지 은 이 김진명
발 행 인 김인후
편   집 장혜리
마 케 팅 김서연
디 자 인 이시온
경 영 총 괄 박영철

주   소 서울시 은평구 통일로 1034, 판매시설동 228호
문 의 전 화 02-322-8999
팩   스 02-322-2933
블 로 그 blog.naver.com/eta-books
인스타그램 instagram.com/etabooks
발 행 처 이타북스
출 판 등 록 2019년 6월 4일 제2021-000065호

하늘이여 땅이여

2

김진명 장편소설

이타

차례

음모

수아는 며칠 동안이나 다이얼을 돌린 후에야 해외 출장에서 갓 돌아온 니콜슨 수사관과 통화를 할 수 있었다.

"그 숫자의 비밀을 풀었어요. 아마 탈세는 아니고 투자계획인 모양이에요. 그런데 상금은 얼마죠?"

"투자계획이라구? 제기랄, 한 건 할 걸로 기대했는데."

"상금은요?"

"범죄와 아무런 관련이 없을 때에는 국고에서 상금이 나갈 수 없어. 하지만 염려 마, 수아가 뉴욕에 오면 내가 치즈버거 정도는 사줄 테니."

"그렇게 해서 될 일이 아녜요."

"왜?"

"친구에게 상금이 나온다고 하고 현상을 걸었거든요."

"저런! 그럼 우선 수아 돈으로 햄버거를 사줘야겠군."

그것이 탈세 자료가 아니라고 하자 니콜슨 수사관은 흥미를 잃은 기색이 역력했다.

"그래도 어떻게 좀 해 보세요. 그때 상금이 나올 거라고 해서 제가 현상을 걸었잖아요."

"그래, 노력해 보지."

니콜슨은 건성으로 대답했다.

"숫자풀이는 팩스로 보낼까요?"

"팩스? 안 보내도 돼. 내가 그냥 구두로 보고할 테니까 그 숫자들은 쓰레기통에 넣어버려."

"친구한테 약속을 했단 말이에요. 상금을 줘야 해요. 상금 준다는 얘기를 믿고 친구에게 맡겼으니까요. 그러면 상금이 나오도록 최선을 다해야 할 것 아니에요."

"그래. 알았어요, 알았어. 팩스로 보내줘. 그리고 참, 수사는 종결할 테니까 수아도 휴대용 컴퓨터에 있는 그 숫자들을 지워버려야 해."

월스트리트의 한복판에 자리 잡고 있는 라이언펀드의 77층에서 엘리베이터가 멎었다. 기다리고 있던 회장의 여비서가 애교 넘치는 웃음을 흘리며 엘리베이터에서 나온 두 신사를 안으로 안내했다.

"니콜슨 수사관이시죠. 반갑습니다. 회장입니다."

"환대해주셔서서 고맙습니다."

비서가 가져온 차를 마시고 나자 니콜슨은 표정을 바꾸고는 목소리를 약간 높였다.

"탈세에 대한 추가 수사를 모두 마쳤습니다. 우리는 그 결과를 국세청에 통보하는 것으로 수사를 종결하기로 결정했습니다. 즉, 형사처벌은 없다는 것입니다."

"고맙습니다, 너무나 사려 깊은 처분입니다. 우리 회사는 절대적으로 받아들이겠습니다."

"물론 추적수사를 하면 그 외에도 이것저것 있겠지만 고의가 없는 것으로 인정하겠습니다."

"너무나 고맙습니다."

"이봐, 그 서류들을 모두 넘겨드려."

니콜슨의 부하 직원은 가방에서 서류를 꺼내 넘겨주었다.

"압수 번호를 확인하십시오."

"네."

"연방법에 따라 우리는 압수했던 서류의 등본, 감정, 혹은 이에 관련한 서류의 진본, 등사본 등을 한 장도 가지지 않았음을 확인해 드립니다."

몇 개의 번호를 확인하고 압수당했던 서류를 앞으로 끌어당기던 회장의 눈길이 맨 위에 놓인 한 장의 팩스 용지에 멎었다. 그의 눈초리는 수아가 작성한 숫자의 의미 풀이를 순간적으로 무섭게 훑었다.

"아, 이것은 외부에 의뢰했던 감정의 회신입니다. 탈세가 아니라는 의견이지요."

"외부에 의뢰했다구요? 그것은 위법이 아닙니까?"

비록 한 장의 팩스였지만 회장은 매우 민감한 반응을 보였다.

"아닙니다. 적법 절차에 따랐습니다. 이 사람은 감정

요원으로 정식 위촉을 받았습니다. 그의 휴대용 컴퓨터에 있는 내용도 지웠습니다."

니콜슨은 정식 절차를 밟았던 것이 다행이라 생각했다. 수사에 조력하는 모든 인물은 사무실에서 위촉장에 서명을 하게 되어 있었다.

"아, 그렇습니까."

회장은 금세 태도를 누그러뜨렸다.

"그 사람에게는 불행하게도 수고비를 못 주게 되었습니다. 내가 햄버거 값이라도 줄 테니 계속 생각해보라고 한 것이 그 친구로 하여금 이런 팩스를 보내게 했으니까요. 이게 투자계획이 아니라 탈세 자료였다면 그 친구 몇 년 먹을 햄버거 값은 벌었을 텐데."

니콜슨의 농담에 세 사람은 다 같이 웃었다.

"우리가 지불하고 싶습니다. 무혐의를 입증해주었으니까요."

"고맙지만 불법입니다."

"그러나 아무도 모르는걸요."

"물론 제가 개인적으로 가볍게 요청하긴 했지만 감정인에게 피감정자가 사후 사례를 하는 것은 감정법 위반입니다."

회장의 눈초리가 다시 팩스를 훑었다. 가장자리 맨 위에 송신자의 팩스 번호가 있는 것을 확인한 그의 표정에 얼핏 미소가 스쳤다. 그는 더 이상 니콜슨을 조르지 않았다.

"뭐라구, 아지트에 도둑이 들었어?"

수아는 전화를 받고 깜짝 놀랐다.

"그래, 온통 다 뒤집어놓았어."

"없어진 건 뭐지?"

"글쎄, 없어진 건 없는 것 같아. 다만 컴퓨터의 모든 파일이 지워져 있을 뿐이야."

"이상한 도둑이네."

"경찰에 신고를 해야겠어."

"당연히 해야지."

전화를 끊으려던 수아는 뭔가가 생각났는지 다시 수화기를 고쳐 잡았다.

"참, 전에 내가 팩스 보내달라고 줬던 종이 있지?"

"응, 뉴욕으로 보낸 거?"

"그래, 그거 없애버려. 그럴 리는 없겠지만 만에 하나라도 경찰이 그걸 캐물으면 귀찮아져."

"알았어."

전화를 끊은 지 5분쯤 지나서 수아는 다시 수화기를 들어야 했다.

"수아야, 그게 없어졌어."

"그거라니?"

"네가 보내라던 팩스 원본 말이야."

"잘 찾아봤어?"

"그럼. 보내고 나서 팩스 선반 위에 그냥 두었는데 지금 보니 없어."

"알았어. 별것 아니니까, 혹시 경찰이 온 다음에 그게 나오면 아무것도 아니라고 하고 구겨서 버려. 경찰이 그런 걸 물어볼 리도 없지만."

"알았어."

스탠퍼드에는 워낙 학생들이 많다 보니 가끔 도난사건이 발생했다. 유학생들은 아지트에 도둑이 들었다는 얘기에 놀라긴 하면서도 대수롭지 않게 넘겨버렸다. 누군가 장난으로 방을 뒤지고 파일을 지워버렸을 거라고 생각한 것이다.

논문 준비를 위해 휴대용 컴퓨터를 켜던 수아는 눈에 들어오는 숫자를 보고 고개를 흔들었다. 테드에게 했던 약속이 큰 부담으로 다가오는 것이었다. 니콜슨 수사관은 비겁했다. 한 학기 등록금은커녕 1달러짜리 지폐 한 장 받지 못할 것이라고 생각하며 수아는 그 숫자들을 지워버렸다. 테드에게는 사과를 하고 근사한 저녁이라도 사는 도리밖에는 없었다.

수아는 초조해졌다. 여간내기가 아니던데. 수아는 서랍 속에 있는 돈을 모두 꺼내 세어보았다. 빠듯한 금액이었다. 난감했지만 하루 잘 먹고 2주 동안은 토스트로 때우면 되겠지 생각하며 테드에게 한 번도 가보지 못한 최고급 음식점에서 만나자고 약속했다.

"운이 좋았어요. 아마 엔화가 끼여 있지 않았으면 못 풀었을 거예요."

테드는 수아의 주머니 사정을 모를 리 없었지만 사양 않고 비싼 메뉴를 골라서는 무심한 동작으로 칼질을 하면서 겸손을 떨었다. 수아에게는 그런 테드가 개선장군의 무용담보다 더 뽐내는 것으로 여겨졌다. 눈치챌까 봐 너무 싼 것을 시키지도 못한 수아는 메뉴에 표시된 정가 외에 팁이니 세금이니 하는 것들이 얼마나 붙을까 신경을 쓰면서도 테드의 이야기에 장단을 맞추지 않을 수 없었다.

"비록 J가 단서가 되었다 하더라도 그 막막하던 숫자들의 수수께끼를 풀었다는 것은 대단한 두뇌를 가졌단 얘기예요."

그러나 테드는 수아의 칭찬에 별로 관심을 보이지 않았다. 수아는 테드를 이야기 속으로 끌어들이려 계속 숫자에 대한 질문을 던졌다.

"그런데 그 회사는 왜 우리나라 환율에 각국의 화폐를 맞추어 두었을까요?"

"글쎄, 무역을 하는 회사겠죠."

"아니, 금융회사라고 했는데."

"그럼 국제투자를 전문으로 하나 보죠."

"그렇겠네요."

대화는 수아가 이끄는 대로 이어지지 않았다. 수아는 계속 그 숫자가 범죄와는 상관이 없다는 사실을 주지시키기 위해 화제를 바꾸지 않았다.

"그 회사는 한국에 투자를 많이 하나 보죠? 액수가 엄청나게 크던데요."

"글쎄요."

테드는 여전히 무뚝뚝하게 대답했다. 수아는 이러다가는 대책 없이 끌려갈 것 같은 생각이 들어 단도직입적으로 말을 꺼냈다.

"그나저나 상금을 못 받아서 어떡하죠?"

테드는 표정을 홱 바꾸었다.

"상금을 못 받다니요?"

수아는 자초지종을 설명했다. 테드의 입에서 무슨 소리가 나올지 몰라 조마조마해하는 수아의 귀에 뜻밖에도 부드러운 목소리가 들렸다.

"할 수 없죠, 그 친구들이 그렇게 나온다면."

수아는 안도의 숨을 내쉬며 말했다.

"이해해줘서 고마워요."

"그런데 조건이 있어요, 상금 대신에요."

수아는 갑자기 사레가 들려, 마시던 물을 입 밖으로 흘렸다.

"조건이라구요? 상금 대신?"

"나와 한 달 동안 데이트할 것."

"네?"

집으로 돌아오는 차 안에서 수아는 야릇한 기분에 사로잡혔다. 계속 상금 얘기를 할까 봐 난감해하는 순간에 돌연 무뚝뚝한 태도를 바꿔 부드럽게 다가온 테드.

그러나 마음을 놓는 순간 그가 제안한 한 달 동안의 데이트. 도대체 테드라는 남자를 어떻게 생각해야 할지 몰랐다. 태도가 좀 특이하기는 하지만 기분 나쁜 사람은 아니라고 생각했다.

수아는 자신을 이렇게 곤란한 상황에 빠뜨린 그 난해한 숫자들을 떠올렸다. 우리나라 환율에 각국의 화폐를 맞추어두었다는 사실. 테드의 해답을 더듬던 수아는 문득 하나의 의문점을 발견했다.

'40퍼센트씩이 곱해져 있다는 것은 무슨 의미일까?'

수아는 니콜슨 수사관이 그 회사가 라이언펀드라는 이름의 금융회사라고 하던 것을 떠올렸다. 그렇다면 모두가 한국 돈으로 계산되고 같은 비율이 곱해져 있는 것은 한국에 투자를 해서 그 정도의 수익을 얻는다는 뜻으로 볼 수 있었다. 그런데 돈은 왜 달러가 아닌 각국의 통화로 분산되어 있을까? 그 회사가 세계 각지에 지사를 두고 그 지사들에서 각각 한국에 투자를 한다는 의미일까?

수아의 머리는 숫자의 의미를 파악하기 위해 쉴 새 없이 돌아가고 있었다. 그런데 깊이 생각할수록 어딘지 석연치 않은 기분이 들었다. 니콜슨 수사관에게 그것이 투자계획이라고 말해버린 것은 성급하지 않았나 하는 후회조차 들었다.

그러나 금융회사의 생리를 모르는 수아로서는 숫자만 가지고 그 속에 숨은 뜻을 파악하는 데는 한계가 있었다. 비전문가의 입장에서 차분히 생각만 한다고 알아낼 수 있는 일이 아니었다.

'참, 그 생각을 왜 못했을까?'

수아는 정완에게 전화를 걸었다.

"아저씨, 수아예요."

"그래, 수아. 어떻게 지내니? 하하, 리노에서 돈이 떨어져 전화한 건 아니지?"

"아저씨두 참. 물어보고 싶은 게 있어서 전화했어요."

"뭐지? 우리 천재 아가씨도 모르는 게 있나?"

"탈세 혐의가 있는 어떤 자료를 FBI로부터 받았는데요, 금융회사 것이었어요. 탈세가 아닌 사업계획 같은 것이어서 수사는 종결했다는데 뭔가 석연찮은 게 있거든요. 좀 도와주세요."

"그래, 마침 보고 싶던 참이니 오너라."

"뉴욕으로요?"

"그래."

"차비가 없는데요."

"차비가 문제겠니? 유나이티드에어라인의 티켓 카운터로 가. 내가 지불해둘 테니."

"그래도 될지 모르겠네요."

"수아는 우리 회사를 구해준 은인인데 이쯤이야."

"쑥스럽네요. 그럼 바로 출발할게요."

검은돈

정완은 라과디아공항에 차를 가지고 직접 나와 있었다.

"어머, 이렇게 큰 차는 처음 타봐요."

"내겐 차 안에 타고 있는 수아가 더 크게 느껴지는걸."

"호호, 근데 이번엔 아저씨가 제게 머리를 빌려주셔야 해요."

"그래. 하지만 먼저 호텔에 가서 샤워라도 좀 하고 편히 쉬면서 얘기하자꾸나."

스탠퍼드에서 샌프란시스코, 다시 뉴욕까지의 여행은 결코 짧은 것이 아니었다. 정완은 호화로운 호텔은 오히려 수아에게 부담만 된다는 것을 잘 알고 있었다. 그래서 그는 센트럴파크 부근의 조용하고 자그마한 호텔로 수아를 안내하고는 그녀가 샤워를 마칠 때까지 로비에서 기다렸다.

"기분이 한결 좋아졌는데요."

"그래, 식사는 뭘로 할까?"

"오랜만에 우리나라 음식 좀 먹고 싶어요."

"참, 그렇겠군. 그럼 우래옥으로 갈까?"

"좋으실 대로요."

한국 식당에 자리를 잡고 앉기가 바쁘게 수아는 그 숫자표를 꺼내놓고 정완에게 설명했다.

"각각의 숫자에 40퍼센트씩을 곱한 것은 잘 생각해보면 그 의미를 알 수 있어요. 투자수익률이죠. 우리나라에 투자를 하는 것이 좋은지 나쁜지는 모르겠지만 문제는 그 액수가 너무 크다는 사실이에요. 한 회사가 이렇게 엄청난 자금을 어디에 투자하는 거죠? 또 그렇게 투자해서 무슨 수로 40퍼센트의 이익을 얻겠어요? 그래서 아저씨한테 물어봐야겠다고 생각한 거예요."

정완은 뭔가를 곰곰이 생각하더니 고개를 가로저었다.

"라이언펀드라면 자금 동원력이 엄청나지. 25억 달러라도 과감하게 투자할 수 있단다. 그러나 악랄한 돈 사냥꾼인 그들로서도 한 곳에 집중 투자한다는 것은 엄청난 도박이지. 회사의 운명을 걸어야만 생각할 수 있는 일인데 나로서도 이해가 잘 안 가는구나."

"그런데 그 돈을 어디에 투자하죠? 플랜트 건설일까요, 아니면 합작 사업?"

"이 회사는 그런 일에 투자하지는 않는다. 헤지펀드라는 말 들어본 적 있니?"

"없어요. 그게 뭐죠?"

"오로지 금융사업만 하는 회사들이지. 자본주의의 최

첨단을 걷는 회사들이다. 돈이 오가는 사업이라면 뭐든지 하지."

"그렇다면 그 숫자들은 우리나라에 대한 금융사업 계획이겠군요. 금융투자라면 뭘까요?"

"글쎄……."

정완은 잠시 생각하는 표정이었다.

이때 수아의 머리에 퍼뜩 스쳐가는 것이 있었다. 아지트에 들었던 도둑. 파일을 모두 지워버리고 팩스 원본을 가져갔던 그 이상한 도둑이 떠올랐던 것이다. 어쩌면 그것은 단순한 학생의 장난이 아닐 수 있다는 생각과 더불어 수아의 귓전에 테드의 목소리가 살아나고 있었다.

'왼쪽 문자는 각 나라의 영어 이니셜이에요.'

"어쩌면 그들의 투자는 비정상적인 것일지도 모른다는 생각이 들어요."

"비정상적인 투자라고?"

"네. 사람들의 눈을 피해야만 할 사정이 있다는 예감이 들어요. 그렇지 않으면 이렇게 여러 나라 화폐로 투자계획을 짜둘 이유가 없지 않을까요?"

"각국 화폐들이 원화로 바뀌었다가 다시 달러로 환산된 것을 보면 결국 자본이 흘러나오는 원천을 은폐하겠다는 건데, 세계 여러 나라의 투자자들로부터 나오는 것으로 위장하려는 속셈이군. 미국에서는 얼마든지 해외로 돈을 보낼 수 있으니까 이들은 해외에 분산되어

있는 투자회사를 통해 자신의 정체를 숨기겠다는 얘기
지."

"왜 그럴까요?"

"우리 정부의 감시를 피하려는 거겠지. 그렇다면 이
것은 투자라기보다는 투기일 가능성이 크겠는데."

"무슨 투기죠?"

"환투기 아니면 주식인데…… 외환은 IMF의 감시하
에 있으니 노골적인 환투기를 통해 40퍼센트라는 큰 차
익을 내기는 어렵고, 내 생각으로는 아마도 주식투자일
것 같구나."

"주식이요? 그렇게 많은 돈으로 주식을 사요?"

"그래. 이제 얼마 후면 우리나라 증권시장이 완전히
개방된다. 그러면 외국인들이 아무런 제한 없이 우리
나라의 주식을 마음껏 살 수 있지. 이 도표는 아마도 그
투자계획일 가능성이 커."

"외국인들이 주식을 마음껏 살 수 있다는 것은 우리
나라에 득이 되나요, 아니면 해가 되나요?"

"한마디로 득이 된다거나 해가 된다고 간단히 얘기할
수는 없어. 국제금융의 흐름을 따라야 경쟁에서 뒤처지
지 않을 수 있다는 측면에서는 바람직하지. 또한 외국
의 자본을 이용할 수 있다는 점에서도 유리하고. 그러
나 위험 요소도 있어. 규모가 큰 외국 자본은 우리나라
와 같이 작은 금융시장을 마음대로 흔들어 자본 파동을
초래할 수도 있으니까."

"자본 파동을 초래한다는 것은 무슨 의미죠?"

"우리나라의 증권시장이 개방되면 외국인들이 엄청난 자본을 동원하여 주식을 대량 매입할 수 있지."

"그래서는요?"

"가뜩이나 완전 개방을 앞두고 올라가던 주가가 그때부터는 천정부지로 치솟겠지. 그들이 막대한 자본을 동원하여 주식을 사대면 너도나도 주식시장으로 몰릴 테고, 주가는 날이 갈수록 상승하게 되겠지. 한창 주가가 올라가는 길목에서 그들이 한꺼번에 팔아버리면 그 피해는 국내의 투자자들이 몽땅 떠맡게 되고 그들은 유유히 빠져나갈 가능성이 있어."

"정말 그럴 수 있겠네요. 그런데 이렇게 위험한 주식 투기를 막을 수 있는 장치가 없나요?"

"없어. 다만 정부는 시장 상황을 지켜보다가 특정 자본이 특정 주식에 몰리는 것만 경고할 뿐이야. 그러나 그들이 우리 정부의 감시에 노출될 리가 없지."

"어떻게 해야 하죠?"

"정부 차원에서의 대책은 없는 게 확실해."

"민간 차원에서는요?"

"내가 아는 한은 특별한 방법이 없어."

"그게 도대체 말이 되나요. 상대의 투자 규모는 25억 달러예요. 아저씨 말대로라면 국내의 투자자들은 모두 망하고 말 텐데요."

"그런 위험성 때문에 정부에서는 주식의 전면개방을

꺼려왔지만 끝내는 외국의 금융개방 압력에 손을 들고
만 거야."

"불을 보듯 뻔한 금융 붕괴를 우리는 속수무책으로
받아들여야 하나요?"

"현재로서는 두 눈 멀쩡히 뜨고 당할 수밖에 없어. 지
난번의 외환사태처럼."

"그들의 음모를 알려 모두가 주식을 사지 않도록 하
면요?"

"그들이 누군지 어떻게 아냔 말이야. 게다가 정부가
그런 식으로 개입하면 그 부작용은 무척 오래갈 거야.
자칫 잘못될 경우 우리의 증권시장은 국제적으로 외면
당하게 될 테구. 아마 어떤 효력보다는 악영향만 미치
게 될 거야."

"안타깝군요."

"증권시장을 완전히 개방하는 데 필수적으로 따르는
위험이야. 어느 정도의 희생은 어쩔 수 없는데, 이렇게
악의적으로 덤벼드는 펀드가 있다면 자칫 한 방에 금융
붕괴가 올 수도 있어."

미국에서 금융회사를 경영하는 정완은 안목이 날카로
웠다. 그러한 그가 방법이 없다고 얘기하는 것이 처음
에는 이해가 되지 않았으나 국제 금융시장에 대한 설명
을 듣고 보니 수아 역시 비관적인 분위기에 빠지지 않
을 수 없었다. 한국의 증권시장 전면개방은 헤지펀드들
에게는 진정 최고의 호재였다.

'이대로 당할 수는 없어. 우리가 앉아서 또다시 너희 자본주의의 하이에나들한테 당할 수만은 없단 말이야. 고통은 지난번의 외환사태로 충분해. 그래, 내 힘으로 해내겠어. 아직 한 달의 시간이 있잖아.'

샌프란시스코로 돌아오는 비행기 안에서 수아는 그들의 음모를 그냥 둘 수는 없다고 굳게 다짐했다. 그러나 당장 방법이 있는 것은 아니었다. 다만 부딪쳐볼 뿐이었다. 그리고 우선적으로 해야 할 것은 까다로운 교수들로부터 시간을 얻어내는 일이었다.

비밀결사

안젤로 주교는 자신이 성직자의 길을 택한 이후 가장 어려운 시기에 봉착했다고 생각했다. 가톨릭 교리와 교황의 언행 사이의 불일치를 찾아내서 교황에게 진언하는 임무를 맡고 있는 그에게 최근 몇 년간은 매우 힘들었다.

교리청 장관을 필두로 하는 보수적 성향의 추기경들은 교황의 언행에 대해 사사건건 안젤로 주교에게 책임을 물어왔다. 물론 그는 될 수 있으면 기계적으로 일에 임하려 했으나 그게 마음대로 되지 않았다.

요한 바오로 2세의 취임 이후 교황과 추기경단 사이에는 언제나 보이지 않는 대립이 있어왔는데, 최근에는 그 대립이 격화될 대로 격화되어 일반 신부들도 그 둘 사이의 이상한 분위기를 느낄 수 있을 정도였다.

교황은 어떤 일에 대해서도 예전의 교황들처럼 아는 듯 모르는 듯 넘어가려 하지 않았다. 교황청의 자금으로 불법적 금융 거래를 해오던 이탈리아 추기경들의 부정이 누군가에 의해 언론으로 흘러들어갔고, 급기야는 사법적 수사가 시작됐다. 또한 2차 대전 당시 교황청으로 흘러들어왔던 나치와 파시스트의 자금에 대해서도 교황은 조사를 명령했다.

무엇보다도 근본적인 문제는 교황이 새로운 가톨릭상을 만들어내려 한다는 사실이었다. 교황이 추구하는 이 새로운 가톨릭상은 적당한 변화나 개혁이 아니었다. 2차 대전 당시 엄청난 살육에 대해 침묵했던 교황청의 과오를 인정한다는 정도가 아니었다. 교황은 가톨릭이 지난 5천 년간이나 유지해온 유일신의 개념을 모호하게 만들 수 있는 언행을 계속했다.

교황은 사상 최초로 타 종교들에게도 가톨릭과 동등한 지위를 부여하기 시작했고, 그 지도자들과 다정히 어깨를 맞대었다. 또한 수백 년을 이어온 과학과의 대립에서 창조를 부정하지만 않는다면 과학을 받아들일 수 있다고 천명했다. 사실 과학을 받아들이면 결국 창조는 부정당할 수밖에 없기에 교리청 장관을 필두로 한 추기경단은 가톨릭의 운명에 대해 심각한 위기의식을 느끼고 있었다.

안젤로 주교는 기도를 시작했다. 짧은 기도가 끝나자 기다렸다는 듯 벨소리가 들렸다.

"들어오세요."

두 사람의 신부가 문을 열고 들어섰다.

"오, 스테파노 신부. 여행은 힘들지 않았나요?"

"네, 속히 갔다 왔습니다."

"한국의 추기경은 잘 계시던가요?"

"네, 건강하시더군요."

"그래, 갔던 일은 어떻게 되었나요?"

주교는 잔뜩 기대가 실린 목소리로 물었다.

"그는 마귀입니다. 도저히 하느님의 은총을 기대할 수 없는 사람입니다."

스테파노 신부의 단호한 답변을 듣는 안젤로 주교의 얼굴에 먹구름이 끼었다.

"만나서 우리의 입장에 대한 이해를 구했나요?"

"네, 하지만 그는 파티마의 예언을 공표하는 것만이 최선의 방법이라 했습니다."

"그 사람은 왜 그렇게 그 예언의 공표를 고집하던가요?"

"자신들의 문화와 고유 신앙이 파괴된 책임의 일단이 기독교에 있다는 것이었습니다."

"매우 괴상한 논리군요."

"미친 사람입니다. 실제로 한국에 가서 알아본 결과 그는 정신병원에서 중증의 과대망상증 환자라는 진단을 받았고, 지금도 정신병원에서 지내고 있습니다."

"그런 사람이 어떻게 정확한 문장을 구사해서 편지를 보냈단 말인가요?"

"아시다시피 정신병이란 게 겉으로 보아서는……."

"음, 그럴 수도 있겠지요. 그런데 한국에는 어떤 신앙이 있던가요?"

"조상신과 자연신 숭배의 오랜 전통이 있는데 거의 전멸되었다는 겁니다. 사실 제가 알아본 바로도 좀 너무하기는 하더군요. 그렇게 되기까지는 여러 원인이 있었겠지만…… 일본의 식민지배를 받은 것이 주요 원인이 아니었나 생각됩니다."

"그 나라에서 기독교는 어떤 상황에 놓여 있던가요?"

"기독교는 모두 기복신앙으로 둔갑해 있었습니다. 목회자들은 아무리 성실하고 선량하게 살아도 예수를 믿지 않으면, 아니 교회에 나오지 않으면 천국에 들어가지 못한다는 식으로 설교하고 있었습니다. 특히 개신교의 각 교파들이 그런 논리로 신도를 끌어들이고 있었습니다. 이웃 국가인 중국이나 일본과는 아주 다르더군요."

"일본과 어떻게 다르다는 얘기죠?"

"기독교가 전해진 것은 일본이 백 년이나 먼저입니다만 일본의 기독교 인구는 전인구의 0.5퍼센트도 안 됩니다. 그나마 여호와를 유일신으로 받아들이는 사람은 그 10분의 1도 안 된다고 볼 수 있습니다. 일본인들은 서구 문화의 무분별한 침투로부터 자신들의 고유문화를 잘 지켜냈다고 생각하는 반면, 한국의 목회자들은 일본인들은 아무도 천국에 못 간다, 그토록 예수를 안 믿는데 어떻게 천국에 가겠는가라고 하더군요."

"……."

안젤로 주교는 당혹한 표정으로 고개를 가로저었다.

"반발이 이해가 안 가는 상황은 아니지만 그의 기독교관은 너무나 부정적입니다."

"어떤데요?"

"중세에 기독교는 인간성을 탄압하고 신권 세계를 만드는 데에 열정을 바쳐왔고, 근세에 와서는 제국주의와 손을 잡고 타민족을 짓누르고 그 문화를 초토화시켜왔다는 겁니다."

"보통 문제가 아니군요."

안젤로 주교는 곤혹스런 표정을 지었다.

"그까짓 인간을 뭘 그렇게 대수롭게 생각하십니까? 제가 볼 때에는 정신병원에 있는 환자에 불과하던데요."

"……."

그러나 안젤로 주교는 고개를 가로저었다.

"수고했어요. 푹 쉬도록 해요."

"그럼……."

스테파노 신부를 내보내고 난 안젤로 주교는 간단한 기도를 마친 뒤 성호를 그었다. 그러고는 바로 자리에서 일어나 교리청 장관의 방으로 갔다.

교리청 장관은 외무장관과 얘기를 나누고 있다가 안젤로 주교를 맞았다. 그 방에는 낯익은 얼굴이 몇 사람 더 자리하고 있었다.

"그는 한국의 기독교 신자들에게 교회의 모순을 보여

주고 싶어 합니다. 그것이 파티마의 예언을 통해서 가능하다고 생각하고 있습니다."

안젤로 주교로부터 스테파노 신부가 한국에서 사도광탄을 만났던 얘기를 듣고 나자 교리청 장관은 깊은 분노가 서린 목소리를 뱉어냈다.

"파티마의 예언을 공표하는 것밖에는 아무 얘기도 듣지 않겠군요?"

"그는 자신의 동포들을 설득하는 대신 파티마 예언의 공표를 택한 듯합니다."

"음, 세계 인구는 늘어도 가톨릭의 신도 수는 급격히 줄고 있는 판인데 그자가 다시 한번 이상한 짓을 하면서 예언의 공개를 요구하면 보통 일이 아니지 않소."

"그러게 말입니다."

외무장관이 걱정스런 표정으로 맞장구를 쳤다. 그는 신도 수의 격감이란 문제에 몹시 화가 나 있는 듯했다.

"과거 레이건 대통령 때는 미국과의 관계가 얼마나 좋았는지 모릅니다. 우리가 미국 중앙정보국의 정보를 요구하면 아무 때나 보여주곤 했지요. 그러나 지금의 클린턴과는 너무 문제가 많아요. 그 건방진 친구는 며칠 전 성하와의 통화에서 고함까지 지르더군요. 성하께서도 화가 머리끝까지 나셨어요."

"외무장관, 문제는 우리에게도 있어요. 성하처럼 심하게 낙태를 반대하면 어떤 젊은이가 가톨릭에 남아 있으려 하겠어요?"

외무장관은 고개를 끄덕였다.

"그나저나 그 예언이 걱정이오. 그자가 극단적으로 일을 저지르고 언론이 가세해 흥미 위주로 가톨릭을 매도하면, 파격적 개혁을 갈구하는 성하가 전격적으로 예언을 공개해버릴 수도 있는 일 아니오?"

"그럴 가능성이 큽니다. 최근에 성하는 예언과 관련하여 흔들리는 듯한 모습을 보이는 것 같았습니다."

"그자는 우리 가톨릭에 공전의 위기를 초래할 수 있는 위험인물이오. 하지만 모든 문제의 근본은 바로 성하에게 있어요. 잘못하면 기도가 바뀔 판이니……."

"기도가 바뀐다구요?"

"'세상의 주인이신 단 한 분의 하느님'으로 시작하는 기도가 이제 '세상의 여러 주인 중 하나이신 하느님'으로 될 판이란 말이오."

"심각한 일이 아닐 수 없습니다."

"지금 성하가 보이시는 행동이나 그자의 태도는 별로 차이가 없소. 그리스도가 아닌 그들의 신을 인정한다는 것 아닌가. 조상신을 믿는다면 그들에게도 하느님이 있겠지."

"환웅인지 단군인지 하는 존재가 있다고 들었습니다."

"그렇다면 그들의 기도는 '하느님 아버지'가 아니라 '단군 아버지'가 되지 않겠소?"

"그렇습니다."

"안 돼요. 이래선 안 돼."

"무엇보다도 그자가 매우 위험합니다. 파티마의 예언에 대한 성하의 생각이 차츰 공표 쪽으로 방향을 트는 경향이 있는데, 그자가 무슨 일이라도 일으키면 불에 기름을 붓는 격이 될 것입니다."

"그 예언은 절대로 공표되어서는 안 돼요."

장관의 어조는 단호했다.

"장관님은 그 예언의 내용을 아십니까?"

"모르오. 하지만 하나는 분명히 알고 있소. 그 예언은 공표되어서는 안 된다는 것이오."

"스테파노 신부에 의하면, 그 사도광탄이라는 자는 교황 성하의 급격한 변화가 바로 그 파티마의 예언을 진지하게 받아들이기 때문이라고 했다더군요."

장관의 눈썹이 꿈틀했다.

"그자가 그런 얘기를 했다구요?"

"그렇습니다."

"그럼 그자는 예언의 내용을 알고 있다는 얘긴가요?"

"어느 정도 추측하고 있답니다."

"도저히 그냥 있을 수 없는 일이오. 그는 상상도 할 수 없을 정도의 위험성을 내포하고 있소."

장관의 표정이 무섭게 굳어지는 것을 보며 안젤로 주교는 혹시 장관도 그 예언의 내용을 알고 있는 것이 아닌가 하는 생각이 들었다.

바티칸 내부의 깊숙한 곳에서는 몇몇 추기경이 그 예

언의 내용을 알고 있으며, 언젠가 그 예언이 공표될 수도 있다는 신념을 밝힌 교황과 충돌하고 있다는 소문이 있었다. 하지만 안젤로 주교는 그 예언은 자신이 뭐라고 할 수 있는 성질의 것이 아님을 잘 알고 있었기에 더이상 관심을 보이지 않았다.

"사실 성하께서 너무 급격히 달라지시고 있는 것을 보면 의아한 생각이 들기도 합니다. 이번에는 과학을 받아들일 수 있다고 하지 않으셨습니까?"

"'창조론만 부정하지 않는다면'이란 전제를 달았소."

"그런 전제는 도피용이 아닌가요?"

"그렇소, 사실은 아무 의미도 없는 말이지. 정말 문제야. 교회가 과학을 받아들이고 나면 무엇이 남는다는 건가."

"……."

"이대로 가면 교회는 붕괴하고 말아. 도대체 성하는 왜 스스로 교회를 깨려 한단 말인가."

사람들이 나가자 교리청 장관은 기도실로 들어가서 오랫동안 혼자 기도를 했다. 수심에 찼던 그의 얼굴이 기도를 마치고 나오자 편안한 분위기로 안정되어 있었다. 하지만 아직도 그의 얼굴에는 거칠고 격정적인 기도를 한 흔적이 남아 있었다.

그는 수화기를 들어 숨을 미처 고르지 못한 채 단호한 목소리로 외쳤다.

"귄터 백작을 바꿔주시오!"

기디온 교수는 프랑크푸르트공항의 출국 카운터 옆에 있는 카페에서 조용히 맥주잔을 기울였다. 카페에는 비행기의 출발을 기다리는 승객들이 다소 들뜬 분위기로 맥주를 마시며 이야기를 나누고 있었다. 기디온은 가방에서 지도를 꺼냈다.

한국.

손가락으로 지도상에 금을 그어보니 시베리아 상공을 날아 만주를 거쳐서 들어가게 되어 있는 작은 나라였다. 이 나라에서는 아무도 총을 쓰지 않는다고.

기디온은 잠시 눈을 감고 회상에 잠겼다.

처음 임무를 수행한 나라가 콩고였던가. 그 검은 나라에서는 내란 중에 한 달 동안 무려 스물일곱 명의 신부와 수녀들이 암살을 당했다. 서방세계를 적으로 몰아야 집권을 할 수 있다고 판단한 반군 지도자의 그릇된 전술 때문이었다.

그곳에는 기디온이 가야 할 정당하고도 확실한 이유가 있었다. 기디온은 기꺼이 갔고, 성직자들은 암살의 공포에서 완전히 해방되었다. 물론 반군 지도자의 가톨릭에 대한 그릇된 편견도 말끔히 없어졌다. 잠자는 사이 침실에서 깨끗이 없어져버린 목과 함께.

다음은 어디였던가. 엘살바도르, 아니면 니카라과. 어디였는지 확실치는 않지만 해방신학에 미쳐 날뛰던 신부가 기다리고 있었다. 오랫동안 신부와 토론을 벌였던 기억이 났다. 지금 와서 생각해보면 그 당시 그가 전개했던 논리는 옳은 것이었는지도 모른다.

하지만 그 신부는 가톨릭의 신성성을 너무 무시하지 않았던가. 독재자와 맞서 싸우지 않는 사제는 이미 정통성을 상실했다는 주장은 그런대로 이해할 수 있었다. 그러나 예수가 체제에 불만을 가진 혁명가였다는 주장은 너무 심했다.

그 신부는 독재와 싸워 이기고 나면 가톨릭을 정치에 이용할 사람으로 생각되었다. 비행기 출발 30분 전까지도 그의 숨 가쁜 주장은 그치지 않았었다. 하지만 기디온이 비행기를 타고 난 후 그는 더 이상 자신의 주장에 귀 기울여줄 사람을 찾지 못했을 것이다. 그의 주장도 구멍 난 그의 머리통에서 다 새어버렸을 테니까.

기디온은 이틀 전 귄터 백작으로부터 받은 전화를 떠올렸다.

'기디온 교수, 한국에 한 정신병자가 있소. 실제 병원에 있는 환자요. 지난 80년 발생했던 다우니의 하이재킹을 교사했을 거라는 혐의가 있소. 세월이 많이 흘렀지만, 문제는 지금 그자가 파티마의 제3의 예언을 공표하라고 교황청에 요구하고 있다는 사실이오. 아직은 잠재적이지만 언제 어떤 돌발행동으로 이어질지 모르오. 우리의 추기경은 그의 이런 요구가 성하를 자극하여 예언의 공표로 이어질까 봐 지극히 염려하고 있소. 물론 이제까지와 마찬가지로 현지에서의 결론은 교수에게 맡기는 바요. 바로 떠나주었으면 하오.'

기디온은 비행기의 출발을 알리는 마지막 안내방송이 나오자 자리에서 일어났다. 훤칠한 키에 또렷한 이목구비, 그리고 하얀 살결은 누가 봐도 학자 타입의 인물임을 말해주었다.

　기디온은 스튜어디스의 안내를 받아 퍼스트클래스의 좌석에 앉았다. 루프트한자의 여객기가 이륙하여 끝없는 구름 속을 비행하는 동안 그는 눈은 감았지만 정신병원에 있다는 미지의 인물에 대한 생각으로 잠을 이루지 못하고 있었다.

　중세의 십자군전쟁에 참전한 유서 깊은 전통을 가진 집안에서 태어난 기디온은 가톨릭을 보호해야 한다는 신성한 사명감 아래에서 자라났다. 그러던 어느 날 기디온은 극비리에 한 사람의 방문을 받았다. 그는 기디온에게 로마의 카타콤 시절부터 지금까지 비전되어 오고 있는 한 조직에 가입할 것을 권유했다.

　세상이 어떻게 돌아가든 이 세상의 유일한 진리인 그리스도의 말씀은 보전되어야 하고, 그 가장 순수하고 성스런 사명을 비밀리에 수행하는 인간으로 자신이 선택되었다는 얘기를 들었을 때, 기디온은 가슴 밑바닥에서부터 울려오는 감격에 휩싸였다. 귄터는 감격에 젖어 있는 기디온에게 장미로 장식된 작은 십자가를 내밀었다.

　장미십자회.

　무릎을 꿇고 십자가를 받는 기디온의 두 뺨에는 눈물이 흘러내렸다.

가톨릭 명문들의 묵시적 동의에 의한 최고의 비밀결사인 이 조직은 누구도 조직원에 대해서는 알지 못했다. 평상시에는 귄터라는 이름의 전권을 가진 대리인이 무슨 일을 해야 할 것인가를 결정하되 판단은 조직원에게 맡겼다.

다만 이 조직은 108년 만에 한 번씩 전 조직원들의 의사를 물어 새로이 해석해야 할 교리와 조직이 나아가야 할 방향 등을 결정했다. 그러나 전 조직원이라고 해야 얼마 되지도 않는 데다가 모든 것이 비밀리에 행해졌기 때문에 이 조직은 오랜 세월이 흐르는 동안에도 결코 사람들의 입에 오르내리는 일이 없었다.

상황에 대한 올바른 이해와 판단을 위해, 그리고 두 번 다시 중세의 암흑시대와 같은 오류를 범하지 않기 위해 비밀결사는 그 시대 최고의 명문 중에서도 가장 뛰어난 자제들에게만 가입이 허용되었다. 물론 유럽 대륙의 가문들에게만 해당되는 얘기였다. 가입자는 어떤 분야에서든 최소한 몇 개의 수석을 차지한 기록이 있어야 했다. 특히 철학과 종교에서의 두각은 필수조건이었다.

그들은 결코 요란스럽게 성당에 나가지는 않았다. 가입 제의를 받아보지 못한 사람은 누가 조직원인지 전혀 알지 못했으며, 조직원 서로 간에도 만날 기회는 극히 드물었다.

특이한 것은 희생되어야 할 사람을 직접 만나 어떤 형

태로든 사상을 검증한 후 그를 제거하는 것이 필요하다는 확신이 서면 오로지 자신의 판단에 의해 일을 결행한다는 것이었다.

그런 의미에서 그들은 중세의 종교재판장과 같은 역할을 수행한다고 볼 수도 있었다. 하지만 그들은 대체로 자신의 손에 직접 피를 묻히는 것을 싫어했다. 일단 판단과 결심이 서면 그다음은 아무런 문제가 있을 수 없었다. 세상에는 돈을 위해서라면 어떤 불가능한 일도 해내는 인간들이 많아 다음 문제를 모두 처리해주기 때문이다.

그러나 기디온은 예외였다. 십자군전쟁에서 최고의 무훈을 떨친 그의 조상에게서 전해진 핏속에는 정의와 어긋나는 것에 대해서는 자신의 손으로 처리하는 가문의 전통이 용솟음치고 있었다.

신사의 주문

쇼토쿠신사의 새벽은 조용히 밝아왔다. 일찍 잠을 깬 신관은 부근의 산사에서 은은히 들려오는 새벽종 소리를 들으며 이슬에 젖은 풀잎을 밟고 걸었다. 일찍 둥지를 나선 새들이 지저귀는 소리가 종소리를 타고 새벽안개 속으로 떨어져 내리고, 이제 가을을 알리는 낙엽이 한 잎 눈앞에서 춤을 추고는 어깨를 넘어 자취를 감췄다.

신관은 이런 신성한 새벽이면 제를 올리기가 좋을 것이라고 생각하며 총총히 걸어 대문을 열었다. 이제 열 살 남짓한 사동이 나머지 한쪽의 대문을 열며 아직 눈꼬리에 남은 잠을 소매로 비벼댔다.

차 한 잔 마실 시간이 지나자 희뿌연 안개가 낮게 깔린 길을 따라 승용차의 질주음이 들려왔다.

신관은 경건한 자세로 손을 맞잡고 대문 앞으로 나서서 기다렸다. 잠이 완전히 달아난 사동의 얼굴에 이제는 긴장된 표정이 자리 잡았다.

"선생님, 정말 다카가와 선생님이 오십니까?"

신관은 말없이 고개를 끄덕였다.

"오늘 저도 그분이 제 올리시는 모습을 볼 수 있습니까?"

"안 된다."

"왜요? 저도 꼭 보고 싶은데요."

"아니다. 너는 아직 어리다."

"야마도 선생님은 저더러 이제는 다 컸다고 하셨는데요."

"하지만 네게는 아직 다카가와 선생님의 신력을 견딜 수 있는 힘이 없어. 몰래 숨어서 보다가 실수라도 하면 큰일 난다."

"절대 실수 안 할 거예요. 아무 소리도 내지 않고……."

"쉿!"

신관의 입을 막는 시늉이 채 끝나기도 전에 눈에 들어온 검정색 자동차는 허리를 깊이 숙인 신관과 사동의 앞을 지나 신사 안으로 미끄러져 들어갔다.

"신풍이 불어오는군요."

검정색 유카타를 입고 역시 같은 검정색 하오리를 걸친 채 자동차에서 내린 오십대 중반의 사나이가 지나가는 바람을 느껴보려는 듯 손바닥을 펴고 팔을 허공에 뻗었다. 평온하고 부드러운 표정임에도 불구하고 눈에서 혁혁한 안광이 쏟아져나오는 것이 이미 수양의 경지가 상당하다는 느낌을 주었다.

그는 바람을 잡아보는 듯 손을 몇 번 쥐었다 펴더니, 서서 기다리고 있던 몇 사람의 신관들에게 허리를 굽혀 인사를 했다.

"다카가와 선생님의 신력이 저희 신사에 깃들기를 바랍니다."

수석 신관이 여럿을 대표하여 공손히 답례를 했다.

"인사를 나누시지요."

다카가와는 역시 하오리 차림으로 내린 또 한 사람의 사나이에게 신관들을 소개했다.

"야마자키 이사장이십니다."

신관들은 역시 깊이 고개를 숙였다.

이사장이라 불린 사나이는 굵고 짙은 눈썹에 부리부리한 눈매를 갖고 있었다. 가슴이 떡 벌어지고 머리에는 하얀 띠를 두른 것이 에도시대의 무사를 연상케 하는 풍모였다.

두 사람은 신당 앞에서 잠시 고개를 숙이고는 신발을 벗고 신당 안으로 들어갔다.

"향을 사르시지요."

야마자키는 위패 앞에 무릎을 꿇고 신관의 도움을 받아 향에 불을 붙인 다음 느릿하나마 힘 있는 동작으로 향로에 꽂았다.

"절을 올리시지요."

사나이는 역시 힘 있고 느릿한 동작으로 위패를 향해

고개를 숙였다. 그의 일거수일투족은 당당하여 거칠 것이 없었다.

"아마테라스 오미카미 신이시여, 이제 야마자키가 신성한 날의 새벽을 택해 가슴에 맺힌 한을 통곡으로 고하고자 찾아왔나이다. 국조께서 신력으로 이 나라를 여신 이래 신민을 보호하사 천하의 환난을 이겨낸 지 2천여 년. 지난 몽고족의 침략 때에도 바다를 건너오는 그들의 군세에 나라의 운명이 백척간두에 서자 오미카미 신께서는 바람을 보내 외적을 물귀신으로 만들고 열도를 지키셨나이다. 그러나 이제 나라가 외적의 발굽 아래 짓밟히고 신민의 도시들이 악랄한 폭탄을 맞아, 죽은 자는 혼을 잃고 산 자는 평생을 병마에 시달리며 울부짖고 있나이다. 절치부심으로 살아온 지난 50여 년 세월을 신민은 고개를 숙이며 굴욕을 참고 나라의 운명을 보전해왔나이다. 하지만 오늘에 이르러 국치는 극에 달하고 지난날 우리의 식민지였던 한반도의 축생들까지도 다케시마를 그네들의 영토라 우기며 덤비니, 신민은 살았으되 죽은 것과 다름이 없나이다. 하여 일본혼을 되살리고자 하는 신민들이 숱한 고초를 겪어가며 지난날의 굴욕을 씻고자 몸과 마음을 다하였으나 밖으로는 외적의 눈길이, 안으로는 무지몽매한 자들의 비난이 잇따랐습니다. 그러나 작금에 이르러 신민이 드디어는 우리 일본혼 중흥의 중요성을 깨달아 미국과 러시아, 중국을 상대할 수 있는 힘을 길러야 함을 다 같이 인식

하였나이다. 그리하여 이제 우리는 민족의 저력을 모으고 심기일전하여 새로운 눈으로 역사를 보고 어지럽혀진 신국의 역사를 되찾고자 하옵니다. 하지만 신국의 지기가 흐름을 멈추고 천기는 바야흐로 이동을 시작하였나이다. 신이시여, 신민은 사력을 다하여 천지의 기를 붙들고자 선인의 예언을 좇아 성업을 수행하려 하나이다. 하오니 신안으로 그 흉물이 있는 곳을 짚어주소서. 부디 신력으로 도우사 신민의 정성이 하늘에 미치도록 하오소서.”

사나이가 절을 마치고 일어나자 다카가와가 위패 앞에 섰다. 그는 주머니에서 이상한 그림과 글씨가 쓰인 부적을 꺼내서는 위패를 덮었다. 부적은 누렇게 바래어 이미 오랜 옛날에 만들어진 것임을 짐작하게 했다.

다카가와는 향을 다시 피우고 정종을 잔에 채워서는 위패 앞에 놓았다. 신관의 도움 없이 절차를 진행하는 그의 손길은 주춤거리는 법이 없이 유연하고 익숙했다.

이윽고 제단을 다 차린 다카가와는 끈으로 묶었던 머리를 풀어헤쳤다. 맨발에 검정색 유카타 차림으로 제단 앞에 선 그는 잠시 고개를 숙인 후 눈을 감더니 무슨 뜻인지 모를 주문을 외기 시작했다.

처음에는 작은 소리로 반복되던 주문이 그의 얼굴이 달아오름에 따라 점점 빠르고 격해지는 가운데 간간이 신음 소리가 뒤섞였다. 소름이 끼칠 듯한 신음과 함께 차츰 붉게 달아오르던 그의 얼굴이 삽시간에 백지장처

럼 하얗게 변하더니 이마에서부터 음산한 귀기가 감돌
았다.

조금 전까지도 벌겋게 달아올랐던 다카가와의 얼굴이
삽시간에 창백해지자 멀찍이 숨어서 이 광경을 바라보
던 사동의 팔에 소름이 돋았다. 사동은 말로만 듣던 다
카가와 선생의 통혼 의식을 보는 것이 소원이라 신관의
눈을 피해 통로 한 곁에 숨어 이 범상하지 않은 의식을
훔쳐보고 있었던 것이다.

다카가와의 주문은 그 뜻을 알아들을 수가 없었다. 때
로는 여유 있게 불공을 드리는 스님의 독경 같기도 하
다가 때로는 미친 여자가 숨 쉴 틈도 없이 뱉어내는 저
주 같기도 했다. 간혹 외마디 비명을 지를 때에는 비틀
거리며 쓰러질 듯도 하다가 어느새 다시 본래의 평정한
얼굴로 돌아왔다.

사동은 살금살금 기어 다카가와의 제단을 향해 다가
갔다. 다카가와의 주문을 또렷하게 듣고 싶어 견딜 수
가 없었던 것이다. 이윽고 다카가와의 주문을 확실하게
들을 수 있는 거리에 다다른 사동은 고개를 들다가 그
만 외마디 비명을 지르며 뒤로 나자빠지고 말았다.

"아악!"

무서운 얼굴이었다. 가히 귀신의 얼굴이라 할 만했다.
이루 표현할 수 없는 음산하고 기괴한 기색이 얼굴에서
넘쳐나고, 온몸은 귀기에 젖어 마치 이 세상 사람이 아
닌 듯했다. 이상하게도 그의 몸짓에는 힘이 없어 보였

다. 마치 몸은 없고 바람만이 유카타를 펄럭이고 있는 듯했다.

한참 동안 같은 동작을 반복하며 주문을 외던 다카가와가 다시 원래의 평온한 안색을 되찾고 모든 동작을 멈췄다. 사동은 살며시 무릎걸음으로 자리를 벗어났다.

팔꿈치와 무릎을 이용하여 소리가 나지 않게 뜰로 빠져나오던 사동은 뭔가가 팔꿈치에 걸리는 것을 느꼈다. 낡은 천 종류였다. 손을 뻗어 집어본 사동은 흠칫 놀랐다. 부적이었다. 다카가와가 제단을 꾸밀 때 위패를 덮었던 바로 그 부적이 날아와 자신의 팔꿈치에 걸린 것이다.

사동은 가슴이 뛰었다. 바람 한 점 없었는데 어째서 부적이 여기까지 날아왔는지 의아했지만 그런 것을 따지고 있을 틈이 없었다. 어쩌면 자신이 부적을 훔쳤다는 누명을 쓸지도 모른다는 생각에 마음이 급해졌다. 하지만 사동은 어떻게 행동해야 할지 몰랐다. 그냥 버리고 가야 할지 아니면 가지고 가야 할지 결심을 하지 못했다.

이때였다. 사동은 자신을 뚫어지게 바라보고 있는 눈길을 의식했다. 왠지 모르게 고개를 들면 안 된다는 생각이 들었지만 사동은 자신도 어쩌지 못하는 힘에 끌리는 것을 느꼈다.

고개를 들어 그 눈길과 마주치는 순간 사동은 가슴이 답답해지면서 아찔한 현기증을 느꼈다. 자신도 모르게

부적을 들고 일어서던 사동은 그대로 자리에 고꾸라졌
다.

저주의 바람

"이상한 일이야, 정말 이상한 일이야."

"다카가와 선생, 무슨 잘못된 일이라도 있습니까?"

"……."

"아까 그 사동 때문에 기분이 언짢으신가요?"

"아니, 그런 게 아닙니다."

"그럼 무슨 일로 그러십니까?"

"이상한 일이군요. 이해할 수 없는 일이 생겼어요."

다카가와는 신사를 떠나올 때부터 형언하기 어려운 표정으로 뭔가를 열심히 생각하며 혼잣말을 계속하고 있었다. 그는 옆자리의 야마자키가 아무리 물어도 전혀 대답이 없다가 갑자기 어떤 생각이 떠오른 듯 고개를 돌리며 물었다.

"혹시 작업을 추진하던 중에 무슨 불길한 일이라도 생기지 않았습니까?"

"없었습니다."

"아무 문제 없이 잘 진행되었단 말이지요?"

"그렇습니다."

야마자키는 언뜻 대답을 해놓고는 석연치 않아 머릿속으로 이제까지의 작업 진행을 더듬어보았다. 비록 사소한 일이었지만 그의 머리에 떠오르는 것이 하나 있었다.

"별것 아니긴 하지만 썩 유쾌하지 않은 일이 있긴 했습니다."

"어떤 일이지요?"

"누군가가 우리 연구원에게 접근하여 작업을 추적하려 했던 적이 있었지요. 하지만 자료 일체를 회수했습니다. 그런데 그것이 다카가와 선생과 무슨 관계가 있을 리는 없을 것 같은데요."

"아니, 아닙니다. 그 일을 자세하게 설명해주시오. 누가 연구원에게 접근했습니까?"

"도쿄대학교의 한 교수입니다. 컴퓨터를 전공하는 사람이라더군요."

"도쿄대학교의 교수라……. 그 사람이 어떻게 그런 일을 했을까요?"

"도쿄대학교의 이치로 교수에게 연구를 의뢰했는데, 교수는 죽고 그자가 자료를 추적해 왔더군요."

다카가와의 눈썹이 꿈틀하더니 삽시간에 그의 눈에서 무서운 빛이 쏟아졌다.

"그랬군요. 그런 일이 있었군요."

다카가와는 알겠다는 듯이 고개를 끄덕였다. 야마자

키는 이런 다카가와를 도저히 이해할 수 없었다. 도대체 도쿄대학교 교수가 도시아키에게 접근하여 작업을 추적하려 한 것이나 이치로의 죽음이 오늘 신사에서의 기도와 무슨 상관이라도 있는 것처럼 얘기하는 다카가와를 이해할 수 없었다.

"그러니까 이치로 교수는 〈묘제의 연구〉를 가지고 작업을 하다 죽었단 말이지요?"

"그렇습니다."

"어떻게 죽었습니까?"

"사고로 죽었습니다."

다카가와의 목소리에 점점 힘이 실리는 것을 느끼며 야마자키는 이상한 기분을 떨칠 수 없었다.

"어떤 사고입니까?"

"계단에서 떨어져 죽었습니다."

"그가 떨어지는 장면을 목격한 사람은 없습니까?"

"없습니다."

"경찰에서는 사인을 뭐라고 하던가요?"

"과로로 인한 실족사로 검안 결과가 나왔습니다."

"그 도쿄대학교 교수의 이름은 무엇입니까?"

"기미히토. 최고의 컴퓨터 실력자로 인정받고 있는 사람이랍니다."

다카가와의 굳어 있던 얼굴이 풀렸다. 그는 뭔가를 짐작했는지 고개를 끄덕이면서 잠시 눈을 감고 있다가 주머니에서 아까의 그 부적을 꺼내 자세히 살폈다.

"사망한 교수의 시체는 화장했습니까?"

"그건 모르겠군요. 확인할 수는 있습니다. 확인해볼까요?"

"그러는 것이 좋겠군요."

야마자키는 비서에게 전화를 했다.

"매장했다는군요."

"그 시체를 한번 보고 싶습니다."

"부패되기 시작했을 텐데 무슨 소용이 있겠습니까?"

"시체는 말을 하는 법입니다."

야마자키는 매우 이상한 기분이 들었다. 물론 다카가와가 혼을 부르고 유령과 통하는, 보통의 인간이 아니긴 하지만 죽은 교수의 시체를 파보자고 말할 줄은 몰랐다.

"경찰에서 철저히 검시를 했습니다만 피부에 긁힌 자국 외에는 별다른 상처도 없었고 누군가 위해를 가한 흔적도 발견하지 못했습니다. 마치 잠을 자듯 평온하게 죽었지요."

야마자키는 다카가와가 괜한 일을 한다는 생각이 들어 시체에는 아무런 이상이 없었다고 힘주어 말했다.

"그랬겠지요."

다카가와는 별말이 없었다.

봉분을 뜯어내고 1미터 이상 파들어가자 음침한 색깔의 가로지기 버팀목이 한 끝을 드러냈다.

문화적 의미가 있는 발굴이라면 인부들도 신이 날 터이지만 죽은 지 얼마 되지도 않은 사람을 그 죽음의 이유를 캐내기 위해 파내는 일이 즐거울 리 없었다.

버팀목과 상판을 들어내자 시꺼먼 목관의 기분 나쁜 색깔이 야마자키의 눈에 들어왔다.

인부들이 관을 들어 올리려 하는 순간 다카가와의 목소리가 그들의 동작을 막았다.

"그만!"

"네, 뭐라구요?"

"관을 들어낼 필요는 없어요. 관 뚜껑만 열어요."

인부들이 관을 열자 아직 완전히 부패하지 않은 시체가 관바닥에 누워 있었다. 모두 코를 찌르는 악취에 얼굴을 찌푸렸지만 다카가와는 예리한 눈초리로 한동안 시체를 살피더니 준비한 향을 피우게 하고는 잠시 눈을 감고 주문을 외웠다.

야마자키는 이것이 말로만 듣던 다카가와의 초혼 의식이라는 것을 알았다. 한동안 주문을 외워 혼을 위로하던 다카가와가 약간 높은 목소리로 주문을 외우자 신기한 일이 일어났다. 바람이 한 점도 없어 곧게 피어오르던 향의 연기가 마치 누가 입김이라도 부는 듯 굽어졌던 것이다. 연기는 서쪽으로 구부러졌다.

"이제 됐어요. 덮어요."

어리둥절해하는 인부들을 뒤로하고 다카가와는 자동차를 향해 걸음을 옮겼다. 놀란 것은 인부들만이 아니었다. 야마자키는 서둘러 다카가와를 뒤쫓았다. 자동차에 올라탄 야마자키의 표정은 의문으로 가득 차 있었다.

"다카가와 선생, 시체를 보자더니 왜 이제는 볼 필요가 없다고 서둘러 돌아서 나오는 겁니까? 나는 아무것도 이해하지 못하겠습니다."

"알 수 있는 것은 다 알았습니다."

"아까 그 연기가 구부러진 것은 무슨 까닭입니까?"

"두 가지를 느낄 수 있었습니다. 하나는 물론 그 교수의 원한에 찬 혼령이요, 또 하나는 그 교수를 죽인 요물의 기였습니다. 그 요물은 아마 보통의 힘이 아닌 것 같습니다. 아직까지도 강하게 느껴지는 것을 보면 말입니다."

"그 교수를 죽인 요물의 기라구요? 그렇다면 그 교수가 타살당했단 말입니까?"

"그렇습니다."

"믿을 수 없군요. 경찰 발표로는 타살의 흔적은 조금도 없었다는데요."

"흔적을 남기는 힘이 아닙니다."

"그럼 무엇입니까?"

"그는 저주의 힘에 의해 죽은 것입니다."

"네? 도대체 누가 어떤 이유로…….."

"구천을 헤매는 망혼은 서쪽을 가리켰어요."

"서쪽을 가리켰다는 것은 무슨 의미인가요?"

"서쪽에서 온 힘이 그를 죽였다는 의미지요."

"서쪽에는 뭐가 있지요? 바다……?"

"바다 저편에는요?"

"조선! 그렇다면 이치로 교수는 조선에서 온 힘에 의해 죽었단 말입니까?"

"아마도 그럴 겁니다."

"조선에서 누가 이치로 교수를 저주했단 말입니까?"

"그만을 저주한 것은 아닐 겁니다."

"그렇다면 또 누구를?"

"잘못하면 야마자키 이사장까지도 서쪽에서 온 힘의 저주를 받을지도 모릅니다."

야마자키의 얼굴이 창백해졌다. 아무리 기골 찬 사람이라 해도 자신이 정체를 알 수 없는 힘에 의해 저주를 받고 있다는데 태평할 사람은 없을 것이다.

"그럴 리가, 어떻게 그런 일이 일어날 수가 있습니까?"

"가능한 일입니다. 연구원을 접촉했던 교수가 있었다고 했지요? 이름이 기미히토라고 했던가요?"

"네, 그렇습니다."

"그 사람이 뭔가를 알고 있을지 모른다는 생각이 드는군요."

"그러나 섣불리 그 사람을 만날 수는 없지 않습니까? 연구원을 접촉한 것으로 보아 그 사람은 작업을 추적하려고 혈안이 되어 있을 텐데, 그를 만난다면 오히려 비밀이 탄로 날 우려가 있지 않습니까?"

"그렇지요."

다카가와는 고개를 끄덕였다. 그러나 그의 얼굴은 그다지 심각해 보이지 않았다.

"하지만 방법이 없는 것은 아닙니다."

"어떤 방법이……?"

"그의 무의식과 대화를 하면 됩니다. 알고 있는 모든 것을 대답하면서도 그는 아무것도 기억할 수 없으니까요. 야마자키 이사장은 기미히토 교수를 가볍게 마취시켜 잠시 저에게로 데려오시기만 하면 됩니다."

"정말 그가 기억을 하지 못할까요?"

"설마 이 다카가와를 못 믿는 것은 아니겠지요?"

"무슨 말씀을요."

두 사람이 탄 검정색 승용차는 황궁을 오른쪽에 끼고 니주바시를 지나 도쿄 시내 한복판으로 미끄러져 갔다.

혼란의 소용돌이

증권시장의 완전 개방을 불과 10여 일 남겨둔 한국의 증권가는 뜨겁게 달아오르고 있었다. IMF와의 협상에 따라 한국 정부는 적대적 인수합병을 포함하는 완전 개방을 선언했다. 주식의 완전 개방은 이미 외국인에게 채권을 개방하면서부터 예견돼오던 것이었다.

연리 2퍼센트 정도에 불과한 일본에 비해 이자율이 10퍼센트가 넘는 한국이 외국인에게 채권을 개방하는 것이나, 거대 자본을 동원하는 외국인이 국내의 우량 기업을 아무 때나 인수합병할 수 있는 조건을 포함한 완전 개방이나 본질적으로는 같은 것이다. 둘 다 상당한 위험을 내포하는 것이지만 외환에 다급한 한국 정부로서는 이것저것 가릴 여유가 없었다.

대화증권 명동지점에 근무하는 김 차장은 연일 찾아오는 신규 고객들을 맞느라 정신이 없었다. 주식이 무엇인지도 모르다가 신문에 거듭 실리는 투자 전문가들의 조언에 따라 증권회사를 처음 찾는다는 신규 고객들은 이미 큰돈을 벌어놓은 듯한 표정들이었다.

사실 잘될 때의 주식이란 매력적인 것이다. 은행에 일 년을 넣어둬야 받을 수 있는 이자를 주식은 단 하루 만에 뽑아주지 않는가. 종목 하나만 잘 잡으면 한 달 안에 원금의 서너 배까지도 불려주는 게 주식이다. 바로 이 맛에 한번 주식에 손을 댄 사람은 좀처럼 끊을 수가 없는 것이다.

그러나 이 마력이 끝내는 고객들을 비탄에 빠뜨린다. 고객들은 어떻게 하면 벌기만 하고 손해는 안 볼 수 있느냐는, 황당한 질문을 스스럼없이 해댔다.

김 차장은 투자자들의 이런 심리적 함정을 잘 이해했다. 그래서 평소 그는 제 발로 찾아온 고객이라 하더라도 주식보다는 채권을 권하는 편이었다. 그가 보기에 주식이란 참으로 위험한 것이다. 일확천금을 노렸다가 밑천까지 다 날리고 후회하는 사람들을 보아온 게 한둘이 아니었다.

그것은 비단 투자자들만이 아니었다. 증권회사 지점 장치고 자기 집 가진 사람 없고, 직원치고 처갓집 재산 축내지 않은 사람 없다는 속설을 떠올리며 김 차장은 그들의 무모한 욕심에 혀를 내두르곤 했다.

그러나 김 차장이 생각하기에도 이번만큼은 너무나 좋은 기회였다. 김 차장은 지금까지 결코 무리수를 던지지 않았다. 그는 늘 안전 위주의 신중한 접근법을 견지해왔고, 그래서 입사 동기들이 모두 이런저런 이유로 직장을 떠날 때에도 끝까지 남아 있을 수 있었다.

하지만 김 차장도 이번에는 눈에 띄게 달라졌다. 그는 최근 은행에 집을 저당 잡히고 장인의 노후적금을 해약하는 등 은밀하게 자금을 모으고 있었다.

그는 극심한 외환위기와 함께 IMF의 구제금융까지 받는 동안 한국의 주식은 실제 가치의 다섯 배 정도나 저평가되어 있다고 생각했다. 게다가 외국인들에 의한 기업의 적대적 인수합병도 가능한 상태이므로 한국과는 비교도 안 되게 낮은 금리로 자금을 동원할 수 있는 외국인들이 크게 밑지고 나갈 바에는 견실한 한국의 제조업체를 인수할 수도 있다고 생각했다. 그렇다면 이제까지처럼 정부가 주식을 좌지우지할 수 있는 상황은 아니라는 판단이 섰다. 그리고 외환위기 당시 정부가 채권을 함부로 풀어버린 것도 지금에 와서는 외국인 투자자에게 호재로 작용했다. 싼 이자의 외국 자금이 주식의 완전 개방과 맞물려 속속 한국으로 들어올 것이다.

그러나 이 모든 실제 상황보다도 김 차장을 강하게 끌어당긴 것은 세계 유수의 증권 평론가들이 모두 현저히 저평가된 한국의 제조업을 제일의 투자 대상으로 선정하고 있다는 것이었다. 오늘도 세계적 증권 전문가인 윌리엄 랜돌프가 한국 주식을 추천하는 기사가 경제신문에 실렸다.

이 무렵 미국의 수아는 기진맥진해 있었다. 라이언펀드의 전산망을 아무리 훑어도 이전의 그 숫자들은 찾아볼 수조차 없었다. 하긴 이미 한 번 유출된 것을 안 그들이 일급 정보를 그대로 둘 리가 없었다.

혹시 자신이 너무 과민반응을 보였던 것은 아닐까 하는 의문이 끊임없이 뇌리를 파고들었다. 수아는 자포자기 상태에서 정완으로부터 전화를 받았다.

"확실한 증거를 찾았니?"

"아저씨, 제가 너무 예민하게 생각했나 봐요."

"갑자기 왜 그래? 풀이 죽어 있는 것 같은데."

"아무것도 찾을 수 없어요. 제가 허황된 추리를 했나 봐요."

"아니야. 수아의 추리는 너무도 훌륭했어. 오히려 나는 지금 무시무시한 기분에 사로잡혀 있어."

"그렇다면 제 추리가 정말 가능성이 있다는 말씀이에요?"

"물론. 틀림없이 지금 라이언펀드의 음모가 진행 중이야."

"어째서 그렇게 단정하시죠?"

"음, 우리 금융인들만의 육감이라는 게 있어. 물론 상당한 추정 근거도 있지."

"어떤 것들이지요?"

"만나서 얘기해주지. 샌프란시스코에서 만나자꾸나."

"그것 때문에 일부러 오신다구요?"

"그래, 보통 일이 아니니까."

이카로스와 프로메테우스

샌프란시스코에서 만난 두 사람은 부두의 한 레스토랑에서 점심을 같이 먹고는 작은 요트를 빌렸다.

"아니 아저씨, 간단한 얘기를 하는데 요트는 왜 빌려요?"

"전번에 네가 변장했던 거 생각나니?"

"아저씨두 참."

요트는 샌프란시스코만의 시원한 바람을 돛 가득히 받고 물살을 가르며 앞으로 나갔다. 앨커트래즈섬을 지나자 정완은 낚싯대를 물에 드리우고는 수아를 불러 옆에 앉혔다.

"조지라는 이름을 들어봤니?"

"네."

미국에 사는 사람치고 그 이름을 들어보지 못한 사람은 아마 없을 것이다. 수백억 달러의 펀드를 굴리는 그는 세계 금융의 지배자 중 한 사람이었다.

"그를 어떤 사람으로 알고 있니?"

"글쎄요, 자본주의의 깡패라고나 할까요. 아니면 자본

주의 최고의 전사? 어쨌거나 그는 자신이 번 돈으로 갖가지 자선사업을 한다고 들었어요. 가난한 사람들을 위한 프로젝트 마련이라든지, 능력은 있으되 기회가 없는 사람들을 위한 각종 사업을 펼치고 있다고 언론에서 앞다투어 보도하더군요."

"그래, 그렇게 알고 있구나. 그가 운영하는 펀드는 자본주의 시장 안에서 자연스럽게 탄생한 것이지. 하지만 그가 동남아시아에서 어떤 일을 저질렀는지 아니?"

수아는 고개를 가로저었다.

"싱가포르를 비롯하여 태국, 말레이시아, 필리핀, 인도네시아 등 동남아 국가들이 모두 엄청난 고통을 겪었어. 그게 모두 조지 때문이지."

"무슨 일이 있었는데요?"

"조지는 돈이 되는 일이면 무엇이든지 가리지 않고 한단다. 이것은 비단 조지뿐만이 아니라 모든 자본주의 기업들의 공통된 성향이지. 그래야만 살아남으니 말이야. 하여튼 조지는 싱가포르의 외환시장에 개입했단다. 먼저 태국의 바트화를 계속 사 모았지."

"왜 하필 태국 돈을 매입했을까요?"

"태국이 무역수지 적자가 계속되고 수출이 둔화되는 동안 외환 관리에 허점이 있다고 생각한 거지. 게다가 태국은 오랫동안 고정환율을 바꾸지 않았어. 즉, 경제 능력에 비해 바트화가 과대평가되어온 거지."

"그래서요?"

"조지의 외환 딜러들은 바트화를 대량 사들인 후 어느 날 아침 일시에 매각하겠다고 내놓았지."

"왜 그랬을까요? 그 많은 물량을 한 번에 내놓으면 바트의 화폐 가치가 왕창 떨어질 텐데요."

"그것이 바로 그가 바라는 것이었지."

"그러면 어떻게 되는데요?"

"단기 핫머니에 의해 바트화가 엄청나게 떨어지면 태국 정부는 필사적으로 화폐 가치를 올리려 하겠지. 왜냐하면 외채에 대한 이자 및 수입 재료와 상품의 결제액 부담이 커지니까 물가와 임금이 폭등하고 경제는 혼란을 겪게 되며 외국 자본은 빠져나가려 하기 때문이지."

"결과가 그렇게 되었나요?"

"아니, 그 반대가 되었어."

"어떻게요?"

"마침 태국의 중앙은행이 3백억 달러가 넘는 외환을 보유하고 있었기 때문에 조지가 내놓는 대로 바트화를 몽땅 사들여버렸어. 태국 정부는 혼신의 힘을 다해 바트화의 하락을 막았단다. 그 결과 조지는 5억 달러의 손실을 보았고 결국 바트화의 가치는 지켜졌어."

"잘되었군요."

"그런데 문제는 거기서 끝나지 않았어."

"조지가 다시 시도했나요?"

"그래. 몇 달 후 그는 싱가포르 외환시장에 모습을 드러냈어. 그러고는 직접 진두지휘하여 지난번과는 비교도 안 될 정도로 대량의 바트화 매매를 시작했어. 그동안 엄청난 양의 바트화를 사 모은 후 다시금 일시에 전량을 다 내놓았던 거야. 바트화가 떨어지기 시작했지만 이미 기진맥진한 태국의 중앙은행은 도저히 견뎌낼 수가 없었지. 보유하고 있던 달러를 모두 소진해버린 태국은 동남아국가연합에 구조를 요청했어. 싱가포르를 비롯한 말레이시아, 인도네시아, 필리핀 등이 가세해서 바트화를 집중적으로 사들였지. 그들이 보인 단결력은 전혀 예상 밖의 것이었고, 며칠간 싱가포르 외환시장은 뜨겁게 달아오르다 못해 폭발할 것만 같았지. 내놓는 대로 사들이고 내놓는 대로 사들이곤 하는 전쟁이 며칠간 숨 쉴 틈도 없이 계속됐단다. 동남아의 화교 경제권이 일치단결한 방어력에 조지는 숨을 휘몰아쉬며 괴로워했지. 조지는 다시 참패할 것처럼 보였어. 마지막으로 조지가 쏟아낸 수십억 달러어치의 바트화를 사들인 동남아국가연합의 금융인들과 경제 관료들은 샴페인을 터뜨렸어. 영국의 영란은행을 무릎 꿇리고 영국인들이 그렇게도 꺼리던 파운드의 절하를 이끌어낸 조지를 물리쳤다는 기쁨에 그들은 드높이 축배를 올렸던 거야. 하지만 그들은 이내 샴페인을 너무 일찍 터뜨렸다는 것을 깨달았지."

"무슨 일이 일어났나요?"

"조지는 미국의 여타 헤지펀드들을 정열적으로 끌어들였어. 치밀하게 계산한 대차대조표를 월스트리트의 펀드매니저들에게 제시한 거야. 아마 거기에는 손해에 대해 원금을 조지가 책임진다는 이면계약이 있었을 거야. 어쨌든 그들이 조지의 권고에 따라 막대한 자본을 싱가포르 환시장에 들이대자 이제껏 바트화를 방어하는 데 일치단결했던 각국의 금융 당국은 불안해지기 시작했지. 그들은 자칫 잘못하다가는 태국뿐만 아니라 자국 통화까지도 비참한 지경에 빠질 수 있다는 위기감에 잔뜩 몸을 움츠렸어. 월스트리트의 대형 펀드들이 조지의 지휘에 따라 바트화를 대량 매입했다가 일시에 투매하기 시작한 지 불과 며칠 만에 바트화의 가치는 하루에 10퍼센트 이상씩 뚝뚝 떨어져버리고 만 거야. 그러자 이제껏 공동 방어전선을 펴던 동남아 국가들도 겁을 집어먹고는 사두었던 바트화를 투매하기 시작했지. 바트화는 일시에 대폭락하고 조지는 금융파생상품 거래에 의해 40억 달러 이상을 챙겼어."

"결국 태국은 굴복하고 말았군요."

"태국뿐만 아니라 동남아 국가 모두 굴복하고 만 거지."

"조지 한 개인에게요?"

"그래."

"조지가 챙긴 돈은 모두 동남아 국가의 국민들이 부담해야 하구요."

"물론. 실제로는 그가 챙긴 돈의 몇 배 이상을 동남아 국가의 국민들이 부담해야 하지. 경제 혼란으로 말도 못할 피해를 입었으니까."

"현대에도 아직 제국주의적 자본주의가 판을 치는군요."

"더욱 한심한 것은 이 사태를 바라보는 미국인들의 시각이야. 동남아의 대변인이라 일컬어지는 말레이시아의 마하티르 수상이 조지의 비도덕성을 비난하고 나서자 미국 언론들은 한결같이 미국에서 조지가 한 선행을 예로 들면서 그는 성자와도 같은 사람이라고 보호하고 나섰어. 결국 미국이 동남아 국가들을 별로 중요하지 않은 나라들로 보고 있다는 것을 노출시킨 셈이지."

"투기자본과 힘겹게 싸우는 금융 후진국을 보는 세계 선진국의 시각이 어쩌면 그렇게 차가울 수 있죠?"

"그것이 바로 국제금융의 현실이야."

"일전에 겪었던 우리나라의 외환 붕괴는 어째서 유발되었던 거예요?"

"아직 정확히 분석되지는 않았어. 복잡해. 이유야 어떻든 한국 경제의 한계를 여실히 보여주는 한 편의 드라마였지."

"한국은 견실한 제조업의 기반이 있어 외환은 안전하다고들 전망했는데 왜 갑자기 그런 현상이 빚어졌어요?"

"직접적으로는 이자 차익을 노리고 단기 외채로 국내 기업에 장기 융자를 해준 금융회사들에게 문제가 있어. 대출이 중단되면 괴멸할 수밖에 없는 재벌의 구조와 부실 융자로 좁아터진 금융권, 그리고 고질적인 정경유

착, 기아 사태 해결에 대한 정부의 판단 미스 등도 중요한 원인이야. 하지만 한편으로는 금융회사들을 갑자기 조인 외국 금융기관들의 행태도 생각해볼 측면이 있어."

"복잡하다는 것은 갑자기 조인 이유가 복잡하다는 뜻인가요?"

"역시 수아는 비상한 머리를 가졌구나. 그래, 바로 외국 금융기관들이 한국 금융회사들에 대한 추가 대출을 멈추고 대출금 상환을 거세게 독촉한 이유가 결코 간단하지 않단다."

"뭐죠? 그 이유는?"

"어떤 면에서는 금융개방 협상도 한 이유가 될 거야. 미국이 우리 시장의 개방을 강요하며 슈퍼 301조로 위협하자 정부는 WTO에 제소하겠다고 버텼지. 한국이 미국을 제소한다는 것은 지난 반세기의 한미 관계를 미루어볼 때 생각도 못할 일이지."

"그래서요?"

"미국은 더욱 거세게 조여왔어. 각종 조치를 취하겠다는 압력을 가해온 거야. 이에 대해 정부는 네브래스카산 수입 쇠고기의 세균 감염을 크게 터뜨렸어. 정면 승부를 할 의지가 있다는 것을 보여준 거지."

"자꾸 몰아붙이면 그대로 밀리지만은 않겠다는 얘기군요."

"그래. 그 무렵 미국의 신용평가 기관들이 한국의 신

용등급을 무서운 속도로 떨어뜨리기 시작했어. 거기에 어떤 힘이 작용했는지는 알 수 없지만. 신용등급 하락으로 금융회사들의 추가 대출이 끊기자 어떤 상황이 벌어질지 안 헤지펀드들의 환투기가 몰렸어. 정부의 경제팀은 환투기에 견뎌내기 위해 외환보유고의 실상을 은폐했지. 약한 것을 알면 더 무섭게 몰려드는 헤지펀드를 막으려는 슬픈 전략이었지."

"그러다 더 큰 화를 불러들였군요."

"그래, 결국 개방 협상이라는 소총 싸움을 하다 대포에 맞은 정부가 국가 경제의 괴멸 직전에 그들에게 손을 벌리다 보니 협상은 제대로 하지도 못하고 그들이 원하는 모든 것을 내줄 수밖에 없었던 거야."

"그래서 지난번 대통령 후보들 사이에 재협상 논쟁이 붙었던 거군요."

"국민을 위해 당연히 해야 할 재협상이 선거전에 이용된 것은 가슴 아픈 일이었지. IMF의 처방은 우리나라의 현실과 너무 동떨어진 거야. 우리 경제의 견인차인 기업을 무차별적으로 죽이도록 처방한 것을 누가 동의할 수 있겠니. IMF 내에서도 우리 경제를 무너뜨릴 위험성이 많은 지나친 긴축 처방에 대해 재협상을 해야한다는 얘기가 나올 정도야. 우리가 그런 가혹한 처방을 받아야 할 만큼 잘못하지는 않았어. 그러나 우리의 처지가 워낙 다급한 만큼 국제 자본과 진지하고 충실하게 협의하는 지혜가 필요하단다."

"아까 무시무시한 기분을 느낀다고 하셨는데, 환투기가 다시 시작될 수 있다는 얘긴가요?"

"IMF의 구제금융을 받고 있는 한국에 특별한 상황이 발생하지 않는 한 직접 환투기를 한다는 것은 헤지펀드들에게는 어려울 거야. 하지만 라이언펀드가 마음에 걸려."

"라이언펀드는 어떤 회사인가요?"

"그들은 환투기보다는 주식을 전문으로 하는데, 지난번 남미 주식의 대폭락 사태 때 엄청난 손해를 봤어. 월스트리트 최고의 증권 매니저로 찬사를 받던 딕슨이 아서 회장에게 남미 주식의 대량 매집을 권고했던 거야. 남들이 팔고 나갈 때를 오히려 기회라고 생각한 그들은 남들이 던져대는 걸 걸신들린 듯 받아먹었지. 판단 자체가 잘못된 것은 아니었어. 문제는 자본이었지. 남미가 완전히 무너져버릴 것으로 생각한 국제 투자자들이 극도의 불안감에 사로잡혀 투자금 회수를 강행하자 그들은 결국 힘에 부쳐 손을 들고 말았어. 엄청난 손해를 본 거지."

"그 라이언펀드가 한국에서 만회할 기회를 노리고 있나요?"

"그래, 내가 조사한 바로는 당연히 해고되었어야 할 딕슨이 여전히 아서와 함께 뭔가를 노리고 엄청난 자금을 결집시키고 있어."

"뭔가 획기적인 방법이 없을까요? 사전에 완전히 봉

쇄할 수 있는 방법이?"

뭔가를 생각하며 고개를 가로젓기만 하던 정완은 조용히 수아의 눈을 들여다보았다.

"여기 있으니 세상이 어떻게 변해가는지 잘 알게 되더구나. 이제는 더 이상 과거와 같이 열심히 일만 한다고 먹고살 수 있는 제조업의 시대가 아니야. 세계는 자본과 정보를 장악하는 기업이나 정부가 생산과 제조를 지배하는 금융자본주의로 접어들었어. 슬프게도 우리의 조국은 이런 면에서는 백지상태야. 규제와 부정에 의해 결국은 부실로 전락한 우리 금융계는 국민이 피땀 흘려 거둔 과실들을 모두 금융 선진국에 내주고 있어. 자본력이 미약한 우리나라는 당분간 국제자본에 종속될 수밖에 없는 상태고. 그러나 지금 이 순간부터 우리는 더욱 치열해질 미래의 금융전쟁을 대비해야 해. 그 주역은 더 이상 안이한 생각에 젖어 있는 관리들도 아니고 정보나 컴퓨터와 담쌓고 지내는 나이 지긋한 어른들도 아니야. 여기 월스트리트의 펀드매니저들은 스물여섯 살이 넘으면 정년이라고 할 정도로 젊은이들의 신선한 머리가 세상을 좌우한다. 우리나라의 미래도 이제는 수아, 바로 너희 젊은이들에게 달려 있어. 수아, 한국으로 가거라. 가서 그들이 어떻게 우리나라를 공격하는지 지켜봐. 비록 오늘은 당하지만 내일은 이겨낼 수 있는 경험과 지혜를 가지고 돌아와."

수아는 스탠퍼드로 돌아오는 비행기 안에서 생각에 잠겼다. 강가에서 마음을 비우고 평온하게 낚싯대를 드리우고 있을 아버지, 이웃들과 과수원에서 열심히 사과를 따고 있을 어머니의 얼굴이 떠올랐다. 이와 함께 여태까지 별로 생각해보지 않았던 조국에 대한 상념이 이어졌다.

변변한 자원 하나 없는 한반도에서 노심초사하며 외환을 지켜내려는 동포들과, 무지막지한 자본을 굴리며 탐욕에 찬 눈초리로 한국을 넘겨다보는 조지를 비롯한 미국 투자자들의 얼굴이 떠올랐다. 그리고 비통한 표정으로 토해내던 정완의 절규가 떠올랐다.

'세계는 정보 시대로 접어들었고, 그 주인공은 너희 젊은이들이야. 너희들의 전쟁이란 말이다.'

수아는 집에 돌아오자마자 바로 컴퓨터 앞에 앉아 인터넷을 통해 한국의 증권 매매제도를 연구하기 시작했다. 증권에 관련된 모든 투자자들과 기관의 홈페이지에 들어가는 것은 물론 한국 증시의 흐름과 투자 전망에 대해서도 샅샅이 조사했다.

며칠이 지나자 수아의 머릿속에는 어렴풋하게나마 어떤 방법을 써야 할지 아이디어가 떠올랐다.

이제껏 자신은 남들이 만들어둔 전산망에 침투하기만 하면 원하는 것을 다 얻을 수 있었다. 그리고 그것은 자신의 특기 중 특기였다. 그러나 이제 그들을 막을 수 있는 방법은 전혀 다른 것이었다.

며칠간이나 밤을 새워가며 핏발 선 눈으로 전전긍긍하던 수아의 머리에 번개같이 한 사람이 스치고 지나갔다.

'아, 그 생각을 왜 못했을까? 그분이 도와만 준다면……'

그렇다. 그 사람이 도와만 준다면 자신은 어쩌면 그들을 막아낼 수 있을지도 모른다는 생각에 수아는 주먹을 꽉 쥐었다. 기대에 들뜬 수아의 두 손이 키보드의 자판을 두드렸다.

수아가 접속한 상대방은 실리콘밸리연구소였다. 자신이 이제껏 그토록 자주 해킹을 시도했지만 단 한 번도 시원하게 마음껏 헤집고 다닐 수 없었던 연구소다.

처음에는 대수롭지 않게 여겼지만 실패하는 횟수가 거듭될수록 오기가 끓어올랐다. 더군다나 그 연구소는 미국 국방성이라든지 중앙정보국의 극비 기관이 아닌데도 불구하고 어떤 때는 아예 접근조차 할 수 없었다.

스탠퍼드에서 자타가 공인하는 해킹 일인자로서의 자존심이 형편없이 구겨져버린 수아는 죽자 사자 그 연구소에 달려들었고, 시간이 가면서 연구소의 보안 시스템을 하나하나 깨뜨리기 시작했다.

그러자 이제는 저쪽에서 오기가 발동했는지 수아가 해킹에 성공할 적마다 하나씩 단계를 높여가는 것이었다. 이상하게도 연구소에서는 수아의 정체를 역추적해오지 않았다. 오히려 수아의 해킹을 환영하는 듯했다.

이제 끊임없이 찌르고 막는 수아와 연구소의 관계는

게임의 파트너와 같은 것이 되어버렸다. 서로를 필요로 하는 동반자가 된 것이다.

수아는 그 연구소와의 게임을 통해 자신의 해킹 실력이 급속히 늘었다는 것을 알았고 그 점은 연구소도 마찬가지였다. 연구소는 수아와의 게임을 통해 해킹 방지의 다양한 프로그램을 개발하여 시중에 내놓았다.

수아는 연구소가 내놓는 장벽을 하나씩 깨뜨릴 때마다 '천재 양반, 고맙소'라고 쓰인 시그널을 받았고, 그때마다 연구소에도 자기 못지않은 천재가 있다는 것을 깨달았다.

연구소의 천재는 자신의 ID를 프로메테우스라 했고, 수아는 그 프로메테우스에 대해 깊은 흥미를 느껴오던 참이었다.

수아는 연구소의 홈페이지에 들어갔다.

'메이데이, 메이데이. 프로메테우스, 메이데이. 이카로스로부터.'

상대가 자신을 프로메테우스라 한 것은 그의 실력에 비추어보면 충분히 이해가 가는 일이었다. 자신의 컴퓨터 실력을 많은 사람을 위해 쓰겠다는 의미였다.

수아는 태양을 향해 끝없이 날아오르다가 날개가 녹아버리고 말았다는 이카로스를 자신의 ID로 정한 것을 생각하고는 입가에 웃음을 머금었다. 끝없이 해킹을 하겠다는 의미였다. 프로메테우스는 이 ID의 의미를 알면 뭐라고 할까.

그러나 이상하게도 프로메테우스로부터는 응답이 없었다. 비록 만난 적은 없지만 이제까지의 관계로 보아 자신이 긴급구조 요청을 하면 나타나지 않을 프로메테우스가 아니었다. 며칠간이나 긴급히 불러도 프로메테우스가 나타나지 않자 수아는 조바심이 났다.

한국 정부도 막을 수 없는 핫머니를 자신이 막아낼 수 있다면 그 유일한 방법은 컴퓨터를 통하는 것이었다. 그러나 도저히 자신의 실력만으로는 안 되는 일이었다. 이런 일을 할 수 있는 유일한 존재는 바로 프로메테우스였다.

그러나 믿었던 프로메테우스가 며칠간의 긴급구조 요청에도 불구하고 나타나지 않고 있다. 수아는 연구소의 이메일에 메모를 남겼다.

'프로메테우스, 정말 급한 일이 있어요. 제발 연락을 부탁해요. 이카로스로부터.'

거대한 작전

　월스트리트의 마천루들 중에서도 라이언펀드의 번쩍거리는 사옥은 맨해튼을 찾는 관광객들의 감탄을 자아내는 명물이다. 41번 부두에서 출발하여 맨해튼을 한 바퀴 돌고 자유의 여신상까지 갔다 오는 관광유람선에서 보면 맨해튼에는 마치 이 건물밖에 없는 듯했다. 그만큼 라이언펀드의 검은 유리벽은 현란한 빛을 발하며 보는 이들의 눈을 사로잡았다.

　딕슨은 72층의 자기 방에서 맨해튼의 이스트사이드에 눈길을 던지고 있었다.

　이스트사이드.

　태어나서 자란 곳이지만 좀처럼 정이 들지 않아 딕슨은 일부러 피해 다녔다. 지저분하고 천박하며 값싼 인간들이 시끌거리는 그 거리를 지나칠 때면 딕슨은 눈길을 돌리거나 아예 눈을 감아버렸다. 어린 시절엔 자신도 저 거리에서 뒹굴었다는 기억을 딕슨은 지워버리고 싶었다.

월스트리트.

고개를 돌리자 눈길 가득히 들어오는 마천루가 딕슨의 기분을 누그러뜨렸다. 오락가락하는 대서양의 갈매기들이 딕슨의 마음에 평화를 되찾아주었다. 딕슨은 의자에서 일어나 창가로 다가갔다. 멀리 자유의 여신상이 자신에 찬 손길로 횃불을 들고 그에게 미소를 짓고 있는 것이 보였다.

딕슨은 자신도 모르게 주먹을 불끈 움켜쥐었다. 극동, 이제 극동이다. 극동이 있는 한 자신은 살아날 수 있다. 다시 지옥으로 되돌아가선 안 된다.

삐이.

"뭐야?"

"회장님이 보시잡니다."

"알았어."

아서는 언제나처럼 환히 웃고 있었다. 딕슨은 아서와 지내온 지가 꽤 되었지만 그의 웃지 않는 얼굴을 대한 적이 별로 없었다는 사실을 떠올리며 소파에 앉았다.

아서의 웃음은 이 세상에 대한 자신감과 동시에 비웃음을 보여주는 것이었다. 그는 그 특유의 배짱과 엉뚱함으로 월스트리트에 처음 등장한 이래 거의 실패 없이 정상으로 달려왔다. 그의 유일한 실패는 바로 지난번의 남미 투자 건이었다.

딕슨은 그때마저도 아서가 활짝 웃으며 자신을 맞았

던 것을 떠올리며 몸을 움츠렸다. 이번마저 실패하면 그는 그 지저분한 이스트사이드로도 돌아가지 못하리라는 것을 알고 있었다. 그러나 이것은 실패할 리가 없는 완벽한 작전이라며 자신을 위로했다.

"딕슨, 돈은 이미 다 마련해두었네."

"수고하셨습니다."

"그까짓 게 뭐 힘든 일이겠나? 자네가 할 일에 모든 것이 달려 있는데."

"내일 한국으로 가겠습니다."

"그래주겠나?"

"당연히 제가 할 일입니다."

"돈은 언제 보내야 하지?"

"개방 직전에 보내주시는 것이 좋습니다. 보안 유지를 해야 하기 때문입니다. 거액의 자금이 들어와 있는 것을 미리 알게 되면 한국의 투자자들이 즉각 대량 매점을 시작할 테니까요."

"그런 것은 자네가 알아서 하게. 어쩐지 이번 일은 아주 쉽게 끝날 것 같은 느낌이야."

"회장님께서 믿어주시니 감사합니다."

"자네가 사전 준비를 철저히 해서 그렇지.《파이낸셜 타임스》의 클라크도 한국의 무슨 경제신문엔가에 기고를 했어. 그 정도면 사전 공작은 충분한 거지?"

"클라크까지 모두 여섯 명이나 되는 세계 최고의 증권 전문가들이 기고를 했습니다. 한국의 주식투자자들은 지금 들떠 있습니다."

"틀림없이 지난번 남미에서의 어이없는 손해를 만회할 수 있겠지?"

"자신 있습니다."

딕슨은 아내와 아들의 얼굴을 떠올렸다.

"그럼, 그래야지. 자네도 이제 이 회사를 직접 경영할 경력이 쌓였지?"

"맡겨주신다면 소신껏 한번……."

"그래, 이번 극동 작전이 성공리에 끝나면 자네가 이 펀드를 한번 이끌어보게. 사실 지난번 남미 실패 전까지 자넨 월스트리트의 신화가 아니었나?"

"감사합니다, 회장님."

아서의 사무실을 나오며 딕슨은 다시 한번 주먹을 꽉 쥐었다. 그러고는 전자수첩을 꺼내 날짜를 꼽아보았다. 작전을 시작하기까지는 꼭 열흘이 남았다.

정완은 주도면밀했다. 라이언펀드에서 이번 일을 실행한다면 당연히 교활한 딕슨이 진두지휘할 것이라고 예상하고 항공사를 통해 그의 출국 일정을 알아냈다. 그러고는 일부러 수아를 뉴욕으로 오게 한 뒤 그의 바로 옆좌석을 예약했다. 일등석이었다. 정완은 수아가 일단 딕슨을 봐두는 것이 어떤 형태로든 도움이 될 것이라고 생각했다.

수아는 바쁜 가운데서도 테드와의 약속이 마음에 걸

렸다. 테드에게 말만 앞세우는 신뢰 못할 사람으로 자신의 이미지가 남을 것이라는 생각에 견딜 수가 없었다. 수아는 사정 얘기 정도는 해야겠다고 생각하고 테드에게 전화를 했다. 학교에 있는지 지금은 전화를 받을 수 없다는 응답 메시지가 흘러나왔다. 수아는 직접 통화하지 못하는 게 차라리 잘되었다고 생각하며, 별다른 생각 없이 너무나 긴급한 용무로 급하게 한국으로 떠난다는 말을 남기고 전화를 끊었다.

한편 프로메테우스로부터 연락을 받지 못한 채로 한국으로 떠나야 한다는 것이 못내 아쉬웠다. 아무런 준비도 되어 있지 않은 상태로 한국에 가서 무엇을 할 수 있을지 자신이 생기지 않았다.

공항에 나간 수아는 딕슨 옆자리에서 그를 관찰해야 한다는 생각에 여행에 대한 기대감도 느끼지 못하고 있었다. 수아는 긴장된 마음으로 비행기에 탑승했다.

수아는 자신의 자리를 찾아갔다. 딕슨은 이미 자리에 앉아 있었다. 세련돼 보이는 감청색 재킷 차림의 딕슨은 옆좌석에 누가 앉는지 신경이 쓰이는 듯 수아를 흘끗 쳐다보았다. 수아가 가볍게 인사를 하자 딕슨도 미소를 지으며 웃어 보였다.

"한국에 자주 가시나요?"

간단한 인사를 나누고 식사가 끝나자 수아는 딕슨에게 말을 붙였다.

"이번이 세 번째요."

의외로 딕슨은 사근사근했다.

"자주 가시네요. 여행이신가요? 아니면 사업차 가시나요?"

"여행 겸 사업차 가는 길이지요. 나는 한국을 잘 알아요. 고구려, 신라, 백제, 가야, 이런 나라들이 있었지요."

수아는 입이 딱 벌어졌다. 투기를 하러 가는 딕슨이 그런 정도까지 한국을 깊이 아는 데에는 놀라지 않을 도리가 없었다. 수아는 시침을 떼고 물었다.

"한국과 관련된 직업을 가지신 모양이죠?"

"아니요."

딕슨은 벙글거렸다. 그는 수아가 놀라는 것이 재미있는 모양이었다.

"그런데 어떻게 그렇게 한국 역사를 잘 아세요?"

딕슨은 좌석 옆의 선반에 넣어둔 가방에서 작은 게임기를 꺼냈다.

"게임을 하면서 배우지요."

딕슨이 게임기를 켜고 게임팩을 집어넣자 액정 화면에는 한국 지도가 나왔다. 수아는 기분이 좋아졌다. 이런 게임은 한국을 알리는 데에는 더할 나위 없이 좋을 것이라는 생각이 들었다.

미국인들은 애 어른 할 것 없이 어딜 가나 게임기를 들고 다니며 즐기는 것을 수아도 알고 있었다. 수아는 어떤 게임인지 궁금해 고개를 기울여 화면을 보았다. 그러나 다음 순간 수아는 깜짝 놀랐다.

우선 동해가 일본해로, 독도가 다케시마로 영문 표기되어 있는 것도 눈에 거슬렸지만 그런 것은 문제도 아니었다. 1세기경 일본이 한반도를 3백여 년간 지배할 당시라는 배경 설명이 나오고 신라와 가야를 포함한 한반도의 남부 대부분이 일본의 영토로 표시된 지도로 화면이 바뀌는 것에 수아는 아연실색할 수밖에 없었다. 게임은 일본의 장군들이 한반도를 유린하고 저항하는 군사와 백성들을 무참하게 살해하는 내용으로 이루어져 있었다.

  "한국 역사를 이해하는 데 많은 도움이 돼요."

  딕슨은 유익하고 재미있는 게임이 아니냐는 듯한 제스처를 해 보였다.

  "어디 좀 봐도 될까요?"

  수아는 빼앗듯이 게임기를 받아 끝까지 프로그램을 넘겨보자 가슴이 콱 막히는 것 같았다. 일본이 3백여 년간 한반도를 지배했다는 억지 주장인 임나일본부설이 게임 전체의 주제였다. 게임의 주인공은 모두 일본의 무사들이었고, 한반도의 백성들은 비적이나 야만인으로 나오는 처참한 내용이었다.

  수아는 게임팩을 뽑아 제조원을 확인했다. 마이크로소프트사였다. 수아는 다시 한번 놀라지 않을 수 없었다.

  "이것이 빌 게이츠의 마이크로소프트사 제품입니까?"

  "물론이죠."

딕슨은 미국의 자랑이라는 듯한 표정으로 힘주어 말했다. 수아는 기가 막혔다.

"일본인들은 손을 안 뻗치는 데가 없군. 온 세계가 일본 만화 일색인데, 컴퓨터 게임까지 모두 일본인들이 좌지우지하니 정말 큰일 나겠어요."

"한국은 한때 일본의 식민지였지요? 한국인들은 여전히 그 사실에 감정이 남아 있나 보군요?"

"이건 아주 몹쓸 프로그램이에요. 한국의 역사를 알리기는커녕 제국주의 일본의 멈출 줄 모르는 침략 야욕을 담은 저질 프로그램이란 말이에요."

"무슨 소리요? 이것은 마이크로소프트사에서 만든 것이란 말이오."

"그 회사는 남의 나라 역사 재단도 해주는 회산가요? 남의 나라 역사를 제대로 알지도 못하면서 아무렇게나 돈벌이만 하면 되나요?"

"뭐가 잘못되었는진 모르지만 억울하면 돈 주고 사면 될 것 아니오. 마이크로소프트사를 말이오."

딕슨은 빈정거리는 투로 말했다. 그의 표정은 한국 같은 나라가 감히 마이크로소프트사를 어떻게 건드리냐는 것 같았다. 수아는 지지 않고 딕슨을 똑바로 쳐다보며 말했다.

"당신에겐 돈이 인생의 전부인지 모르지만 세상에는 아무리 많은 돈으로도 어쩌지 못하는 것이 있어요. 그것은 바로 삶의 진실과 인생의 소중한 기록들, 그리고 태초부터 지금까지 살아온 인간들의 문화와 각 민족의 고유한 역사예요. 이런 것들을 돈으로 좌지우지할 수 있다고 생각한다면 당신은 참으로 불쌍한 사람이네요. 이런 게임팩에까지 조작된 역사를 집어넣는 일본도 문제지만, 인류 문화의 소중함도 모르고 눈앞의 이익에만 빠져 있는 당신도 전혀 나을 게 없는 사람이란 말이에요."

수아는 비행기가 태평양을 날아 서울 상공에 도착할 때까지도 기분이 가라앉지 않았다. 딕슨도 계속 말이 없었다. 두 사람은 서울에 도착할 때까지 어색하게 침묵을 지켰다.

외로운 투쟁

김포공항에는 정완의 지시로 수아가 한국에 있는 동안 일을 도와줄 미스터 최가 대기하고 있었다.

수아는 딕슨을 마중 나온 그랜저의 번호를 확인하여 수첩에 적어두었다. 이 번호를 추적하면 딕슨이 거래하는 증권회사를 알아낼 수 있을 것이다. 막상 한국행을 결심하고 나니 일이 하나씩 풀려가고 있는 느낌이 들었다.

수아는 정완이 얘기한 대로 호텔에 짐을 풀고는 바로 미스터 최에게 딕슨을 마중 나온 자동차의 번호 조회를 부탁했다. 자동차는 홍콩계 증권회사인 스탠더드증권의 한국지사 소유였다.

수아는 미스터 최에게 휴대용 컴퓨터를 접속할 수 있는 별도의 전화선을 호텔로부터 얻어두도록 부탁했다.

수아는 미국에서 같이 공부하던 선배에게 전화를 걸었다. 미국에서 증권을 전공한 후 지금은 모교에서 강의를 하고 있는 선배였다.

"웬일이야, 이렇게 갑작스럽게 나타나다니?"

"선배 보고 싶어서 왔어요."

"그동안 농담도 늘었네. 그래, 공부는 잘돼가?"

"늘 그렇죠, 뭐."

"하긴 컴퓨터에 관한 한 수아가 오히려 교수들에게 학점을 줘야 할 정도 아냐? 스탠퍼드 최고의 전사니까."

"농담 그만하고 지금 빨리 좀 만나야겠어요."

"당연히 만나야지. 한국에서 근사하게 한잔 사야지. 존경하는 이 선배가 말이야."

시종 장난기 어린 태도로 전화를 받던 선배였지만 막상 수아를 만나 상황 설명을 듣자 무거운 낯빛이 되었다.

"음, 보통 일이 아닌데. 네 말대로 그들이 증권 당국의 감시를 피하기 위해 세계 각지로부터 들어온 자금으로 위장한다면 정부로서는 그들을 규제할 방법이 없어."

"자금 루트를 조사할 수는 없을까요?"

"안 돼, 정부로서는 함부로 나설 수 없어. 강제로 조사할 수도 없거니와 조사한다고 밝혀지지도 않아. 자칫 잘못하다가 모든 외국 투자자들이 자본을 빼서 나가면 그야말로 큰일이니까."

"그렇다고 그들이 부정한 방법으로 증권시장을 교란시키는데 정부가 팔짱만 끼고 있어야 한다는 말이에요?"

"물론 규제를 할 수는 있지. 그러나 사전 방지가 안

돼. 사태가 모두 끝난 뒤에야 허둥지둥할 뿐이야."

"루머를 퍼뜨려서 다른 투자자들이 주식을 사지 않도록 하는 건 어때요?"

"그건 자살행위야. 국제 투자자들로부터 외면당하기 시작하면 한국 증권시장은 끝없는 침체로 빠져들게 돼. 외환위기를 포함하는 더 큰 금융 붕괴의 위험이 있어."

역시 그도 정완과 같은 의견이었다.

"일단 증권 당국에 가서 네가 가진 정보를 모두 공개해. 아마 그들도 지켜보기는 하겠지만 손을 쓸 도리는 없을 거야. 이런 식의 핫머니는 후진 금융시장에는 아주 위험한 독소야. 그러나 규제는 더 나쁜 결과를 초래하지. 문제는 그들이 선진국의 이런 악랄한 투기자본에 대처해본 경험이 별로 없다는 거야."

기대했던 선배는 별로 도움이 되지 못했다. 수아는 이제 아무도 자신을 도와주지 못한다는 것을 분명히 깨달았다.

헤어지기 직전에 선배는 뜻밖의 소식을 전했다. 스탠퍼드에서 테드를 비롯한 몇 명의 유학생이 인류학과에서 진행하는 '샤머니즘의 연구'라는 프로젝트 가운데 동북아시아 쪽을 맡아 며칠 전 취재하러 서울에 왔다는 것이었다. 잘됐다는 생각이 들었다. 적어도 자신이 약속을 지키지 않았다는 비난은 듣지 않아도 되니 말이다. 수아는 문득 관심 없이 들었던 테드에 대한 얘기가 떠올랐다.

그가 한국에서 제법 알려진 집안의 아들이라는 그다지 신빙성 없는 소문이 돈 적이 있었는데, 사실 그는 전혀 그런 집안의 아들같이 행동하지 않았다.

수아는 언젠가 유학생회의 소식지에서 놀기만 하는 도피성 유학생들을 비판하는 테드의 글을 보고 공감한 적도 있었고, 그가 쓴 '경제제도와 정의'라는 글을 읽으며 대단하다고 생각한 적도 있었다. 그는 자본주의란 참으로 우스꽝스러운 제도이며, 거기에는 인간의 논리가 아닌 자본의 논리만이 존재하고, 인간에게는 자본을 이용하느냐 아니면 자본의 지배를 받느냐 이 두 가지 선택밖에 없다는 주장을 펼쳤었다.

수아는 이런 어려운 상황일수록 더욱 자본주의의 모순과 맞서 싸워야겠다는 생각이 들었다. 하지만 우리가 살아가는 현실은 오히려 점점 더 자본의 힘에 이끌려가고 있다. 심지어는 문화나 예술조차도 자본과 결탁하지 못하면 위축될 수밖에 없는 사회구조를 가지고 있다. 인간이 어떤 약점 때문에 자본주의를 따를 수밖에 없는지는 몰라도, 하나의 분명한 비극은 자본주의의 지배를 막아야 할 똑똑한 인간들이 가장 앞서 자본주의의 충실한 수호자가 되어 있다는 사실이었다.

수아는 며칠 동안 증권회사의 객장에서부터 증권거래소에 이르기까지 한국 증권 거래의 현장에서 살다시피 했다. 업무시간이 끝나면 호텔 방에 틀어박혀서 꼼짝도

하지 않고 라이언펀드의 핫머니를 막을 수 있는 방법을 열심히 연구했다. 하지만 자신이 할 수 있는 일이란 별다른 것이 없었다. 결론은 미국에서 이미 연구했던 대로 컴퓨터를 조작하는 것뿐이었다.

딕슨의 매매가 이루어지는 스탠더드증권의 컴퓨터에 자신의 휴대용 컴퓨터를 접속하여 거래 내용을 조작하는 것이 유일한 방법이었다. 이것만이라면 일은 그리 어렵지 않을 수도 있다. 그러면서도 한국증권전산의 전체 주식 거래량 및 거래 금액과 액수를 맞추고 거기에 일치하게 스탠더드증권에서 빠져나가거나 들어온 금액도 증권결제원과 맞추어야 한다.

수아가 스탠더드증권의 컴퓨터에 침입하여 조작하는 것은 어려운 일이 아니지만 이것을 한국증권전산의 컴퓨터와 일치하게 할 수는 없다. 즉, 스탠더드증권에서 매매 주문을 내면 그 내용이 즉각 자신의 컴퓨터에 입력되어 다른 종목의 다른 수량으로 매매 주문이 나가도록 해야 하며, 전체 매매 금액은 원래의 진짜 주문과 1원짜리 하나도 틀려서는 안 되는 것이다.

게다가 자신의 컴퓨터는 스탠더드증권의 모니터에 원주문이 체결된 것과 같은 결과를 띄워주어야 한다. 뿐만 아니라 스탠더드증권에서 뽑아보는 당일 총결산도 원주문의 결과대로 모니터에 띄워주어야 하는 것이다. 전화선을 충분히 확보해야 가능한 일이다.

문제는 자동변환 프로그램이었다. 매매 주문의 결과

는 수 초 혹은 수십 초 이내에 스탠더드증권의 모니터에 떠야 하는데, 그것을 수동으로 받아 컴퓨터에서 계산을 하고 다시 매매 주문을 보낸다면 시간이 너무 경과할 것이 뻔하다. 증권 담당자가 키보드를 치자마자 원주문에 상응한 종목들을 검색하여 전체 액수까지 맞추고 매매 주문을 내는 자동변환 프로그램을 설치하는 일이 컴퓨터 조작의 핵인 것이다.

수아에게는 이 프로그램을 만들 수 있는 능력이 없었다. 이런 정도의 변환 프로그램을 짧은 시간 안에 만들 수 있는 실력자는 세계에서도 손꼽을 정도이다.

수아는 며칠째 프로그램을 만드느라 밤을 새다시피 했지만 도저히 완벽하게 들어맞는 것을 만들어낼 수는 없었다. 아무리 컴퓨터 천재라 하더라도 분야가 다른 일이었다.

실패할 때마다 수아는 이메일을 확인했지만 여전히 프로메테우스로부터는 아무런 연락이 없었다.

보이지 않는 힘

　요코하마에서 벌어진 일본 해상자위대의 신함대 구축 축하행사에서는 사상 최초로 일반인들을 추첨을 통해 그날 탑승시키기로 결정했다. 추첨에는 무려 6만 명이 응모했고, 낙첨된 수많은 젊은이들은 육지에서 함대의 위용을 지켜보면서 열렬히 손을 흔들며 기성을 질러댔다.

　행사에 참석한 수상의 얼굴은 상기되어 있었다. 엄숙하고 긴장된 분위기 속에 거행된 함대의 분열 및 도열 시범도 감동적이었지만 수많은 국민들이 정부의 자위대 정책에 보내는 열렬한 지지가 그대로 가슴에 느껴졌기 때문이다. 최고로 기분이 좋아진 수상은 리셉션에서 야마자키 이사장을 불렀다.

　"이사장, 참 좋은 아이디어였소. 추첨을 통해 국민들을 함대에 승선시킨다는 것은 우리 정치인들은 생각지도 못한 재기가 번뜩이는 아이디어였소."

　"고맙습니다. 국민들은 늘 자극을 바라고 있습니다.

내각은 국민들에게 끊임없이 애국심을 고취시키는 역할을 해야 합니다."

수상은 소리 없이 웃었다. 그가 군인이었다면 아마도 방위청 장관은 되었을 사람이라는 생각이 들었다.

"일반인들을 추첨을 통해 함대에 승선시키자는 것도 그 자극의 하나였소?"

"그렇습니다. 정치란 국민의 마음을 읽는 것입니다. 그리고 무엇보다도 국민의 마음을 편하게 해주는 것입니다. 지금 우리 국민들은 분노하고 있습니다. 태평양 전쟁에서 패함으로써 우리 일본은 사할린을 빼앗겼습니다. 또 센카쿠 열도를 빼앗기고 다케시마마저 빼앗기고 말았습니다. 국민들이 무엇을 원하는지는 누구보다도 수상 각하께서 잘 아실 것입니다."

"알고 있소. 우리는 때가 무르익기를 기다리고 있소. 이번에 미국과 군사동맹을 맺고 작전 범위를 한반도까지 넓힌 것을 이사장도 알지 않소?"

"그러나 더욱 중요한 것은 국민들의 마음입니다. 국민들로 하여금 우리 일본의 역사와 일본혼에 대해 끊임없이 자각하도록 일깨워야 합니다. 당장 국민들은 우리가 고대로부터 3백여 년간 한반도를 지배했다는 사실도 차츰 잊어가고 있습니다. 요즘 나오는 역사 교과서 중에는 그런 사실을 단지 하나의 설로만 소개하는 것도 간간이 눈에 띄는 실정입니다. 큰 문제입니다."

"그러나 검인정 교과서란 저자가 재량껏 쓰는 것이니

정부가 간섭할 수 없지 않소?"

야마자키의 얼굴이 불만스럽게 일그러졌다.

"역사 교과서만큼은 국정으로 놔둬야 했는데 쓸개 빠진 문부성 놈들은 어느 나라 국민인지 알 수가 없습니다."

야마자키는 수상의 앞인데도 불구하고 말을 마구 했다.

"그러나 이 야마자키가 있고, 일본혼을 지키는 신민들이 있는 한 신국은 무너지지 않습니다. 이번에 임나일본부 게임을 만드는 데 우리 연구소에서 얼마나 공을 들였는지 아십니까?"

수상은 다시 웃었다. 이런 사람이 있는 한 정말 일본은 무너지지 않을 것이라는 생각이 들었다. 자신과 같은 정치인과는 달리 이 사람 야마자키는 태생적으로 애국자였다. 아니, 정확히 얘기하자면 일본혼의 신봉자였다. 그에게는 오직 일본의 영광만이 있을 뿐이었다.

수상은 그가 막대한 후원금을 주며 역사학자들에게 일본의 영광을 빛낼 역사의 발굴 및 연구를 시키는 것을 잘 알고 있었다. 뿐만 아니라 야스쿠니신사를 참배하지 않는 관료들의 뒤를 조사하여 온갖 스캔들을 들추어낸다는 것도 익히 알고 있는 터였다. 수상은 그의 입을 쳐다보았다.

"게임을 하는 사람들의 심리를 치밀하게 연구했지요. 심리학자만 해도 다섯 사람이나 참여했습니다. 게임을 하면서 사람들은 자연히 한반도는 과거 우리 일본의 땅이었다는 사실을 알게 됩니다. 아니, 다만 아는 것이 아니라 무의식 속에 녹아들어가는 겁니다. 사람들은 그 게임을 하는 사이에 3백 년간이나 한반도를 지배했던 일본이 20세기에 들어와 한반도를 다시 36년간 지배한 것은 전혀 잘못된 일이 아니라고 생각하게 됩니다. 더군다나 다케시마 문제에 있어서도 암암리에 우리의 주장에 동조하게 되어 있습니다. 저는 이런 의식화 작업들이 무엇보다 중요하다고 생각합니다."

"요는 미국인들의 의식을 우리 일본에 우호적인 쪽으로 바꿔놓는 것이 중요하오."

"옳은 말씀입니다. 그래서 임나일본부 게임을 미국의 마이크로소프트사에서 전세계에 내놓도록 한 것입니다. 마이크로소프트사는 전세계에 소프트웨어를 공급합니다. 일단 시장에 내놓기 전에 그 회사의 두뇌들에게 우리 일본의 역사를 깊이 심어준 것은 앞으로 여러 형태로 작용할 것입니다."

"이사장이 그렇게나 진지하게 일본의 역사를 알리고자 애쓰는 데 대해 수상으로서 경의를 표하오."

"그런데 아주 심각한 일이 있습니다."

야마자키의 목소리에 힘이 들어갔다.

"무슨 일이오?"

"사할린과 센카쿠 열도는 되찾아도 다케시마는 못 찾을 것 같은 불길한 예감이 듭니다."

수상의 눈썹이 꿈틀했다.

"무슨 소리요? 오히려 다케시마가 가장 쉽지 않소? 내각의 멤버 중에는 한국이 다케시마에 건설한 접안시설을 폭격해야 한다는 강경파도 있소. 국제사법재판소에 20여 년간 제소하고 있는 등 명분은 우리가 다 갖고 있으니까. 사실 지금 당장 해도 한국으로서는 대응할 방법이 없소."

"세상의 큰일은 보이지 않는 힘에 의해 결정됩니다. 이것을 무시하고 일을 도모하면 반드시 실패합니다."

"보이지 않는 힘이라니?"

"호사이 선생께서는 지금껏 일본의 기가 승한 것은 만주와 한반도의 기를 꽉 묶어놨기 때문이라고 하셨습니다."

"호사이가 누구요?"

수상은 무심코 물었으나 야마자키의 눈초리를 대하자 찔끔했다. 그의 눈초리는 수상이란 사람이 호사이도 모르는가 하고 질타하는 것 같았다.

"우리 일본을 가장 일본답게 만든 분입니다. 모든 법술사들과 신관들의 위에 계셨던 분입니다. 세상에는 정치인들이 이끌어가는 보이는 힘도 있지만, 신묘한 힘을 가진 분들이 이끌어가는 보이지 않는 힘도 있지요."

"그분이 만주와 한반도의 기를 묶어놨다는 얘기요?"

"그렇습니다. 그분은 합방 초기에 조선의 기를 면밀히 살펴보시고는 큰 인물이 나올 혈을 모두 막으셨습니다. 그분은 20세기에는 일본이 때를 만났지만 21세기에는 천기가 조선으로 넘어간다고 하셨습니다."

"오호, 그래요?"

수상의 표정이 진지해졌다.

"그러나 천기가 넘어가도 지기를 만나지 못하면 별일이 없을 것이라고 하시면서, 천기가 넘어가는 것은 어쩔 수 없지만 지기는 인간이 잘하면 막을 수 있을 것이라고 하셨습니다."

"인간이 잘하면?"

"그렇습니다. 바로 우리 일본인들이 잘하면이란 뜻입니다."

"우리가 무엇을 잘할 수 있지요?"

야마자키는 심각한 얼굴로 잠시 눈을 감았다. 가벼운 분위기에서 말해서는 안 된다는 뜻이었다. 수상 역시 가볍게 대화할 내용이 아니란 것을 깨달았는지 야마자키가 눈을 뜨자 목소리를 낮추어 속삭였다.

"이따 도쿄로 돌아갈 때 차를 같이 탑시다. 미리 내 차에 타고 있는 게 좋겠소."

도쿄로 돌아가는 리무진 안에서 수상은 운전석과 뒷좌석 사이의 유리를 올리게 했다. 아무도 듣는 사람이 없었지만 야마자키의 목소리는 나직했다.

"호사이 선생께서는 조선에는 세 가지 힘이 있는데 그 세 가지를 모두 제압하면 조선이 무너지고, 그 세 가지가 모두 드러나면 조선은 천기와 지기가 만나 국운이

구름 위에 있게 된다고 하셨습니다."

수상의 표정은 이제 한층 더 진지해 보였다.

"무엇이오, 그 세 가지 힘이란?"

"해인사의 팔만대장경은 한반도 사상 최초로 임금부터 백성까지, 심지어는 심산유곡에 숨어 있던 선인이나 도사들까지 일편단심으로 한반도의 보전을 빌었던 영물입니다. 지배층의 일방적인 강요에 의해 이루어졌던 세상의 어떠한 기원보다도 그 뜻이 순수하고, 한반도의 모든 기와 주문이 담겨 있어 그 힘은 세상의 어떤 다른 것과도 비할 바가 아닙니다. 결국 그들은 몽고의 침입을 견뎌냈지요. 중국도 지배당했는데 말입니다."

"나도 그 대장경이 보통의 보물이 아니란 것은 알고 있었지만 그런 정도인지는 몰랐소. 그런데 이상한 일이 있소."

"무엇입니까?"

"그런 정도의 영물이라면 지난 임진년의 조선 정벌 때 왜 가지고 오지 못했소? 다른 것은 모두 가져왔으면서 유독 그것만 남겨둔 것은 무슨 이유였소?"

"대장경을 가지고 오기 위해 히데요시는 온 힘을 다 쏟았습니다. 출정 전에 이미 장군들에게 엄명을 내렸을 뿐만 아니라 진군 중에도 몇 번이나 독촉했습니다. 그러나 괴이하게도 조선의 출중한 의병장은 모두 가야산을 중심으로 일어났고, 우리 군사는 도저히 해인사에 접근할 수가 없었던 것입니다."

"지난 식민시대에도 가능했을 것 같은데."

"감히 누구도 마음먹지 못했습니다. 대장경의 영력이 소인들의 발심 자체를 제압했던 것입니다."

"그래서 아무도 시도를 안 했다는 얘기요?"

"수없는 시도를 했지만 대장경이 스스로를 지켜 그 힘을 누를 수가 없었지요. 경판 여남은 장을 빼내는 정도로 만족해야 했습니다."

"호사이 선생은 관여하지 않으셨소?"

"호사이 선생께서는 오히려 팔만대장경을 건드려서는 안 된다고 말씀하셨습니다. 법술사들에게 호사이 선생의 한마디란 천근보다 무거운 것입니다."

"그리고 또 다른 힘이란?"

"북악의 지맥입니다."

"북악의 지맥?"

"네. 서울의 진산인 북악에서 펼쳐나는 지기가 조선인들의 생기를 좌우한다고 했습니다. 즉, 인물이 나고 나라의 기운이 뻗치는 것이 모두 북악의 지맥에 달려 있다는 것입니다. 북악의 기는 지금의 청와대 밑을 지나 경복궁 바로 앞에서 뻗쳐오르게 되어 있습니다."

"그것도 호사이 선생이 말씀하신 것이오?"

"그렇습니다."

"호사이 선생은 북악의 지맥에 대해서는 어떤 태도를 보이셨소?"

"선생께서는 손수 북악의 지맥을 막으셨습니다. 선생

은 총독부를 지을 당시 서울로 초빙되어 지세를 일견하시고는 북악의 정기가 뻗쳐오르는 경복궁 대문 앞에 361개의 철추를 박아 지맥을 끊어버리라고 말씀하셨습니다."

"그래서 그대로 했소?"

"철추는 녹이 슬어 건물에 옮겨질 우려가 있다 하여 대신 콘크리트 기둥을 빽빽이 박아 지맥을 막고는 흙을 덮었습니다. 그리고 그 위에 총독부를 지어 은폐했습니다. 게다가 총독부를 날 일(日) 자의 형상으로 짓도록 했습니다. 바로 우리 일본의 상징입니다."

수상은 흥미가 가득 담긴 얼굴로 야마자키의 설명을 들었다. 호사이라는 인물이 말할 수 없을 정도로 신비하게 다가왔다.

"두 가지 힘이 대장경과 북악의 지기라면, 세 가지 힘 중에 한 가지가 남았군. 그것은 무엇이오?"

야마자키의 얼굴에 곤혹스러운 표정이 떠올랐다. 잠시 생각하던 그는 이윽고 무엇인가를 결심한 듯 짧은 목소리로 내뱉듯 말했다.

"수상 각하, 죄송합니다만 그것은 말씀드릴 수 없습니다."

"어째서요?"

수상은 불쾌한 기분을 애써 누르며 담담한 목소리로 물었다.

"저는 그분의 제자와 약속을 했습니다. 아무에게도

얘기하지 않기로요."

"나는 비밀을 지킬 것이오."

"호사이 선생의 제자 역시 대단한 사람입니다. 그는 모든 것에 통한 사람입니다. 제가 말을 하면 그 사람은 즉각 알게 됩니다. 그러면 약속을 어기는 것이지요."

"오호, 야마자키 이사장이 약속을 그렇게나 잘 지키는 사람인 줄은 몰랐소."

"죄송합니다."

수상이 노골적으로 비아냥거렸지만 야마자키는 끄떡도 하지 않았다. 수상은 그가 절대로 입을 열지 않을 것이라고 생각했는지 그것에 대해서는 더 이상 묻지 않았다.

"그런데 이사장은 아까 중국과 러시아를 상대해서는 섬을 되찾아도 다케시마는 못 찾을 것 같은 불길한 예감이 든다고 했는데 그것은 왜 그렇소?"

"호사이 선생은 조선의 북악 밑에 박아둔 석주가 드러나면 전국의 요처에 묻어둔 부적이 힘을 잃고 명산의 기가 다시 살아난다고 하셨습니다."

"그런데 지금에 와서 그것이 드러났다는 얘기요?"

"몇 년만 더 넘겼으면 신국의 국운이 다시금 그 땅에 뻗쳤을 터인데 안타깝게도 불과 얼마 전 총독부가 해체되자 건물로 은폐되었던 그것이 그만 드러나고 말았습니다."

"그렇다면 세 가지 힘 중에서 이미 두 가지가 세상에

환히 드러났으니 한반도의 천기가 지기를 만날 가능성
은 매우 크다고 보아야 하겠군."

"그것이……."

야마자키는 무슨 말을 하려다 말고 다시 입을 굳게 다
물었다. 수상은 야마자키가 일본인들이 잘하면 한반도
의 천기와 지기가 만나는 것을 막을 수 있다고 했던 얘
기를 떠올렸다.

디데이

철저한 보안을 유지하고 있던 딕슨은 드디어 디데이를 정했다. 그리 규모가 크지 않은 한국의 증시는 딕슨의 자금 유입만으로도 달아오를 것이 뻔했기 때문에 딕슨은 디데이 전까지는 모든 자금을 도쿄와 홍콩에 집결시켜 두었다. 투자자들은 증시 전면개방을 앞두고 유입되는 외화의 액수에 신경을 곤두세우고 있었다.

딕슨은 이미 한국의 펀드매니저들과 종목 선택에 대해서는 충분히 의논을 해두었다. 거액의 자금으로 매매를 용이하게 하려면 아무래도 대형 우량주를 살 수밖에 없었다. 다행히 한국에는 대형 우량주가 수십 개나 포진해 있었다.

딕슨은 모든 여건이 충족되어 있다고 생각했다. 아니, 기대 이상이었다. 다만 문제가 있다면 증시 개방에 대한 한국 투자자들의 기대치가 너무 커서 자신이 매입하기 전에 주가가 너무 올라버릴 수도 있다는 것이었다. 그것은 바로 수익률의 감소를 뜻한다.

딕슨은 아서와 자신이 마련해두었던 두 가지 대비책 중의 하나를 쓸 시기가 되었다고 생각하고는 아서 회장에게 바로 팩스를 보냈다.

'회장님, 미스터 굿맨을 만나주십시오. 우리는 소방수가 필요합니다.'

대서양을 면하고 있는 항구 도시 세일럼의 앞바다는 바람이 없어 날씨가 맑으면 바다에 떠 있는 요트들이 마치 그림을 그려놓은 것처럼 움직임이 없었다.

뉴욕의 재벌들은 가끔 이 오래된 대서양의 도시 세일럼에 와서 잔잔한 바다를 가르는 요트에서 하루를 보내곤 했다. 메인 로브스터니 뭐니 해도 바닷가재라면 역시 이곳 세일럼이 세계 최고이기 때문에 재벌들은 뉴욕에서 거리가 다소 먼 흠이 있어도 반드시 이곳을 찾곤 한다.

"어서 오게나, 조지."

막 요트에 오른 오십대 후반의 사나이를 향해 팔을 활짝 벌린 채로 다가오는 아서의 표정이 더없이 밝아 보였다.

"아서, 오랜만이야."

조지라고 불린 사나이는 키가 작은 아서의 뒷머리를 손으로 쓰다듬으며 안았다.

"이제껏 본 것 중에 제일 큰 놈을 잡았지 뭔가. 그래서 부리나케 자네에게 연락을 했지. 혼자 먹기에는 너무도 아깝더란 말이야."

"고맙네. 얼마나 큰 놈인지 나도 좀 보고 싶네."

"여부가 있나. 자네에게 보여주려고 지금껏 기다리고 있었지 뭔가."

아서가 손짓을 하자 마도로스 모자를 쓴 사나이가 낚시용의 큰 플라스틱 박스를 가지고 왔다. 머리부터 꼬리까지의 길이가 1미터도 넘음직한 바닷가재가 불안한 듯 더듬이를 빙빙 돌리며 몸부림치고 있었다.

"야, 대단한데!"

"게다가 기막힌 버터가 있어. 켄터키 어느 농가에서 만든 것인데 세상에 이렇게 맛있는 버터는 난 먹다먹다 처음이야."

"자네 이야기에 난 벌써 군침이 도는군."

한바탕 수다를 떤 두 사람은 잠시 후 선실에 마주 앉았다. 온더록스의 위스키 잔을 손에 쥔 조지가 웃음 띤 얼굴로 물었다.

"아서, 내게 할 말이 있는 것 같군."

"그래, 자네 도움을 좀 빌리고 싶어 만나자고 했네."

"하하, 자네가 저렇게 맛있는 가재 요리를 해주는데 안 들어줄 도리가 있나. 그래 뭔가?"

"사우스코리아라고 있지?"

"사우스코리아? 그래, 그런데 왜?"

"그 나라에 대해 좀 알고 있나?"

"그럼, 아다마다."

"그래? 거래는 얼마나 있었나? 우리 조사로는 한 5억 달러쯤 되는 것 같던데."

"그래, 그 정도야. 아직도 그 정도 놔두고 있지."

"뭘 했나?"

"외환도 하고 주식도 좀 했어."

"재미는 봤나?"

"외환은 좀 보고 주식은 별로 못 봤어. 그 나라는 특이하게도 정부가 주식을 쥐고 흔들어. 좀 오를 만하면 찬물을 끼얹지. 그 나라 관리들은 주식을 불로소득이라고 생각하나 봐. 게다가 증권 중개인들은 투자자들에게는 주식투자의 호기라고 부추기고는 자기들이 가진 것은 내다 팔지. 개인 투자자들은 백 퍼센트 손해 보는 나라야."

"후후, 자네도 손해 좀 본 모양이지?"

"화가 나서 한번 뒤집어버리려고 한 적도 있지. 그전에 손해를 엄청 보는 바람에 참을 수밖에 없었지만. 동남아에선 벌었어도 한국에선 번 게 없네. 아니, 벌기는커녕 오히려 외환위기를 당한 한국인들이 도와달라는 바람에 곤란했어. 명성도 유지해야 했으니 말이야."

"이 사람, 돈 장사에 명성이 무슨 소용인가. 그럼 명성 때문에 내 부탁도 안 들어주겠단 말인가?"

"그럴 리가 있나? 그런 걸 생각하면 돈 벌 데라곤 세상에 한 군데도 없게. 한때 기분이었어."

아서는 만족한 듯 위스키를 한 모금 마셨다.

"나는 지금 한국에 모든 걸 걸었어."

"무슨 소리야?"

"딕슨이 한국을 많이 연구했네. 의외로 시장 규모가 좀 있어. 이번에 외국인에게 완전 개방을 하는데 한탕 세게 때릴 수 있겠더라구."

"음, 나도 감이 나쁘진 않아. 그런데 얼마를 집어넣었나?"

"25억 달러."

"목표는?"

"40퍼센트."

"10억 달러군."

"그래."

"얼마 동안에?"

"2주일."

"2주일이라구? 어떻게 하지?"

조지는 흥미 있는 표정으로 아서를 쳐다봤다.

"자금을 다섯 개 나라의 돈으로 나누었어. 물론 서로 다른 각각의 회사에서 투자하는 것으로 해두었지. 하루에 한 회사씩 주식을 사는 거야. 다섯 개 회사가 하루씩 나누어 사면 엄청난 자금이 유입되기 때문에 주식은 매일 오르게 되어 있지. 그 사이에 먼저 샀던 회사는 며칠에 한 번씩 모조리 팔았다가 다시 종목을 바꿔 사는 거야. 물론 대형 우량주만 다루는 거지. 그래야 나중에 자금을 빼기 위해 한꺼번에 대량 매도를 해도 의심을 받지 않기 때문이야. 우리의 매매 패턴이라고 생각하게 하는 거지. 관망하던 자들도 둘째 주부터는 쫓아오게 되어 있어. 둘째 주는 폭발장이 될 거야. 우리는 계속 한국 우량 기업들의 주가가 몇 배나 저평가되어 있다면서 매매를 계속하는 거야. 그렇게 둘째 주 중반쯤 가면 목표는 초과 달성할 수 있어. 우리는 보유한 주식을 모두 매각하고는 신규 매입을 중단하는 거지. 이때가 중요한데, 매각 직전에 내가 미리 교섭해둔 타이거의 자금이 또 들어와. 투자자들은 우리가 가진 주식을 모두 매각하더라도 새로운 자금이 들어와 대기하고 있기 때문에 걱정할 것이 없다고 생각하지. 그러나 그 자금은 투자와는 상관없어. 우리의 안전 철수를 보장하는 역할만 할 뿐이지. 우리가 자금을 다 빼내 나가면 그 자금도 며칠 안에 나가버리는 거야. 물론 나는 그들의 자금 동원에 대해서는 충분한 대가를 지불하는 거지. 어떤가, 내 계획이?"

"완벽하구먼."

"자네의 칭찬을 들으니 반갑네."

"그런데 어째서 내 도움이 필요하다는 거지?"

"내가 본격적인 매매를 시작하기 전에 주식이 잔뜩 올라버리는 게 싫어. 그것을 자네가 좀 도와달라는 거야."

"내가? 어떻게?"

"한국인들은 지난번에 호되게 당한 이후로 늘 외환에 불안을 느끼고 있어. 내가 시작하기 전까지 자네가 원

106

화를 좀 공격해달라는 거야. 그들은 자원이 없기 때문에 국제수지에 지나치게 민감해. 외환만 흔들면 그 나라는 벌벌 떨어. 원화를 좀 흔들어줘."

"그러다 내가 손해 보면?"

"손해 볼 리가 없어. 자넨 이름이 있으니까 적은 돈으로도 겁을 줄 수 있잖아. 내가 요구하는 건 단지 일주일, 길어도 열흘 정도야. 부탁하네."

"흐흐흐, 이제 보니 자네 정치인감이구먼. 아주 치밀한 계획이야. 물론 협조하지. 나도 지난번 동남아 투자때 자네 도움을 받았지 않은가."

"고맙네, 정말 고마워. 이 지구상에 어떤 일이 벌어지더라도 자네와 내가 협조하면 안 될 일이 뭐가 있겠나. 자, 그럼 바닷가재 맛이나 볼까."

"와인은 내가 가져왔네."

두 사람은 정답게 어깨를 걸고 식당으로 들어갔다.

"핫머니가 결코 나쁜 것만은 아닙니다. 그들은 증시를 자극하여 활기를 불어넣기도 하지요. 게다가 그들이 항상 이익을 얻는 것은 아닙니다. 손해를 보는 경우도 많아요. 지금 우리나라에 조지의 자금도 약 5억 달러 정도 들어와 있지만 그 돈은 긍정적으로 작용했습니다. 그 사람은 오히려 손해를 봤지요."

재경원이나 증권감독원에서는 우선 수아를 믿으려 들지 않았다.

"이건 그 정도가 아니란 말이에요. 전쟁이에요, 전쟁. 금융전쟁이란 말이에요."

"학생, 경제란 그렇게 간단한 게 아니에요. 증시의 전면개방이란 투자자를 가려 허락하고 말고 할 수 있는 게 아니란 말이오."

"우리나라의 선량한 투자자들이 모두 피해를 입는데도 팔짱만 끼고 있을 거란 말이에요?"

수아가 분노한 얼굴로 고함을 지르자 담당자는 귀찮다는 표정으로 마지못해 한마디 툭 던졌다.

"일단 감시는 할 테니까 자료는 주고 가요."

그리고는 전화번호 하나 묻지 않고 자리에서 일어나 나가버렸다.

수아는 그냥 미국으로 돌아가버리고 싶은 기분을 몇 번이나 억눌렀다. 증권시장, 나아가서는 한국 경제를 파탄에 빠뜨릴 수 있는 어마어마한 위기를 눈앞에 두고도 피해버린다면 두고두고 후회할 것 같았다. 분통이 터졌지만 수아는 꾸욱 눌러 참고는 호텔로 돌아왔다.

혹시나 하는 마음으로 이메일을 확인했지만 프로메테우스로부터는 여전히 소식이 없었다.

조지는 한국의 외환시장을 무섭게 흔들어댔다. 하루가 멀게 떨어지는 원화 가치는 한국인들의 마음에 먹구름을 피워 올렸다. 이미 외환에 크게 덴 적이 있는 한국인들의 불안은 날로 확산되었다. 모든 경제 뉴스는 다시 외환위기라며 떠들어댔다.

닥슨은 회심의 미소를 지었다. 과연 조지였다. 이제 그는 바닥에 떨어진 열매들을 주워 담기만 하면 되는 것이다.

디데이의 아침, 롯데호텔의 스위트룸에서 기분 좋게 눈을 뜬 닥슨은 룸서비스로 아침을 시켜 먹고는 14층의 사우나로 내려갔다. 어느새 습관이 배었는지 땀을 흘리고 났을 때의 상쾌함이 전신을 감싸고 들었다.

목욕을 마친 닥슨은 바로 호텔 옆에 있는 스탠더드증권으로 걸음을 옮겼다.

"부사장님께서 기다리고 계십니다."

입구에 미리 나와 대기하고 있던 간부 사원이 허리를 깊이 숙여 인사를 했다.

스탠더드증권으로서는 서울에 지사를 연 이래 닥슨이 사상 최대의 손님이었다. 보안 유지를 중시하는 닥슨이 한국의 증권회사로 갈 리는 없었지만, 생각조차 할 수 없는 거액을 갖고 나타난 이 사나이를 적당히 대접한다는 것은 있을 수 없는 일이었다.

지사장이 있었지만 본사의 부사장이 순전히 닥슨 한 사람 때문에 홍콩에서 한국으로 부리나케 날아왔다. 주식 중개수수료는 이미 논의가 되었기 때문에 부사장은 오로지 닥슨의 접대와 혹시 있을지 모르는 사고를 미연에 방지하기 위한 지원역으로 와 있는 것이다.

부사장은 닥슨이 들어오자 자리에서 일어나 깍듯이

고개를 숙였다.

"오늘부터 매입을 시작하겠소. 삼성전자, 포항제철, 삼성화재, 한전, 대우중공업 등의 대형주를 며칠 동안 나오는 대로 계속 사들이시오. 단, 최대한 기술적으로 매입하시오. 무슨 말인지는 알 거요."

"알겠습니다."

대기업일수록 해외 차입금이 많아 외환위기가 다시 거론되자 거의 모든 대형주가 바닥시세를 면치 못하고 있는 터라, 스탠더드증권의 부사장을 비롯한 직원들은 어리둥절했다. 그러나 뭐라 의견을 개진할 상황도 아니었고 그럴 필요도 없었다. 상대는 자신들보다 몇 수 위의 펀드매니저였기 때문이다. 게다가 상상도 할 수 없는 거액을 동원하고 있는 터였다.

과연 그랬다. 워낙 거대한 액수의 자금 앞에는 종목 선택이니 뭐니 하는 이론은 아무런 타당성이 없었다. 바닥까지 내려가 있던 증시인 데다가 움직임이 무거운 대형주들인지라 매기가 형성되자 하한가 부근에서도 매물이 쏟아져나왔다.

다음 날 증권회사에 나온 딕슨은 어제 샀던 주식의 일부를 극히 낮은 가격에 내놓았다. 그러자 혹시나 하고 대기하고 있던 매물들이 다시 쏟아져나왔다. 고도의 테크닉이었다. 오후장에 들어서서야 딕슨은 본격적인 매입을 시작했고 역시 하한가 부근에서 엄청난 양을 사들일 수 있었다.

며칠이 지나는 동안 딕슨은 한국의 증권가에서는 상상조차 할 수 없는 방법을 동원하여 엄청난 매물을 거둬들였다.

　조지의 환투기에 넋이 빠져 있던 국내의 금융 당국이나 불안한 주식시장을 관망하기만 하던 투자자들은 외국 자금의 엄청난 매수세가 본격적인 것으로 판단되자 그제야 기력을 회복하는 모습이었다.

　딕슨이 주식을 긁어모으기 시작한 지 나흘째 되는 날부터는 대형주를 중심으로 주가가 서서히 오르기 시작하더니 그다음 날에는 순식간에 폭등세를 보였다. 며칠 전에 하한가 가깝게 딕슨에게 주식을 팔아넘겼던 기관투자자들이 사흘간 상한가를 기록한 상황에서 팔았던 주식을 되사는 해프닝이 벌어졌다.

　그 주의 마지막 날 장세는 사상 유례 없는 거래량과 전 종목 상한가를 보이며 마감되었다.

　그동안 저평가되었던 한국 기업들의 주가가 이제야 제자리를 찾은 것 같습니다. 세계 5개국에서 들어온 거액의 자금은 지난 일주일간 엄청난 양의 주식을 사들였습니다. 주초 침체를 면치 못하던 주식시장은 주말에는 폭등세를 보였습니다. 게다가 외국의 다른 거액 투자자들도 속속 한국으로 자금을 이동시키고 있어 이런 폭등세는 장기간 이어질 것으로 보입니다.

딕슨은 토요일 오후 제주도로 떠나며 다시 한번 회심의 미소를 지었다. 정말로 뜨거운 한 주가 또 기다리고 있는 것이다.

다시 증권감독원을 찾아간 수아는 이번에는 원장실로 뛰어들어갔다. 그러나 수아를 제지하고 자초지종을 들은 비서는 담당 부서장을 만나게 해줄 뿐이었다.

"여기 이 자료를 보세요. 지금 5개국에서 들어온 돈은 모두 라이언펀드의 자금이에요. 감시를 피하기 위해 은폐한 데 불과하단 말이에요. 지금 바로 이들을 조사해야 한다구요."

"그런데 그들이 모두 한날한시에 자금을 빼내가버린다는 증거는 없지 않소?"

"여기 이 숫자군을 보세요. 모두 40퍼센트의 이득을 보는 걸로 계획되어 있잖아요?"

"이런 표는 만들어볼 수 있는 거요. 여기엔 그들이 일시에 자금을 빼내간다는 어떤 암시도 들어 있지 않잖아요."

"그렇다면 그들이 왜 자금을 위장 분산하여 들어왔겠어요?"

"그걸 어떻게 믿으란 말이오. 이런 종이쪽지 한 장 때문에 국제적 마찰이 벌어질 수 있는 일을 정부더러 하라는 건 아니겠지요. 설사 그렇다 하더라도 거기엔 여러 가지 이유가 있을 수 있겠지요. 본국의 세금 문제도 있을 수 있겠고……."

"이곳에서 이익을 얻는데 본국에 무슨 세금을 낸단 말이에요?"

"하여간 그들은 투자할 자유가 있소. 수익을 본국으로 가지고 갈 수도 있고. 그것이 보장되지 않으면 외국 자본이 들어올 리가 없지 않소?"

"그러나 이건 계략이란 말이에요. 우리나라 주식시장을 붕괴 상태에 빠뜨린 채 돈만 챙겨 가는데 그냥 있는다는 게 말이나 돼요?"

"그렇다면 학생은 오랜만에 찾아온 우리 주식시장의 대활황을 정부가 나서서 깨는 게 옳단 말이오?"

그의 얼굴에는 마치 구세주와 같은 외국인 투자자를 의심하는 수아에 대한 불만이 노골적으로 드러났다. 조지의 환투기로 불안한 상황에서 사상 초유의 대규모 주식투자 자금이 들어온 것은 그의 생각에는 하늘의 도움이었다.

얼마 전부터 국내 금융시장에는 이유 여하를 불문하고 달러가 들어오는 것보다 고마운 일은 없었다. 그런데 그토록 고마운 주식투자 자금에 대해 조사를 해야 한다는 칠없는 여학생의 주장은 엉뚱함으로밖에 받아들여지지 않았다.

"함부로 그런 주장을 하고 다니다가는 허위사실 유포로 인한 증시 교란으로 검찰에 고발당할 수 있소."

도무지 말이 통하지 않는다는 것을 느낀 수아는 다시 한번 분노와 답답함을 느끼며 돌아나올 수밖에 없었다.

난생처음으로 느끼는 어쩔 수 없는 무력감이 온몸을 휘감아왔다. 뜨겁게 달아오르는 주식시장을 보면서 자신만이 이 위태로운 현실에 애태우고 있는지도 모른다고 생각했다.

모든 게 부질없는 짓인지도 몰랐다. 그래서 뭐가 어떻게 변한단 말인가. 라이언펀드가 한국에 와서 돈을 벌어 간다고 해서, 그 결과로 주식시장이 붕괴 상태에 직면한다고 해서 뭐가 어떻게 된단 말인가. 자본주의는 이제 시장 지배를 떠나 금융 지배로 들어가고 있지 않은가. 어차피 한국은 미국의 자본력에 지배당할 수밖에 없지 않은가. 그리고 무엇보다도 증시 붕괴라는 것이 도대체 나와 무슨 상관이 있는 일인가.

수아는 갑자기 심한 회의와 무력감에 휩싸였다. 의욕이 없어지고 실없는 웃음만 나왔다. 수아는 호텔로 돌아가 침대 깊숙이 몸을 파묻었다. 텔레비전을 몇 시간이나 보다가 저녁은 룸서비스로 시켜 먹고 다시 텔레비전을 보았다. 그러다가 재미있는 프로그램이 없자 일본의 NHK와 홍콩의 스타TV를 봤다.

수아는 텔레비전을 보면서도 자신이 무엇을 보고 있는지조차 몰랐다. 자꾸만 떠오르는 정완의 기대 어린 눈길을 지워버리려고 몇 번이나 채널을 돌렸다.

그러기를 반복하다가 수아는 자기도 모르게 선배한테서 받아 안쪽 주머니에 넣어두었던 테드의 전화번호를 꺼내 다이얼을 돌렸다. 스탠퍼드에서의 생활이 그리웠던 것이다.

테드는 웬일이냐며 깜짝 놀랐다. 그는 동북아시아의 샤머니즘에 대한 조사를 하기 위해 왔는데 한국에서의 일을 마쳤으며 며칠 후 일본으로 떠난다고 했다. 수아는 별 얘기 없이 테드의 일이 잘되기를 바란다고 하고는 전화를 끊었다. 목소리에는 스스로도 느껴질 정도의 패배감이 짙게 배어 있었다.

새벽이 가까워오면서 중압감은 더욱 가슴을 눌러왔다. 급기야 수아는 미니바에 있는 술을 꺼내 마셨다. 외롭고 허전한 기분에 계속 잔을 채우던 수아는 동이 훤히 터올 무렵 완전히 취하고 말았다.

비틀거리며 일어난 수아는 수화기를 들어 자신도 모르게 다이얼을 돌렸다. 미국이었다. 정완이 나오자 수아의 목소리는 울먹임으로 변했다.

"아저씨, 수아예요. 이제는 모르겠어요. 입이 닳도록 외쳐대도 모르겠다는 놈의 나라는 이제 나도 모르겠어요."

상대가 뭐라고 하는지는 귀에 들어오지 않았다. 전화에 대고 울분을 다 토하고 나서 푹신한 침대에 몸을 묻으니 한없는 자유와 편안함이 기분 좋게 온몸에 스며들었다. 금융 붕괴니 뭐니 하는 것을 잊어버리니 얼마나 편한지 몰랐다.

해후

    얼마를 잤을까. 눈을 뜨고 시계를 보니 이미 오후 세 시가 넘어 있었다. 수아는 말할 수 없이 공허한 기분에 휩싸였다. 자신이 할 수 있는 일이 아무것도 없다는 무력감이 그녀의 텅 빈 가슴을 더욱 쓰라리게 했다.

    한낮의 호텔 방에 혼자 누워 있다는 사실, 아니 그보다도 일어나도 아무런 할 일이 없다는 생각이 수아를 더욱 비참하게 했다. 수아는 수화기를 들어 항공사로 다이얼을 돌렸다. 다섯 시간 후인 저녁 여덟 시에 미국으로 떠나는 비행기가 있었다. 수아는 좌석 예약을 하려다 말고 급히 수화기를 놔버렸다.

    그러나 이내 다시 전화기를 들었다. 비행기표를 예약하는 동안 수아의 뇌리에는 불가항력의 거대한 현실 앞에서 허덕이는 자신과 그 현실을 배후에서 흔들어대는 딕슨의 모습이 투영되었다. 수아는 회의에 젖어 짐을 정리했다.

    도대체 무엇 때문에 한국에까지 날아왔는지 이해할

수 없었다. 정작 여기에 있는 관리들과 증권 전문가들은 눈 하나 깜빡하지 않는데, 미친 사람 취급을 받으면서 음모니 계략이니 떠들고 다녔던 자신의 존재가 우스꽝스럽게 생각됐다.

자신이 없어도, 자신이 아무 일을 하지 않아도 한국에 문제가 있을 것은 없었다. 어차피 한국이란 그렇게 그렇게 흘러가는 나라인 것이다. 증시가 초토화되든 금융이 붕괴되든 자신과는 관련이 없는 것이다.

세면도구까지 빠짐없이 챙겨 넣은 수아는 마지막으로 수화기를 들었다.

"아버지, 저예요."

"응, 수아구나. 어떻게 지내니?"

수아는 차마 한국에 와 있다는 말을 할 수 없었다. 이번 일은 급하기도 했지만, 아버지와 의논 한마디 없이 한국으로 날아왔던지라 지금 와서 그 얘기를 할 수가 없었던 것이다. 수아는 마음이 무거웠다.

"잘 지내고 있어요."

그러나 아버지는 수아에게 무슨 일이 일어났음을 알아챘는지 즉시 목소리가 바뀌었다.

"어째 목소리에 힘이 없어 보이는구나."

"별일 없어요."

수아는 왈칵 서러움이 복받치는 것을 애써 눌렀다.

"오늘 목욕을 갔는데 말이다, 목욕탕에 때밀이 청년이 하나 새로 왔더구나."

"네에."

"그런데 그 친구가 욕조 주위를 오리걸음으로 죽어라 하고 뱅뱅 도는 거야."

"네에."

"사람들이 그 앞에서는 차마 웃을 수가 없으니까 사우나실에 들어가서 배를 잡고 막 웃더라. 나도 웃었어. 얼마나 웃었는지 나중에는 눈물이 다 나오려고 하더구나. 그런데 갑자기 머리를 쾅 하고 때려오는 게 있었다."

"네에."

"그래, 별일 있어 전화한 건 아니지?"

"네. 아버지 목소리 듣고 싶어 전화했어요."

"알았다. 그만 끊자."

"네, 들어가세요."

전화를 끊고 나자 수아는 한결 마음이 가벼워졌다. 아버지는 여전하셨다.

목욕탕에서 오리걸음을 걷는 때밀이 청년을 보셨다고? 가방을 들고 나오려던 수아의 뇌리에 그 청년의 모습이 말할 수 없이 엄숙하게 다가왔다.

좁고 열악한 공간에서 운동을 한다며 오리걸음을 걷는 청년. 좁은 목욕탕에서 하루 종일 지내다 보면 걸을 기회가 없어 다리가 점점 약해질 것이다. 사람들이 웃든 말든 한 발짝 한 발짝 떼어놓으며 자신의 삶을 가꾸는 청년.

아버지는 그 청년의 살아가는 모습에 감동했고, 그 감동을 사랑하는 딸에게 전해주고 싶었을 것이다. 그러나 지금 수아의 가슴은 오히려 그 청년에 대한 연민으로 가득 차올랐다. 그 청년에게 무슨 잘못이 있단 말인가.

금융 붕괴는 그런 청년들이 비 오듯 땀을 흘리며 한 푼 두 푼 모아 설계하는 미래를 완전히 앗아가버릴 것이다. 자신이 외국에 가서 공부를 할 수 있는 것도 결국은 그런 청년들이 사회에서 애써 일을 하고 있기 때문이란 생각이 들자 수아는 맥없이 침대에 털썩 주저앉고 말았다. 괴로웠다. 그리고 부끄러웠다. 이대로 물러날 수는 없었다. 그러나 할 수 있는 일이 없었다.

수아는 기계적으로 컴퓨터를 꺼냈다. 자신이 할 수 있는 일은 어쨌든 컴퓨터뿐이란 생각이 들었기 때문이다. 수아는 통신에 접속을 했다. 증권투자 동호인의 게시판을 찾아 담담한 기분으로 자신이 알고 있는 내용을 요약해 넣었다. 하지만 모처럼 활황을 맞아 후끈거리는 열기가 느껴지는 게시판에서 자신의 정보가 심각하게 받아들여질 것 같지는 않았다. 그래도 자신의 이메일 주소는 남겨두었다.

미국으로 떠나기까지 약간 남아 있는 시간 중에라도 누군가로부터 연락이 오기를 기다리는 심정으로 서성거리던 수아는 결국 공허한 심정으로 가방을 들고 호텔방을 나섰다. 역시 자신이 한국으로 온 것은 아무런 의미가 없는 일이었다는 자괴감으로 발걸음은 무겁기만 했다.

일찌감치 공항에 도착한 수아는 출국심사를 거쳐 게이트 옆의 대기실에 앉아 있었다. 일등석 전용의 귀빈 대기실이 있었지만 그런 데 올라가고 싶은 기분이 들지 않았다. 대기실의 텔레비전에서는 마침 증권 뉴스가 흘러나오고 있었다. 오늘도 주가 폭등과 더불어 시중의 자금이 속속 증권시장으로 흘러들어가고 있다는 보도였다.

카메라는 객장을 가득 메운 투자자들의 모습을 보여주고 있었다. 모두들 기쁨에 들떠 웃는 표정이었지만, 수아의 뇌리에서 그들의 모습은 이내 수심에 잠겨 허탈해하는 표정으로 변해갔다. 앞으로 어떻게 될지 뻔히 알면서도 그냥 돌아가야 한다는 패배감이 다시 한번 수아의 마음을 강하게 짓눌러왔다.

수아는 도저히 그냥 자리에 앉아 있을 수가 없었다. 무력한 자신을 자학하며 텔레비전 앞을 떠났다. 소파에 앉아서 시계를 보니 탑승 수속까지는 이제 20분이 남아 있었다.

수아는 휴대용 컴퓨터를 켰다. 떠나기 전에 증권투자 동호인의 게시판에 남겼던 자신의 메시지를 보고 누군가 이메일로 연락을 해왔다면 자세한 정보를 주고 떠나야 할 것이다. 그것만이 자신이 할 수 있는 유일한 일이었다.

'편지가 한 통 와 있습니다.'

겨우 한 사람이란 말인가. 수아는 쓴웃음을 머금으며 편지의 내용을 띄웠다. 뜻밖에도 편지는 영문으로 와 있었다.

'여러 번 편지를 보냈더군요. 연락을 못해서 미안합니다. 지금 미국에 없습니다. 급한 일이 있으면 아래의 전화로 연락 바랍니다. 82-2-334-4163. 프로메테우스로부터.'

"프로메테우스! 어, 우리나라에 와 있잖아!"

수아의 입에서 자신도 모르게 탄성이 터져나왔다. 이럴 수가 있을까. 도대체 이럴 수가 있는 건가. 그토록 찾았던 프로메테우스가 비행기 출발 시간이 다 되어 연락이 되다니. 그것도 지금 한국에 와 있다는 것이 아닌가. 전화번호는 분명히 한국, 그것도 서울이었다.

수아는 온몸에 소름이 돋는 듯한 전율을 느꼈다. 그가 한국에 와 있다니. 이것은 기적이 아닐 수 없었다. 수아는 흥분하여 전화 부스로 뛰어갔다. 몇 번 신호가 울려도 받지 않자 전화는 프런트 데스크로 이어졌다. 아홉 시 이후에 들어온다는 메시지가 남겨져 있었다.

수아는 가슴이 방망이질 치는 것을 느낄 수 있었다. 탑승 수속이 시작된다는 장내 방송이 나오고 있었지만 수아의 귀에는 들어오지 않았다.

아홉 시가 조금 지나서 전화를 걸자 프로메테우스는

바로 전화를 받았다. 그의 목소리를 듣는 순간 수아는 가슴이 떨리는 것을 느꼈다. 컴퓨터를 통해서 해킹과 방어를 수없이 반복했지만 두 사람이 사적인 대화를 하는 것은 처음이었다.

"프로메테우스, 저는 이카로스입니다."

수아의 목소리를 들은 상대방이 전혀 예상을 하지 못한 듯 놀라는 모습이 전화선을 타고 그대로 전해져왔다.

"아니 이런, 이카로스가 여자라니. 믿기지 않는군요. 아무튼 반갑습니다. 여러 번 연락을 주셨더군요. 제가 그간 컴퓨터 작업을 하지 않아서 연결이 되지 않았어요."

"그랬군요. 그런데 한국에는 무슨 일로 오셨어요?"

"개인적으로 알아볼 일이 있어서 왔습니다."

"그러시군요. 사실은 저도 지금 서울에 있어요."

"네? 그러면 이카로스는 한국인입니까?"

"네."

"그러셨군요."

"내일 좀 뵐 수 있을까요?"

"무슨 일입니까? 아침 시간이면 가능한데요."

"부탁드려요. 제가 내일 아침 열 시에 묵고 계신 호텔 커피숍으로 가겠어요."

"그럼, 내일 뵙지요."

전화를 끊은 수아는 이상하다는 생각이 들었다. 목소리로 미루어보건대 그는 서양인이 아닌 것 같았다. 한국인일 것 같은 생각도 들었지만 그는 자신이 한국인이라고 밝혔을 때에도 계속 영어로 통화를 했다. 그렇다면 그는 한국어를 전혀 못하는 재미 교포란 말인가.

호텔로 다시 돌아온 수아는 깜짝 놀랐다. 프런트 데스크 앞의 소파에 테드가 앉아 있었다. 테드는 어젯밤 수아의 우울한 목소리가 마음에 걸려 바쁜 가운데 시간을 내서 한번 들러본 것이라고 말했다.

수아는 솔직히 반가웠다. 내일 아침이면 프로메테우스를 만나게 될 것이고, 그러면 문제가 해결될 수도 있다는 생각에 마음이 놓였던 탓인지 테드와 술 한잔 하고 싶었다.

테드와 수아는 호텔 지하에 있는 나이트클럽으로 갔다. 어두컴컴한 가운데 붉은색과 푸른색 조명이 휘황찬란하게 돌아가고 있었다. 한창 인기 있는 그룹이 나와 음악을 연주하고 노래를 불렀다.

노래가 끝난 후 음악이 시작되자 수아는 무대 위로 제일 먼저 뛰어올라갔다. 그러고는 음악에 도취되어 눈을 감은 채 신나게 춤을 추었다. 잠시 후 눈을 떠보니 테드가 바로 앞에서 춤을 추고 있었다. 그의 얼굴에는 놀라움이 배어 있었다. 주변에서 함께 춤을 추던 사람들이 수아를 향해 엄지손가락을 들어 올리며 멋있다는 표시를 해주었다.

수아는 음악이 좋았다. 어릴 때 아버지는 머리가 좋아진다며 클래식을 틀어주곤 했다. 수아는 음악에 두드러진 재능을 보였다. 한번 들은 곡은 어렵건 쉽건 나름대로 소화해서 즉흥적으로 피아노를 치곤 했다.

고등학교 시절, 진로를 결정할 때 아버지는 수아의 음악 감각을 칭찬하며 음대에 갈 것을 권했다. 많은 사람들 앞에서 훌륭한 연주를 하는 딸의 모습을 오랫동안 혼자 그리고 있었던 것이다.

그날 수아는 처음으로 아버지에게 반항했다. 남을 위해 하는 음악은 결코 하지 않겠다고 대들었다.

아버지는 그런 딸을 지그시 바라보며 그러면 뭘 하고 싶으냐고 물었다. 수아는 자신은 한국의 빌 게이츠가 되고 싶다고 했다. 컴퓨터 실력도 물론이지만 빌 게이츠처럼 많은 돈을 벌어서 제왕처럼 군림하며 살고 싶다고 당당하게 이야기했다. 그리고 그날 이후 피아노에서 손을 떼고 컴퓨터에 몰두했다.

왠지 절대 이길 수 없을 듯한 아버지에게 저항할 수 있는 유일한 길 같아 며칠씩 밤을 새우면서 컴퓨터 자판을 두들겼다. 피아노나 컴퓨터나 두들기는 쾌감은 비슷했다.

이상하게도 아버지는 수아가 하는 대로 바라보고만 있었다. 그날 이후 수아는 클래식 대신 미국과 한국의 대중가요에 심취했다. 시험 전날에도 시끄러운 댄스음악을 들으며 공부했다. 마치 무엇엔가 도전하듯이 대중가요와 춤과 컴퓨터 게임에 빠져 있는 딸을 바라보며 아버지는 미국 유학을 권했다.

음악이 있고 술이 있는 분위기에 마음이 녹은 수아는 테드에게 자신의 옛이야기를 털어놓았다. 그리고 현재의 상황도 얘기했다. 그동안 외롭게 싸워왔던 수아는 마음을 터놓을 수 있는 의논 상대가 생겨 아주 기분이 좋다고 덧붙였다.

테드는 놀랐다. 하지만 곧 자신이 할 수 있는 일이 없다는 것을 깨달았는지 난감한 표정을 지었다. 무엇을 어떻게 도우면 되겠느냐고 몇 번이나 물어오는 테드에게 수아는 웃으면서 단지 얘기를 들어주는 것만으로도 고맙다고 했다.

다음 날 아침 호텔 커피숍에서 수아는 자그마한 몸집의 점잖고 온화한 표정을 지닌 프로메테우스를 만났다.

"기미히토입니다."

프로메테우스는 일본인이었다.

"수아예요."

기미히토는 놀라는 표정이 역력했다. 그는 어제의 통화에서 이카로스가 여자라는 사실에 깜짝 놀랐는데 이렇게 미인일 것이라고는 짐작조차 못했다며 고개를 내둘렀다. 그의 머리에 미국에서 이카로스와 치열하게 겨루던 기억이 되살아나고 있었다.

이카로스와 처음 만난 것은 일본에서 미국의 연구소로 간 지 얼마 되지 않아서였다. 연구소의 직원들은 언제부턴가 이카로스라는 이름에 겁을 집어먹고 있었다.

보안 유지가 생명인 연구소에서는 모든 연구원들이 파일에 다양한 보안장치를 해 놓았는데, 이카로스 앞에서는 모두 무용지물일 뿐이었다. 국방성 등에 공급되는 연구소의 보안장치들은 세계 제일의 성능을 자랑하는 것들이었지만, 이카로스는 어떻게 해서든지 그것을 뚫고 들어왔던 것이다.

연구원들은 기미히토가 오자 환성을 질렀다. 모두 이제야 비로소 이카로스에게 연구소의 권위를 세울 수 있으리라고 확신했던 것이다. 그러나 자타가 공인하는 세계 최고의 컴퓨터 전문가 프로메테우스도 이카로스에게는 번번이 나가떨어질 뿐이었다.

기미히토는 한때 이카로스가 러시아 정부의 촉탁을 받은, 수십 년의 경험을 가진 적어도 오십대 이상의 컴퓨터 전문가이리라고 생각했던 것을 떠올리며 웃었다. 이십대 초반에 불과한 이 가냘픈 모습의 아름다운 여학생이 이카로스였다니.

"우리는 묘한 인연이군요. 미국에서는 컴퓨터로 늘 만나더니 이제 여기 한국에 같이 와 있으니 말입니다."

"인상이 무척 좋으시네요. 일본인일 거라고는 생각도 못했어요."

"그것은 나도 마찬가지입니다. 한국인, 그것도 여성일 줄은 전혀 예상하지 못했습니다. 그나저나 잘 만났습니다. 늘 한번 만나보고 싶었어요. 어떤 면에서는 도움도 많이 받았잖아요."

"제가 뭘 도와드린 게 있다구요."

"하하, 우리 연구소에서는 그 귀신같은 해킹 기술 덕을 얼마나 봤는지 모릅니다. 잘 알겠지만."

"어쨌든 그렇게 말씀해주시니 고맙습니다."

"그런데 최근에 나를 찾은 이유는 무엇입니까?"

인사가 끝나자 기미히토가 진지한 표정으로 물어왔다.

"자동변환 프로그램의 제작에 관해서 몇 가지 물어보고 싶은 게 있어서요."

"무슨 일이기에 내 도움이 필요하죠?"

"프로메테우스 이외에는 누구도 할 수 없는 일이라 생각되었어요. 진정으로 도움을 부탁드립니다."

"기꺼이 도와드려야지요."

기대했던 대로 기미히토는 협조적이었다. 하지만 수아는 모든 사정을 있는 그대로 기미히토에게 말할 수는 없었다.

"용역을 맡아서요. 다른 건 다 되는데 이것은 도저히 할 수가 없었어요."

수아는 휴대용 컴퓨터를 켜고 자신이 이제껏 고심한 부분을 기미히토에게 설명했다.

"방법만 가르쳐주시면 제가 혼자서 해보겠어요."

그러나 수아의 설명을 듣고 난 기미히토는 고개를 저었다.

"배워서 할 수 있는 일이 아닙니다. 최고의 전문가라도 꼬박 이틀간은 작업을 해야만 하는 일이니."

"네? 저는 그렇게까지 복잡할 것으로는 생각하지 않았어요."

기미히토를 바라보는 수아의 표정이 굳어졌다.

"워낙 재능이 뛰어나다 보니 쉽게 생각했을 수도 있겠지만 이 경우의 자동변환은 한꺼번에 고려해야 할 인자가 너무 많습니다. 그런데 어떻게 하면 좋을지 모르겠군요. 나는 오늘 오후에 일본으로 돌아가야 하는데……."

"일본으로 돌아가신다구요?"

"그래요. 혼자라면 도와주겠지만 일행이 있어요. 여기서 만나 공항으로 같이 가기로 되어 있어요."

"아, 그렇다면……."

기미히토는 수아의 얼굴에 다급해하는 표정이 어리는 것을 보고 놀랐다. 동시에 왠지 이상하다는 생각이 들었다. 이런 일로 저렇게까지 당황하다니. 프로그램 개발은 늘 충분한 시간을 갖고 하는 일이라 이렇게 서두르거나 당황할 일이 전혀 아닌데도 불구하고 수아의 얼굴은 사색이 되어 있었다.

그녀가 해킹 전쟁의 적수인 자신을 급히 찾은 것만으로도 자존심을 크게 굽힌 것이고, 그런 만큼 사정이 급박하다는 사실이 더욱 절실하게 느껴졌다.

"음……."

기미히토에게 있어 수아는 마음이 끌리는 사람이었다. 두 사람이 인사를 나눈 것은 이번이 처음이지만 기실 두 사람은 오래전부터의 친구나 다름없었다. 미국에서 컴퓨터 프로그래밍과 해킹에 관한 한 각각 제일이라고 생각하는 두 사람은 얼마나 많은 시간을 컴퓨터를 통해 싸워왔는지 모른다.

두 사람은 끝없는 해킹과 그 방지책을 놓고 두뇌 싸움을 벌였다. 물론 그 싸움은 다른 사람이 끼어들 틈이 조금도 없는 천재들의 전쟁이었고, 천재 특유의 자존심이 싸움의 원동력이었다. 그 끝없는 싸움을 하는 동안 두 사람은 어느새 서로를 인정하게 되었고, 두 사람 사이에는 그들만이 느낄 수 있는 우정이 싹텄다. 그래서 수아는 자신 있게 기미히토를 찾았고, 기미히토 역시 수아를 진심으로 돕고 싶었다.

기미히토는 이 천재가 자존심을 굽히고 자신의 도움을 애절하게 청해오고 있다는 사실에 마음이 움직였다.

"동행하기로 한 사람에게 얘기해서 출국을 이틀간 연기해보도록 하죠."

"네? 그렇게 해주시겠어요?"

수아는 기미히토가 이렇게까지 말하자 가슴이 뭉클해졌다.

"열두 시에 여기서 만나기로 했으니 일단 내 방으로 올라가서 이 프로그램의 논리구조를 같이 생각해 보죠."

기미히토는 기대 이상으로 적극적이었다.

두 시간 후 기미히토는 커피숍으로 사도광탄을 만나러 내려갔다. 기미히토의 얘기를 들은 사도광탄은 고개를 끄덕였다.

"다시 병원으로 돌아가느니 이 호텔에서 이틀간 머무르시는 건 어떻습니까?"

기미히토는 사도광탄이 다시 병원으로 돌아가는 것이 미안했다. 오랫동안 병원에서 생활해왔다면 호텔에서 한 이틀 지내는 것은 사도광탄에게 기분 전환이 될 것 같았다. 물론 비용은 자신이 댈 생각이었다.

"……."

사도광탄은 말이 없었으나 기미히토는 몇 번 그와 만난 경험으로 이런 반응을 보일 경우 그가 반대하는 것은 아니라는 것을 알았다.

기미히토는 프런트로 가서 수아와 사도광탄의 방을 각각 잡았다. 자신의 방과 같은 층이었다.

미지의 세계

 기미히토는 이내 수아가 자신에게 무엇인가 감추고 있다는 것을 알아차렸다. 말과는 달리 수아가 만들고자 하는 것은 용역을 받은 단순한 프로그램의 제작이 아니었다. 기미히토는 수아가 해킹을 통해 이 프로그램을 어떤 컴퓨터에 입력하여 마음대로 조작하려 한다는 것을 알아차렸다.

 기미히토가 부탁받은 것은 수아가 해킹을 하고 나서도 그 컴퓨터와 연결된 외부의 전산망에는 해킹되지 않은 처음의 입력 결과가 나타나도록 하는 지극히 복잡한 프로그램이었다. 수아는 프로그램이 누군가에 의해 철저히 조작되고 있다는 것을 모르도록 하려 했고, 그러기 위해서는 완벽한 자동변환 프로그램을 짜서 입력해야만 했다.

 어느 정도 작업이 진행되자 기미히토는 수아가 하고자 하는 일이 범죄와 관련되어 있다는 것을 눈치채기 시작했다. 수아는 작업의 내막을 시원하게 얘기하지 않았지만 그녀의 의도를 알아차리는 데에는 말이 필요치 않았다. 작업은 그 자체로 모든 것을 말해주고 있었고, 기미히토는 수아가 위험하게도 한국의 증권시장에 손을 대려 한다는 것을 알아차렸다.

기미히토는 이런 일로 수아를 도울 수는 없다고 생각했다. 또한 수아를 이대로 두어서도 안 된다고 생각했다. 설사 이번 작업에서는 손을 뗀다 해도 수아는 앞으로도 그 빼어난 해킹 실력으로 계속 범죄의 뒷골목에 머무르다 쓰레기 같은 인생을 마치게 될지도 모르기 때문이다.

기미히토는 수아의 재능이 아까웠다. 그러나 외국인인 자신이 수아에게 뭐라고 조언을 한다고 해서 알아줄 리는 만무했다. 수아를 설득할 한국인이 필요하다는 생각이 들었지만 기미히토는 이런 일에 적합한 사람을 알고 있지 못했다. 한참 생각하던 기미히토는 드디어 한 사람을 떠올렸다.

사도광탄.

이 사람이라면 혹시 모른다는 생각이 퍼뜩 기미히토의 뇌리를 스쳤다. 어딘가 신비한 힘이 있는 사도광탄이라면 수아를 만류하는 데 도움이 될지도 몰랐다.

기미히토로부터 사정 얘기를 들은 사도광탄은 역시 묵묵히 고개를 끄덕일 뿐이었다.

기미히토는 사도광탄과의 저녁 식사에 수아를 불렀다.

"사도 선생님, 여기는 스탠퍼드대학에서 공부하고 있

는 한국인 유학생 수아 양입니다. 컴퓨터, 특히 해킹에 관한 한 일인자라고 할 수 있습니다."

수아는 말없이 고개를 숙여 인사를 했다. 사도광탄은 수아의 얼굴에 고요한 시선을 모았다.

"수아 양, 여기 사도광탄 선생님은 요즘 세상의 풀리지 않는 의문에 대한 해답을 한 몸에 지닌 분이에요. 나는 요즘 사도광탄 선생님을 통해 새로운 세상에 눈을 떠가고 있어요."

수아의 눈길이 자신을 쳐다보고 있는 사도광탄의 눈길과 마주쳤다. 조급해하던 수아는 범상치 않은 사도광탄의 눈길에 움찔했다. 보통 사람의 가벼운 얼굴이나 눈길이 아니었다.

그러나 기미히토의 소개말은 수아에게 이 인물에 대해 거부감을 갖게 했다. 다른 사람을 그다지 존경해본 적이 없는 수아에게 기미히토의 과찬은 마음에 와 닿지 않았다.

"세상에는 컴퓨터의 작동에 영향을 미치는 보이지 않는 힘이 있더군요. 결국 나도 거기에 이끌려 한국까지 오게 되었지요."

기미히토는 미국에서 일본을 거쳐 한국에 오게 된 내력을 수아에게 설명했다. 그러나 수아는 믿기 어려운 모양이었다.

"컴퓨터에 영향을 미치는 보이지 않는 힘이 있다구요? 저는 도저히 믿을 수가 없네요."

"그러나 분명히 존재하는걸요."

"선생님 어때요? 정말 그런 게 있어요?"

수아는 대들듯이 사도광탄에게 물었다. 지금 수아의 머리에는 자동변환 프로그램에 관한 생각뿐이었다. 다급한 상황에서 사도광탄이라는 이상한 인물의 등장이 반갑지 않은 참이라 자연히 공격적인 언사가 나온 것이다. 사도광탄은 수아의 얼굴에서 눈길을 거두어들이지 않은 채 물었다.

"수아, 예쁜 이름이구나. 그런데 수아는 과학이 무엇이라고 생각하지?"

"이 세상의 질서에 대한 합리적이고 규칙적인 설명이라고 생각해요."

수아는 스스로도 일목요연하게 대답했다 싶어 목을 곧추세웠다.

"그렇다면 지금 과학은 그 자체의 역사로 볼 때 어느 단계에 와 있을까?"

"네? 질문을 이해하기가 힘들어요."

"가령 말이지, 인류가 앞으로 수억 년을 더 산다고 하면 과학은 계속 발전할까, 아니면 어느 단계에 이르러서는 발전을 멈추고 말까?"

수아는 잠시 생각하고는 대답했다.

"계속 발전할 것 같은데요."

"그래, 나도 그렇게 생각해. 그렇다면 지금의 과학은 매우 초보적이고 원시적인 것이 아닐까?"

"그렇겠네요."

"훗날 인류는 지금의 과학을 뒤돌아보고 어떤 반응을 보일까?"

"많이 웃겠죠."

"그래, 내 생각에도 그럴 것 같아."

사도광탄은 여기서 더 이상 말을 하지 않았다.

"그러니까 지금의 과학이 세상의 모든 것을 설명할 수 없는 것이 당연하다는 말씀인가요?"

"그렇지. 그럼에도 불구하고 지금까지의 과학은 커다란 범죄를 저질러왔어."

"무슨 뜻인가요?"

"과학이란 인간의 지적 척도를 얘기하는 것에 불과해. 어차피 한계가 있는 것이지. 그런 과학이 마치 세상의 모든 것을 설명할 수 있는 듯이 군림했고, 그 결과 당장 과학적으로 설명할 수 없는 현상에 대해서는 강력하게 부정하고 말았어."

"선생님의 말씀을 따르자면 과학이 오히려 큰 오류를 범했다는 것이네요."

"그래. 과학의 오류로 말미암아 세계 각지의 신비 문화와 정신문화는 커다란 비극을 맞이했어. 제국주의적 팽창의 시대로부터 자본주의라는 물질 일변도의 세상에 이르기까지, 그 단편적인 지식의 범주 안에 들지 못했던 세상의 커다란 문화와 각 민족의 고유한 지식은 모두 대학살을 당했던 것이지."

수아는 반박할 말을 찾으려 애썼지만 찾을 수가 없었다.

"내가 재미있는 예를 들어볼까? 피라미드의 힘이라는 얘기를 들어본 적이 있나?"

"피라미드 안에 있는 보물이나 미라를 훔치면 보복을 당한다는 이야기 말인가요?"

"아니, 그게 아니고 피라미드의 형상 안에서는 신비한 힘이 생겨난다는 현상 말이야."

"아, 피라미드 모양 안에서는 면도기의 날이 상하지 않는다는 그런 원리요? 어디선가 얘기를 듣긴 했어요."

"그래, 파라오의 면도기라고, 체코에서는 특허가 나기도 했지."

"그게 정말 실제로 일어났던 일인가요?"

"그럼. 그렇지 않다면 까다롭기로 유명한 체코 정부에서 특허를 내주지 않았겠지. 그 특허가 나기까지는 10년이나 걸렸지만 말이야."

"그건 이상하네요. 정말 효력이 있다면 피라미드의 형상을 만들어 그 효능을 보여주면 될 테고, 그렇다면 그렇게 시간이 걸릴 이유는 없을 것 같은데요."

"하지만 체코 특허국에서는 단순한 효력만이 아닌 그 원리를 밝히라고 요구했던 거지. 특별하지 않은 재료, 즉 유리나 나무 같은 것으로 피라미드 형상을 만들면 그 안에서는 신기하게도 면도날이 녹슬지 않을 뿐만 아니라 무뎌진 면도날도 다시 예리해지는 실험이 행해졌고 공인도 받았지만 누구도 그 원리를 설명할 수는 없었지."

"과학으로 설명할 수는 없어도 현상은 엄연히 존재한다는 말씀을 하시려는 거예요?"

"아니, 그 이상이지. 아까 얘기대로 참고 기다리면 과학이 그것을 설명할 수 있는 날이 온다는 것을 얘기하려는 거야. 특히 우리나라 문화에 그런 것이 많아. 모두 미신으로 부정당해 묻혀버렸지만 그 근저에는 언젠가는 과학으로도 규명될 원리가 분명히 존재한다는 거야."

"그 피라미드의 힘에도 어떤 특별한 원리가 있었나요?"

"그럼. 원래 피라미드의 힘을 발견하게 된 것은, 한 관광객이 피라미드를 보러 갔다가 피라미드 내부의 습도가 매우 높은데도 왕의 묘실 안에 죽어 있는 고양이가 부패되지 않고 미라로 변해 있는 것을 보고는 호기심을 가진 데서 비롯되었어."

"그렇다면 고대 이집트인들이 왕의 묘실을 피라미드형으로 만든 것은 어떤 과학적인 원리에 의거해 그렇게 했다는 말씀인가요?"

"피라미드는 고대 이집트에만 있었던 것은 아니야. 멕시코의 마야문명에도 피라미드가 남아 있어. 중요한 것은 이 미신과도 같은 현상이 과학적으로 인정을 받았다는 사실이지."

"어떤 원리에 의해 그렇게 되는 건가요?"

"파라오의 면도기를 만든 체코의 드르발은 이 괴상한 현상의 원리를 규명하기 위해 온갖 노력을 다한 끝에, 부도체로 피라미드의 형상을 만들면 땅에서 올라오는 지자기와 태양에서 쏟아지는 전자파가 피라미드 형상 약 3분의 1 되는 지점에서 공명한다는 것을 알게 되었어. 이 지점에서는 에너지가 매우 활성화되어 습기를 몰아내고 건조한 상태가 되었지. 피라미드의 모양은 반드시 이집트의 것을 따를 필요는 없고 마야의 것이거나 약간 달라도 마찬가지 효과가 나타난다는 것을 알았지. 하지만 피라미드의 네 면은 반드시 정확하게 동서남북을 향해야 하고, 칼날을 재생시킬 경우는 남북 방향으로 놓을 때 가장 효과가 큰 것으로 밝혀졌어."

"마치 장난과도 같은 원리네요."

"그렇다면 피라미드에 있는 왕의 방이 바닥으로부터 3분의 1 정도 되는 지점에 있는 것은 우연이 아니겠지?"

"그렇겠는데요."

"세상에는 과학으로 설명이 안 된다고 해서 부정해 버릴 수 없는 일이 너무도 많아. 무당의 신통력이라든지 부적의 힘이라든지, 보통의 인간이 알 수 없는 일들이 있고 그것들이 종합적으로 우리 문화를 형성해온 거야."

"도쿄대학교의 컴퓨터에 이상을 일으킨 힘도 과학적

으로 설명할 수는 없지만 부정해버릴 수 없는 거네요."

"……."

수아는 얼굴에 미소를 떠올리며 사도광탄에게 굴복했다. 총명한 수아는 이미 사도광탄이 보통 사람이 아닌 것을 알아차렸다.

기미히토는 기회를 보아 말을 꺼냈다. 분위기를 부드럽게 하기 위해 이카로스라는 이름으로 불렀다.

"이카로스, 지금 작업하고 있는 자동변환 프로그램은 어디에서 용역을 받은 거죠?"

수아는 멈칫했다. 결국 올 것이 오고야 말았다는 생각이 들었다. 상대방이 묻지 않으면 모르겠으되 일단 물은 이상 모든 것을 사실대로 밝히지 않을 수 없었다. 이미 작업의 내용이 모든 것을 말하고 있는데 자신이 거짓말을 한다고 해서 통과될 일이 아니었다. 어쩌면 자신은 기미히토가 이런 질문을 해오기를 기다리고 있었는지도 모르는 일이었다.

"기미히토 교수님, 죄송해요. 사실은 말씀드릴 수 없는 사정이 있었어요."

침투

　기미히토와 사도광탄은 수아로부터 자초지종을 들었
다.

　"라이언펀드의 투기자금이 한국의 주식시장을 붕괴
시키고 빠져나가는 것을 막아야 해요. 그것을 저는 컴
퓨터 조작을 통해 막으려고 하는 거예요."

　"어떻게 조작을 한단 말이죠?"

　"딕슨은 저가에 사서 고가에 팔아요. 물론 엄청난 자
금을 동원하기 때문에 주가는 뛸 수밖에 없죠. 뒤늦게
뛰어든 일반 투자자들은 딕슨이 주식을 팔아버리고 철
수하면 큰 손해를 볼 수밖에 없어요. 선량한 외국인 투
자자들이 자금을 빼면 외환위기까지 겹치죠. 어쨌거나
딕슨이 한국의 투자자들을 희생양으로 삼으면서 엄청
난 단기 차익을 가지고 나가는 것을 막아야 하는데 정
부에서 할 수 있는 일이 아녜요. 다행히 모든 거래는 컴
퓨터를 통해 이루어지고 있어요. 저는 딕슨이 판 주식
대금으로 그들이 모르게 자동 매입이 이루어지도록 컴

퓨터로 조작하려는 거예요."

수아의 이야기가 끝나자 기미히토는 놀라서 입을 다물지 못했다. 어린 여학생이 한 나라의 증권 전산망에 손을 대려는 것도 놀라웠지만 그 방법이 너무나 대담했기 때문이다.

또 한 번 놀란 것은 수아의 그 가상한 의도였다. 동기야 어쨌든 발각되면 바로 형사 입건될 일을 자신의 한 몸은 개의치 않고 미국에서 여기까지 날아와 혼자서 프로그램 제작에 노심초사해왔다는 사실이었다.

기미히토는 이제껏 미국이나 일본에서 수많은 해커들을 봐왔지만 그들은 한결같이 심한 장난꾼이거나 시시한 좀도둑에 불과했다. 하지만 이카로스는 달랐다. 물론 솜씨도 단연 탁월했지만 어떤 경우에도 해킹으로 피해를 입히는 경우는 없었다. 이카로스의 해킹은 컴퓨터의 비밀을 샅샅이 캐내기 위한 무한한 열정이었고, 새로운 창조를 위한 밑거름이었다.

그런 점에서 이카로스는 기미히토나 실리콘밸리연구소에 커다란 도움이 되었다. 연구소 사람들은 새로운 프로그램을 제작하고는 이카로스가 침투하기를 기다렸다. 그의 해킹을 통해 시제품에 대한 검증을 받으려 했기 때문이다.

그런 수아가 증권 전산망에 손을 대려 하자 기미히토는 크게 실망했었다. 그러나 그는 지금 수아의 사정을 듣고는 감격했다. 펠젠스타인이나 워즈니악이 거대한 컴퓨터 기업의 횡포로부터 대중의 자유를 얻기 위해 싸운 해커들의 영웅이라면, 이카로스는 조국의 위기를 컴퓨터 기술 하나로 구해보려는 또 다른 해커의 영웅이 아닐 수 없다는 생각이 들었다.

"속이려고 했던 것은 아니었어요."

수아는 윗입술을 깨물며 긴장하고 있었다. 기미히토가 어떤 반응을 보일지 모를 일이었다. 이유야 어찌되었든 이것은 범죄였다. 외국인인 기미히토가 자신과는 아무런 관련도 없는 일에 기꺼이 협력해주리라고 기대할 수는 없는 일이었다.

"나는 왜 이카로스가 굳이 프로그램 변형이라는 번거로운 방법을 쓰려고 하나 궁금했어요. 그 빼어난 해킹 실력으로 ID를 도용한다든지 록을 푸는 것이 훨씬 쉬울 텐데 말입니다."

"부탁이에요. 도와주세요. 그들의 계획이 성공한다면 가뜩이나 어려운 우리나라의 증시는 무너져버릴 거예요. 선량한 외국인 투자자들이 모두 빠져나가버리면 또다시 외환 체제가 붕괴되고 경제는 무너지고 말 거예요."

기미히토는 다시 한번 감동을 느꼈다. 그러나 그렇다고 해서 범죄행위에 섣불리 동조할 수는 없는 일이었다. 기미히토는 자신의 신분을 생각했다. 도쿄대학교의 교수가 타국의 전산망을 조작한다는 것은 상상조차 할 수 없는 일이었다. 기미히토는 힘들게 말했다.

"미안해요, 내가 그 일을 직접 도울 수는 없어요."

이때 기미히토의 귓전에 뜻밖에도 사도광탄의 나지막한 목소리가 들려왔다.

"내가 돕지요."

기미히토는 너무나 놀랐다.

그러나 사도광탄의 결의에 찬 말에도 불구하고 기미히토는 이런 일을 그가 할 수 있을까 의문스러웠다. 그렇지만 자신이 뭐라고 얘기할 입장은 아니었다.

세 사람은 자리에서 일어났다. 자신의 방으로 돌아가는 기미히토의 마음은 무겁기 짝이 없었다. 수아의 그 가상한 노력에 도움을 주지 못하는 것이 참으로 안타까웠다. 그러나 어쨌거나 명백한 범죄행위에 가담할 수는 없는 일이었다.

답답한 심정으로 담배를 피워 문 기미히토는 창밖을 내다봤다. 멀리 북악이 보였다.

기미히토는 범죄란 무엇이며 애국이란 무엇인가를 생각했다. 혼돈스러웠다. 단순히 실정법을 어긴다는 이유로 수아의 애국적 행위를 범죄로 치부해버린 자신이 과연 옳은가 하는 회의가 밀려왔다.

기미히토는 흔들리고 있었다. 하지만 안 돼. 고뇌 끝에 다다른 기미히토의 결론은 역시 수아를 도울 수 없다는 것이었다.

딩동.

문을 열어보니 사도광탄이었다. 안으로 들어와 자리에 앉은 사도광탄은 담담한 어조로 이야기를 시작했다.

"그날 밤하늘에는 보름달이 떠 있더군요. 마지막이라는 생각이 들어 나는 아는 사람들의 얼굴을 하나하나 달에 비추어보았지요. 이윽고 나는 대열에서 빠져나와 단상을 향해 한 걸음 한 걸음 나아갔어요. 동료 사병들이나 장교들은 너무나 뜻밖인 나의 행동에 모두 놀랄 뿐 제지할 생각은 하지 못했지요. 나는 단상으로 올라갔어요. 그러고는 목이 미어지게 외쳤지요. 당시 병영 내에서의 데모란 바로 죽음과 같은 의미였어요. 그러나 우리 국민 모두가 죽음이 두려워 벌벌 떨며 끌려갈 수는 없잖아요. 그래서 우선 내가 희생해야 한다고 생각했죠. 수아를 보니 그 옛날의 내 모습이 떠오르더군요."

사도광탄은 말을 마치고 기미히토의 눈을 깊숙이 들여다보았다. 기미히토는 가슴이 옥죄어오는 것을 느꼈다. 사도광탄은 수아를 도와주기를 간청하고 있는 것이다.

"기미히토 교수님이 일본에서 여기까지 오신 것은 바로 참된 삶을 위해서가 아닌가요. 우리의 시야를 가리는 허위에서 벗어나 진리를 구하기 위한 것이 아닌가요. 수아 역시 마찬가지이지요. 법망을 피해 교묘하게 저질러지는 범죄행위를 수아는 법을 어기면서 막아야 하는 입장에 서 있어요. 그 옛날 내가 병영에서 군사독재 반대 데모를 하고 법에 의해 처벌받았던 것과 다름

없지요. 교수님이나 수아나 나나 참된 것을 위해 껍질을 과감하게 벗어던진다는 점에서는 같은 삶을 살고 있는 겁니다."

사도광탄의 얘기를 들으며 기미히토는 숙연해졌다. 사병의 신분으로 병영에서 데모를 했다는 사도광탄의 이야기도 놀라웠고, 금융 붕괴를 막으려 미국에서 날아와 범죄자가 될 위험을 무릅쓰고 애쓰는 수아도 감탄스러웠다. 그들은 개인의 이해관계를 넘어선, 보다 큰 뜻을 위해 몸과 마음을 다하는 사람들로 생각되었다.

그리고 자신도……

기미히토의 뇌리에 이윽고 수아의 행위는 범죄가 아니라는 확신이 섰다. 그것은 애국이었다. 그녀의 행위가 범죄가 아니라면 그것을 돕는 자신의 행위도 범죄가 될 이유가 없었다.

"알겠습니다."

기미히토는 결의에 찬 목소리로 대답했다.

이틀 후 자동변환 프로그램은 완성되었다. 기미히토는 밤을 새워 작업을 했다. 심혈을 기울여 만든 프로그램에 문제가 있을 리는 없었지만 수아와 함께 실험을 해가며 완벽한 논리구조를 조합해냈다.

"자, 이제 목표물에 이 프로그램을 설치하는 것은 이카로스의 몫입니다."

기미히토의 농담에는 여유가 있었다. 그는 수아의 해

킹 실력을 너무도 잘 알고 있었다. 그러나 수아는 얼굴
을 찌푸리며 무엇인가 풀리지 않는 듯한 표정을 지었
다.

"무슨 문제라도 있나요?"

"곤란한 문제가 생겼어요."

"그게 뭐죠?"

"시간이 문제예요."

"시간이라니?"

"이제 스탠더드증권의 컴퓨터에 접속하여 기존의 프
로그램을 깨고 우리 것으로 바꾸는 작업을 해야 해요.
이 작업은 장이 마감되고 자체 일일 결산 및 증권거래
소와 증권결제원과의 거래 확인을 마친 후 홍콩에 있는
본사와의 결산을 본 다음에야 할 수 있어요. 제가 조사
한 바에 의하면 본사와의 결산 후 정확히 30분이 지나
면 터미널이 다운되는데 그 후에는 접속을 할 수 없어
요. 본사의 메인터미널에는 접속을 해 봐야 아무런 의
미가 없고, 한국지점은 아예 전화선을 끊어버리기 때문
이죠."

"30분이면 가능하지 않은가요?"

"그렇게 생각했지만, 지금 이 자동변환 프로그램을
보니 설치를 위한 검색을 하는 데 걸리는 시간이 만만
찮을 것 같아요. 저의 휴대용 컴퓨터로는 역부족이에
요."

"음, 그렇군요."

"중형 스테이션이 필요해요."

기미히토는 수아가 고심하는 이유를 알 수 있었다. 이번 일은 단순한 해킹이 아니었다.

"그것뿐이라면 일단 다른 기관의 스테이션에 정보를 보내고 그 시간대에 증권회사로 전송하는 방법을 쓰면 되겠지만, 프로그램을 설치한 후 증권회사에서 쳐대는 엄청난 양의 매도 매수 주문을 다 소화하려면 저의 휴대용 컴퓨터 하나로는 어림도 없어요. 중형 스테이션이 있고 컴퓨터마다 내부 개별 통신설비가 극도로 잘되어 있어야 하거든요."

산 넘어 산이었다.

"그 얘기는 결국 전산실을 통째로 며칠 빌려야 한다는 얘기 아닌가요?"

"……."

"거의 불가능한 일이군요."

세상에 전산실을 외부인들에게 통째로 빌려줄 기업이나 기관이 있을 리 만무하다. 전산실이 없으면 일분일초도 일을 할 수 없는 것이 요즘 세상이다. 더군다나 교섭을 할 시간도 없다. 당장 내일 작업을 해야만 한다. 누구보다도 이틀 밤을 새워 프로그램을 만든 기미히토가 가장 실의에 빠졌다.

"아, 방법이 있을지도 모르겠어요."

수아는 급한 손길로 수화기를 들어 미국에 있는 정완의 번호를 눌렀다.

"회장님께서는 해외 출장 중이십니다."

"연락이 안 되나요?"

"회장님께서 연락을 주시기 전까지는 안 됩니다. 그런데 누구시죠?"

"한국의 이수아라고 하는데요."

"이수아 씨라구요? 회장님이 메모를 남기셨어요. 이 번호로 빨리 전화를 걸어달라고 하셨어요."

비서가 불러주는 번호는 뜻밖에도 한국의 것이었다. 그렇다면 정완의 해외 출장지가 한국이라는 얘기가 아닌가. 수아는 즉각 번호를 눌렀다.

비서를 거쳐 건네진 전화기에서 정완의 걱정스런 목소리가 들려왔다.

"수아야, 어떻게 된 일이냐?"

"네? 아저씨야말로 웬일이세요?"

"몸은 괜찮니? 별일 없어? 수아가 걱정돼서 바로 날아왔어. 그날은 웬 술을 그렇게나 많이 마셨니?"

"술을요? 그랬었죠, 제가 술을 마셨었죠. 그런데 어떻게 아셨어요?"

"울먹이면서 나에게 전화했던 거 생각 안 나니? 수아가 끊고 나서 바로 전화를 했는데 자는지 안 받더구나. 푹 자게 하려고 나중에 전화를 했더니 그때는 체크아웃하고 나갔고, 항공사에서는 예약은 했는데 타지는 않았다고 하고, 다음 날부터 미스터 최가 수백 번이나 삐삐를 쳤다는데 연락은 되지 않는다고 하고. 걱정이 돼 마음 졸이다가 도저히 견딜 수 없어 즉각 날아왔지."

"죄송해요, 아저씨. 중요한 일을 하느라 그동안 삐삐를 꺼놨어요."

"그래, 그건 어떻든 간에 지금 어디 있어? 바로 봐야겠다. 내가 너를 괜히 보낸 거나 아닌지 모르겠어. 그렇게 부담 가질 필요는 없었는데. 나는 단지 미래를 위해 경험을 해두라는 뜻이었는데."

"아녜요, 아저씨. 마침 미국의 아저씨 회사로 전화를 했던 참이에요. 여기 호텔인데, 이리로 급히 와주세요. 아저씨의 도움이 절실히 필요해요."

"내가 절실히 필요하다고, 왜?"

"설명드릴 시간이 없어요. 어서 와주세요."

"알았다."

호텔에 도착한 정완은 수아가 멀쩡한 것을 보고는 안도하는 표정을 지었다.

"그래, 뭐가 그리 급하다고 했지?"

정완은 수아와 같이 있는 사십대 가량 돼 보이는 두 사람에게 의문의 눈길을 던졌다.

수아는 먼저 사도광탄과 기미히토를 소개했다. 그러고 나서는 이제껏 일어났던 일들을 설명했다. 설명을 듣고 난 정완은 기미히토에게 깊이 고개 숙여 인사를 했다.

"기미히토 교수님, 너무도 큰일을 해주셨군요."

"그러나 전산실이 없어서 모든 게 물거품이 될 형편입니다."

"수아야, 대학교의 전산실 정도면 가능하겠니?"

수아는 깜짝 놀랐다.

"그럼요. 학교의 전산실이라면 직접적인 업무에 묶여 있지 않을 수 있지요."

기미히토가 걱정스러운 표정으로 말했다.

"그러나 학교라고 해도 쉽게 빌리기는 힘들 텐데요."

"내가 연락을 한번 해보지요."

정완은 수화기를 들었다. 그리고 일이 상당히 급한 상황이며 내일부터 작업을 시작하면 좋겠다는 내용을 전했다. 저쪽에서 의외로 순순히 승낙을 했는지 정완은 금방 전화를 끊었다. 수아와 기미히토는 놀란 입을 다물지 못했다. 일이 너무도 쉽게 이루어지고 있었다.

"이런 일이 어떻게 전화 한 통으로 이루어질 수 있죠?"

기미히토가 이해가 안 간다는 듯 물었다.

"마침 우리 재단에서 세운 대학교가 있습니다."

그제야 수아는 정완이 어떤 인물인지를 기미히토에게 설명했다. 수아의 설명을 듣는 기미히토의 표정에 놀라움과 부러움이 스쳐갔다.

사도광탄, 정완, 수아라는 각기 신분도 생각도 다른 세 사람이 범죄행위임에도 불구하고 뚜렷한 자기 판단에 근거해 나라의 경제 위기를 구하려 달려드는 것을 보고 한국인들의 무서운 단결력을 다시 한번 실감했다.

이들을 보자 기미히토에게는 극도의 경제 위기에도 불구하고 한국은 틀림없이 다시 일어날 것이라는 확신이 생겨났다.

네 사람은 오랜만에 편한 마음으로 정완이 사는 저녁 자리에 마주 앉았다. 모두의 관심은 수아에게 쏠리는 분위기였다.

특히 사도광탄은 수아의 컴퓨터 조작에 협력은 하면서도, 수아가 해킹에 빠져 인생을 그르칠 수 있다는 위험도 경계하는 표정이었다. 그는 수아의 표정에 여유가 생기자 그녀의 가치관을 테스트하는 듯한 물음을 던졌다.

"해킹의 윤리에 대해 수아는 어떻게 생각하지?"

"제가 그것을 말할 자격이 있을까요? 취미로 하고 있지만요."

그러면서 수아는 잠시 머뭇거리다 야무진 목소리로 자신의 생각을 전개했다.

"해킹의 기본 정신은 자유에 있어요. 세상의 모든 정보를 함께 나누자는 거죠. 인간의 역사는 좀 더 많은 사람이 좀 더 많은 자유를 누리자는 쪽으로 진행되어왔어요. 아마 이것을 발전이라고 할 수 있을 거예요. 그러나 자본주의가 심화됨에 따라 인간은 자신도 모르는 사이에 자본에 예속되었어요. 일방적인 정보의 장악은 이 예속을 심화시켰죠. 해킹은 정보의 세계만큼은 가진 자 못 가진 자를 떠나 모든 사람이 같이 자유롭게 나누자는 기본 정신에서 출발했어요. 돈이 아닌 인간의 노력과 능력만큼 정보를 갖는 평등이 해킹에는 있어요."

"의외구나. 그런 정도로 철학적 기반을 갖고 있다니."

"해킹을 통해 범죄를 저지를 수도 있죠. 지금의 세계는 이 점을 두려워하지만 무수한 해킹 범죄를 겪으면서 인류는 올바른 대처 방법을 마련할 거예요. 해킹을 무조건 금기시하면 오히려 사회는 뒤떨어질걸요. 해킹 범죄는 해커가 잡아낼 수 있으니까요. 게다가 컴퓨터의 인간 지배를 막는 것도 역시 해커의 몫이죠. 그런 점에서 해커란 매우 인간적인 존재들이에요."

수아의 표정은 진지했다.

"그리고 해커는 아무리 사소한 것이라도 그냥 넘겨버리지 않아요. 단서는 언제나 사소한 것에서 찾아지거든요."

"그렇다면 이번 일도 추적당하지 않게 배려를 했다는 건가?"

기미히토는 말은 안 해도 사도광탄이 자신의 안위에 대해 신경을 쓰고 있다는 것을 알 수 있었다.

"그럼요. 함부로 공개는 할 수 없어도 도저히 추적하지 못하는 방법이 있어요. 초일류의 해커들에게는요."

"내게 얘기하면 안 되는 모양이지?"

"네, 안 돼요."

수아가 너무도 분명하게 대답을 했기 때문에 세 사람은 모두 웃었다.

"해커의 세계에서는 지극히 사소한 것이 언제나 가장 큰 문제가 되거든요. 재미있는 일화를 하나 얘기해드릴게요."

사도광탄은 해킹에 대한 수아의 철학이 마음에 들었는지 안심하는 표정이었다.

"1989년 3월에 FBI는 다섯 명의 서독 청년들이 미국의 국방성을 비롯하여 항공우주국, 핵연구센터, 유럽 핵연구센터, 일본의 방위기술연구소 등에 침입하여 엄청난 기술과 정보를 빼내서는 소련의 KGB에 팔아넘긴 것을 알아냈어요. 그들의 해킹은 4년 동안이나 계속되어오고 있었어요."

정완이 흥미로운 목소리로 물었다.

"4년 동안이나 해킹이 계속됐는데도 정보 당국에서는 몰랐단 말이야?"

"워낙 솜씨가 좋은 해커들이었으니까요."

"그런데 어떻게 잡았지?"

"참으로 의외의 곳에서 의외의 사람이 잡아냈어요. 하버드대학교의 스미소니언 천체물리연구소에서 근무하던 클리포드 스톨이라는 천문학자가 그들을 탐시하게 되었어요. 그는 컴퓨터의 시간당 사용 요금을 정산하다가 75센트의 오차가 나는 것을 발견하고는 의문을 품게 되었죠."

"불과 75센트에?"

"네, 비록 적은 액수였지만 기계적으로 생각하면 오

차가 있다는 사실은 틀림없었죠. 액수는 차치하구요."

"그래서?"

사도광탄도 컴퓨터의 세계에 차츰 끌리는지 자못 흥미 있는 얼굴로 물었다.

"스톨 박사는 생각 끝에 이것은 누군가 바깥의 침입자가 전산망에 무단 접속한 것이라는 결론을 내리고는 전화 기록을 모두 살폈어요. 그러나 그들은 교묘한 방법을 섞어 접속했기 때문에 도저히 끝까지 추적하지 못했죠."

"교묘한 방법에는 어떤 것이 있지?"

사도광탄이 웃으며 물었다. 수아가 어떤 방법을 쓰려는지 알고 싶어 하는 태도였다.

"예를 들면 서독에서 캐나다의 어느 연구소로 전화를 해서는 접속을 했어요. 그러고는 다시 파리로 연결하고 또 미국 국방성과 연관이 있는 일본의 어느 기업 컴퓨터와 연결을 한 후 마지막에 국방성의 컴퓨터와 접속을 했죠. 때로는 정식 업무와 관련하여 접속 중인 회선에 끼어들기도 하고, 하여간 여러 가지 방법으로 추적하지 못하게 했죠. 가장 중요한 것은 전세계를 빙빙 돌아온 그들의 접속 시간이 매우 짧다는 거였어요. 베테랑인 그들은 바로바로 정보를 빼가곤 했거든요."

"그런데 어떻게 추적을 했지?"

"추적에 성공한 것이 아니라 유인에 성공했어요."

"그 천문학자가?"

"네. 스톨 박사는 그들이 군사 관련 핵심 정보를 노린다는 것을 알고는 몇 군데 중요한 연구소의 컴퓨터에 SDI 네트라는 종합 방위 시스템에 관한 정보를 심어두었죠. 아주 획기적이고 중요한 극비 군사 시스템인 것 같은 분위기를 풍기면서 말이에요."

"그들이 거기에 걸려들었나?"

"네. 워낙 큰돈에 정신이 팔려 있던 그들은 무려 두 시간 동안이나 그 가짜 컴퓨터 네트워크 속에 들어가 헤매고 있었죠. 그 자신도 탁월한 해커인 스톨 박사가 그들이 도저히 그만두지 못하도록 심리적 압박을 가했기 때문이죠. 예를 들면 '이 시스템은 무단 접속되었기 때문에 폐쇄됩니다' 하는 식으로 그들이 이번에 정보를 얻지 못하면 다음의 접속은 불가능하다고 생각하게 만들었죠. 마치 머드게임처럼요. 그들이 한없이 헤매는 동안 박사는 최초의 전화 발신지를 찾아낼 수 있었던 거죠. 바로 서독의 하노버였어요. FBI는 서독 경찰과 같이 그들을 붙잡을 수 있었지요."

사도광탄과 정완은 같이 고개를 끄덕였다.

"참, 기미히토 교수님. 부탁 하나 더 드려도 돼요?"

"뭐죠?"

기미히토는 프로그램 제작이 다 끝났는데 무슨 부탁이 또 있을까 하는 얼굴로 물었다.

"스탠퍼드의 친구가 이번에 일본과 만주에 가게 됐어요. 인류학을 전공하는데 동북아시아의 샤머니즘에 대해 논문을 쓰게 되었대요. 일본으로 가실 때 좀 데려가 주셨으면 하구요. 일본에는 아는 사람이 없대요."

기미히토는 사도광탄의 얼굴을 쳐다봤다. 두 사람은 같이 고개를 끄덕였다.

다음 날 사도광탄과 기미히토, 그리고 테드는 홀가분한 표정으로 호텔을 나섰다. 테드는 곱슬머리를 빗지도 않아 헝클어뜨린 채였고, 청바지 차림에 등에는 배낭을 하나 달랑 메고 있었다.

정완과 수아가 공항까지 그들과 동행했다. 공항에는 변 박사와 조 교수까지도 나와 있었다.

"기미히토 교수님은 언제 미국으로 돌아가세요?"

수아는 예전처럼 미국에서 기미히토와 해킹 전쟁을 하고 싶은 모양이었다.

"일단 일본에서 비과학적 현상에 대한 나의 의문을 풀어야 돌아갈 것 같아요."

"일본에서 확인할 것은 무엇인데요?"

"글쎄요, 지금에 와서는 한국의 신비한 힘이라고 얘기해야 할까요."

"저도 함께 가서 그 힘이 뭔지 직접 확인하고 싶어요."

당연한 얘기였다. 지적 호기심이 가득한 수아가 그런 신비한 토우에 관심을 갖지 않을 리 없었다.

"수아 양, 일을 마치는 대로 일본으로 한번 놀러 와요.

마침 친구도 일본에 있을 테니."

수아는 자기도 모르게 테드에게로 시선을 돌렸다. 테드의 얼굴이 환해져 있었다. 수아는 얼른 대답했다.

"네, 고맙습니다. 그런데 사실 토우도 보고 싶지만, 있지도 않은 임나일본부니 뭐니 하면서 게임으로까지 역사를 왜곡해대는 일본이라는 나라를 꼭 직접 가서 보고 싶어요."

"그게 무슨 말이지요?"

수아로부터 자초지종을 들은 기미히토의 얼굴이 잔뜩 찌푸려졌다.

"마이크로소프트사에서 왜 그런 소프트웨어를 만들었는지 이유를 모르겠어요. 미국인들이 임나일본부라는 것을 알 리도 없고, 틀림없이 일본인이 만들었을 텐데……."

"어떻게 알지요?"

"마이크로소프트라는 제조회사명 밑에 프로그래머의 이름이 쓰여 있었으니까요. 도치아키 미치오라든가 도시아키 미치오라든가, 뭐 하여튼 그런 이름이었어요."

"도시아키? 지금 도시아키 미치오라고 했어요?"

"아마 그랬던 것 같아요, 정확한 이름은 잘 모르겠지만. 교수님께서 아시는 분인가요?"

"음……."

기미히토는 대답 없이 이맛살을 찌푸렸다. 틀림없는 도시아키였다. 같이 컴퓨터를 전공했지만 자신이나 오카모토와는 달리 도시아키는 게임에 몰두했고, 지금은 야마자키연구소에 수석연구원으로 가 있었다. 게임을 통해 역사를 알리는 일을 한다고 했으니 그가 틀림없겠지.

기미히토는 조 교수에게 물었다.

"임나일본부설, 즉 일본이 과거 2세기에서 4세기까지 약 3백 년간 한반도를 지배했다는 것은 사실이 아닙니까? 우리 일본인들은 그렇게 알고 있는데요."

조 교수는 개탄스럽다는 듯이 고개를 좌우로 크게 흔들었다. 두 사람과 인사를 나누러 나온 자리에서도 이런 얘기를 해야 한다는 게 갑갑하다는 의미였다.

"지난 제국주의 시대에 일본의 육군참모본부는 광개토대왕비의 안 보이는 세 글자를 억지 해석해서 거짓 주장을 꾸몄지요. 한반도를 침략하기 위해 군사를 증원할 구실을 거기서 찾은 겁니다. 한반도는 과거 우리 땅이었으니 이제 가서 찾자는 논리를 만들었지요. 일본 국민은 거기에 속아 전쟁으로 내몰렸지만, 정작 문제는 지금까지도 어린 학생들을 계속 그렇게 가르친다는 데 있어요."

기미히토는 할 말을 잊었다. 한국에 와서 보니 자신이 일본에서 배웠던 것은 상당 부분 허위라는 것을 알게 됐다. 해인사의 그 웅장한 팔만대장경도 훔치지 못해 안달하다가 경판 몇 장 빼내고 가판으로 채워 넣은 것을 직접 목격하는 등 부끄럽기 짝이 없던 터였다.

그의 이런 부끄러움은 친구 도시아키에 대한 분노로 이어졌다. 그리고 이치로 교수가 하던 일에 대한 의구심과 더불어 베일에 싸인 연구소의 정체에 대한 의심이 진하게 솟아났다. 기미히토는 어쩌면 연구소의 흑막을 벗기는 데 수아의 해킹 실력이 필요할지도 모른다는 생각이 들었다.

"서 원장이 조심해서 다녀오시라는 말을 꼭 전해달라고 하더군요."

조 교수가 사도광탄에게 작별 인사를 했다.

일행은 탑승구를 향해 올라갔다.

"선생님, 몸 건강히 다녀오세요."

수아는 불과 며칠간의 짧은 만남이었지만 사도광탄의 폭넓고 깊이 있는 인품에 감동했는지 진심이 깃든 목소리로 사도광탄에게 인사를 하며 손을 흔들었다.

희고 가느다란 손가락이 눈앞에서 움직이는 것을 보며 사도광탄은 수줍은 듯 웃었다. 기미히토는 그가 유독 수아에게 잘 대해준다는 생각이 들었다.

"뭐, 그가 일본으로 갔다고?"

"그렇습니다."

경찰청에서 새로 사도광탄을 맡은 최 계장은 공항에서 돌아온 직원의 보고를 받자 아연 긴장했다. 사도광탄이 비행기를 탔다는 사실은 결코 가볍게 넘길 사안이 아니었다.

"무슨 일로 갔지?"

"도쿄대학교의 교수와 재미 유학생을 동반했습니다. 무슨 일로 갔는지는 알 수 없습니다."

"항공사에는 연락했나?"

"네, 인터폴에도 연락하고 기내 보안관에게도 특별히 당부해두었습니다."

"짐 검사도 했고?"

"짐은 없었습니다."

"짐이 없다고? 외국에 가면서 가방 하나도 안 가지고 갔단 말이야?"

"그렇습니다."

최 계장은 도저히 그 괴상한 인물을 이해할 수 없다는 표정으로 고개를 가로저었다.

"그런데 이제까지 그의 행적은 어땠나?"

"최근의 행적 말입니까?"

"아니, 처음부터 지금까지 말이야."

최 계장은 컴퓨터에서 사도광탄의 파일을 찾으면서 부하 직원에게 물었다.

"우리 경찰 기록에 처음 들어온 것은 군에서 제대하면서부터입니다."

"왜? 군에서 범죄를 저질렀나?"

"아뇨, 범죄라기보다는 의병 제대를 했습니다."

"의병 제대라고? 무슨 병인데?"

"정신병으로 기록되어 있습니다."

"정신병잔데 왜 감시 대상에 올랐지?"

"그게 사정이 좀 복잡합니다. 그가 군에 있을 당시 문제의 그 하이재킹이 일어나 인터폴과 교황청에서 감시 요청이 왔습니다. 그런데 그 무렵 그는 영내에서 대통령을 처단하라는 요구를 했고, 일련의 과정을 거친 후 정신병 판정을 받고 의병 제대했던 것입니다."

"참 희한한 인간이군. 그러니까 하이재킹과 정신병으로 감시 대상이 되었단 말이잖아."

"두 가지가 다 이유란 말입니다."

"그 후에는?"

"수년간이나 움막 같은 거처에서 안 나오기도 하고 전국 각지를 헤매기도 했습니다. 어떤 때에는 성당에 다니고, 어떤 때에는 굿에 미치고, 또 어떤 때에는 절에서 몇 년 살기도 하는 등 도대체 종잡을 수 없는 행동거지를 보여왔습니다."

"한심하군. 우리가 이런 정신병자나 감시해야 하다니."

납치

　기미히토는 세 사람이 거처할 수 있는 아파트를 빌렸다. 도쿄 시내에서 아파트를 구하는 것은 쉬운 일이 아니었지만, 도쿄대학교에서는 외국인 교수를 위한 다양한 주거 환경을 구비하고 있었기 때문에 그가 도움을 청하자 꽤 넓은 평수의 아파트가 어렵잖게 준비되었다. 아파트의 평수는 도쿄대에서의 기미히토의 중요도를 말해주었다.

　"유학을 가는 것도 중요하지만 우리 문화를 배우고 연구하러 오는 학생이나 교수를 받아들이는 것도 대단히 중요한 일인데, 한국은 외국인들의 주거에 대한 배려가 너무 없어요. 스탠퍼드에서 한국에 갔다 온 사람들이 이구동성으로 불만을 갖고 있었어요."

　"아파트가 마음에 드나요?"

　"네, 아주 좋은데요."

　베란다 바로 앞으로 스미다강이 유유히 흐르는 아파트는 도쿄 시내인네도 불구하고 조용하고 평화로운 분위기에 둘러싸여 있었다.

"먼저 토우를 보러 가죠."

기미히토는 짐 정리를 끝내자 도쿄대학교로 사도광탄
과 테드를 안내했다.

"선생님은 속옷 가방 하나도 없으시군요."

테드가 장난스럽게 말하자 사도광탄 역시 빙긋이 웃
으며 말했다.

"옷은 그렇게 자주 갈아입지 않아도 돼. 오래 입으면
그 옷도 살아 있게 되어 친구가 되고 보호막도 되지."

"시험 칠 때 새 옷으로 안 갈아입는 것과 같은 이치
예요?"

"글쎄……."

"하하, 친구가 생겨서 좋을지는 모르겠지만 냄새가
나면 어떻게 해요?"

사도광탄과 테드는 나이 차이가 많이 나는데도 구애
받지 않고 오래전부터 아는 사이인 양 가깝게 어울렸
다. 기미히토는 말이 없던 사도광탄이 젊은 사람들과는
쉽게 어울린다고 생각했다.

"동양문화연구소장님이 얼마나 신신당부를 하시는지
한쪽 구석에 처박아두었습니다."

행정직원은 기미히토가 찾아와 토우를 보고 싶다고
하자 이해하기 어려운 모양이었다. 같은 학교의 두 교
수가 한 사람은 되도록 깊이 감추어달라고 하고 한 사

람은 기껏 감추어두었던 것을 꺼내달라고 하니 그럴 만도 했다. 직원이 한 쌍의 토우를 꺼내와서 탁자 위에 놓았다.

누런 진흙으로 만들어 유약 처리를 하지 않은 투박한 모습의 토우는 겉을 말끔히 닦아냈는데도 오랜 세월 땅속에서 보낸 연륜을 은은히 풍기고 있었다.

수염을 길게 늘어뜨린 선인의 얼굴을 하고 있는 노인상은 단호하고 엄숙한 표정 속에서도 자애롭고 여유 있는 분위기를 풍기고 있었다. 눈은 마치 살아 있는 사람의 것인 양 꿈을 담고 먼 곳을 응시하고 있었으며, 인간에 대한 애정과 미래에 대한 희망을 주는 밝은 웃음을 입가에 머금고 있었다. 투박한 가운데 섬세하며 치밀하게 만들어져 깊은 인상을 주는 얼굴이었다.

할머니상은 인자한 모습으로 은은한 미소를 띠고 있었다. 아무 생각 없이 편안하게 안길 수 있는 분위기를 가진 이 온순한 표정의 할머니상은 노인상과 잘 어우러져 보는 사람으로 하여금 평온한 기분을 갖게 했다.

"이렇게 친근해 보이는 토우가 신비한 힘을 발휘했다고는 도저히 믿어지지 않아요."

테드는 도저히 믿지 못하겠다는 듯 사도광탄에게로 눈길을 돌렸다. 그러나 사도광탄은 테드의 의문에는 대답할 생각도 하지 않고 고개를 끄덕이며 뭔가를 깊이 생각하고 있었다. 기미히토는 사도광탄을 방해하지 않으려고 행정직원과 한쪽 곁에서 학교에 대한 이런저런 애기를 나누고 있었다.

사도광탄은 한동안 토우를 들여다보면서 마치 대화라도 나누는 듯이 뭔가를 중얼거리기도 하고 때로는 손을 모으고 눈을 감은 채 주문을 외기도 했다. 이윽고 그는 토우를 향해 합장을 하고는 밖으로 나왔다.

"선생님, 저 토우가 아직도 괴력을 소유하고 있을까요?"

"글쎄……."

"저 토우가 팔만대장경의 수호사자였다면 잃어버린 대장경이 나올 때까지 괴력을 발하지 않을까요?"

"없어진 팔만대장경은 그리 쉽사리 나오지 못할 게야. 어쩌면 영원히 볼 수 없을지도 모르지. 내 생각에 토우는 이제 더 이상 괴력을 발하지 않을 것 같구나."

"왜요?"

"할 일을 다 했다는 느낌이 들더구나. 그 한 쌍의 토우 앞에 섰을 때 '우리는 할 일을 다 했소'라고 말하는 듯한 느낌을 받았다."

"그것은 선생님만의 육감이군요. 저는 아무것도 느낄 수 없었어요."

사도광탄은 묵묵히 고개를 끄덕였다.

"그런데 토우가 할 일을 다 했다는 것은 무엇을 뜻하죠? 컴퓨터를 방해하고 이치로 교수를 죽인 것이 다일까요? 그것이 없어진 팔만대장경판과 무슨 상관이 있을까요?"

"토우가 힘을 발한 이유가 꼭 대장경판을 찾기 위해서라고 단정할 수는 없어."

"그럼 왜 그런 괴력을 발했을까요?"

"지금부터 그것을 알아내야 해. 토우가 왜 그런 힘을 발했는지 이유를 알아내어 해결해야 해. 나는 그 일을 하기 위해 일본으로 건너온 거야."

"선생님은 할 일이 많으신데 제가 괜한 호기심으로 철없이 따라오지나 않았는지 모르겠어요."

테드가 미안한 표정을 지었다.

"그렇지 않아. 이번 여행은 아마 테드에게 큰 깨달음을 줄 게야."

"어떤 깨달음이죠? 저는 잘 모르겠는데요."

테드가 말끝을 흐리는 것을 보며 사도광탄은 빙그레 웃었다.

"일본을 떠날 때쯤이면 자네 가슴에 맺혀오는 무엇인가가 있을 거야. 우리 문화에 대한 절실한 그리움이라고나 할까?"

"제가 그렇게 절실하게 뭔가를 느낄 수 있을까요? 우리나라에 대해서는 깡그리 잊어버리고 미국에서 맥도날드 햄버거나 NBA 농구 같은 것에 젖어 살고 있는데두요?"

"문화는 보이지 않게 스며들어 있는 거야. 조상의 얼과 숨결은 우리도 모르게 우리나라의 나무 한 그루, 풀 한 포기에까지 스며들어 있지. 이런 것들은 아무리 세월이 흘러도 없어지지 않아. 특히 우리나라 사람들은 자연의 기를 소중히 하며 오랜 세월 지키고 살아왔지. 자네의 유전인자 깊숙이에는 자네를 어쩔 수 없는 한민족으로 만드는 기가 스며들어 있어."

"기는 과학적 근거가 있는 것인가요?"

사도광탄은 입가에 묘한 웃음을 흘렸다.

"너희들은 언제나 과학을 앞세우는구나."

사도광탄의 말에 기미히토는 왠지 모르게 뜨끔했다. 과학적으로 설명할 수 없으면 그 무엇도 믿으려 하지 않던 얼마 전과는 너무도 달라진 자신을 발견했기 때문이다. 한동안 도쿄대학교 교정을 말없이 걷던 사도광탄은 전혀 뜻밖의 말을 했다.

"킬리안 사진이라는 말을 들어본 적이 있니?"

"들어본 적은 있지만 잘은 몰라요."

"음, 그것은 보통의 사진과는 달리 렌즈를 사용하지 않아. 고전압의 전극에 가까이 다가가면 몸에서 빛이 나는 원리를 이용하여, 필름을 뒤에 대고 피사체에 고주파의 고전압을 가하는 것이지. 그러면 눈에는 보이지 않지만 피사체에서 나온 빛이 필름에 그대로 감광되는데, 서양 과학에서는 이때 필름에 찍히는 빛을 생체 에너지라 부른다. 그것도 최근에야 모든 과학자들이 동의한 것이지만. 하여튼 이 생체 에너지는 사람의 경우 건강 상태에 따라 현저한 차이를 나타내지. 특히 예방의학에 있어서 자신에게 어떤 병이 있는지 모르는 사람의 경우도 이 킬리안 사진을 찍어보면 생체 에너지의 선명도와 색깔에 따라 병의 유무를 판단할 수 있어. 그래서 그들은 대발견을 했다고 떠들썩하지만 사실 이것은 기의 존재를 이제야 포착했다는 것에 불과하지."

"그 생체 에너지가 바로 기라는 말씀이군요."

"그렇지."

"기는 생물에게만 있는 건가요?"

테드는 토우의 신비가 바로 이 기와 관련된 것이라고 생각하고는 사도광탄에게 우회적인 질문을 던졌다.

"그렇지 않아. 기는 모든 물체, 심지어는 그림이나 도형에서도 나오지. 부적이 힘을 발휘하는 것은 이 기가 있기 때문이야."

"그림이나 도형에도 기가 있다구요?"

"뿐만 아니라 글씨에도 기가 담겨 있어."

"글씨에도요?"

"그래, 대가는 붓끝에 기를 담아 글씨에 옮겨놓지. 예를 들면 안평대군이 필생의 기를 담아 안견의 그림 앞에 쓴 '몽유도원도'라는 글씨는 현묘하다 못해 귀기까지 느껴지니까."

"풍수도 기와 관련이 있나요?"

"음, 매우 총명하구나. 풍수의 요체가 바로 기라고 할 수 있지. 동기감응(同氣感應)이라는 거야. 같은 핏줄, 같은 환경에서 나온 생기끼리는 서로 반응한다는 원리가 풍수의 효력에 대한 설명이 될 수 있을 거야. 사람들이 명당을 찾아 헤매는 것은 땅에 묻힌 조상의 뼈가 그 명당에서 나오는 기를 타고 왕성해져 후손에게 유익하게 작용하기를 바라기 때문이지."

"토우가 선택적으로 살인을 했다는 것은 기의 관점에서 보면 무엇을 의미하는 걸까요?"

"그것은 이치로 교수가 하려던 작업이 한민족에게 몹시 부정적이었다는 사실을 추측하게 해준단다."

"그렇다면 이치로 교수를 함정에 빠뜨려가면서까지 작업을 추진하려 했던 야마자키 이사장은 틀림없이 무슨 음모를 꾸미고 있는 거겠군요."

미인계를 써서 이치로를 함정에 빠뜨렸다는 도시아키의 얘기를 기억해낸 기미히토가 끼어들었다. 사도광탄은 고개를 끄덕였다.

세 사람은 도쿄대학교의 교정을 걸어 학교 뒤편의 호숫가로 갔다.

"여기 잠깐 앉아 계시죠. 저는 연구실에 가서 가져올 게 있습니다."

"네."

테드는 얼른 대답을 했지만 사도광탄은 이상하게도 묵묵히 입을 다물고 있었다. 그 태도가 마치 그를 보내고 싶어 하지 않는 것 같아 테드는 사도광탄의 얼굴에 흘끗 눈길을 던지다 깜짝 놀랐다. 갑자기 그의 안색이 나빠졌던 것이다.

"선생님, 몸이 안 좋으세요?"

"……."

사도광탄은 말없이 눈을 감아버렸다.

한참 동안 기다려도 기미히토가 나타나지 않자 테드는 얼마 떨어져 있지 않은 연구실로 그를 찾으러 갔으나 혼자 되돌아왔다.

"연구실 문이 잠겨 있는데요."

사도광탄의 안색은 원래대로 돌아와 있었다.

"아마 안 올 거야."

"네? 그게 무슨 말씀이세요?"

"오늘 밤 늦게나 돌아올 거야."

"무슨 말씀이 있으셨나요?"

"아니, 다만 교수의 얼굴이 반갑지 않은 사람과 만날 것 같았어."

"나쁜 일이에요?"

"세상의 일이란 인간이 쉬이 짐작할 수 없는 법이야. 좋을 것 같은 일도 나빠지고 나쁠 것 같은 일도 좋아지는 법이지."

사도광탄은 뜻 모를 말만 하고 있었다.

"집으로 돌아가서 기다리는 것이 좋겠구나."

테드는 사도광탄의 말이 도무지 이해가 되지 않았지만 오랫동안 기미히토가 돌아오지 않자 더 이상 거기에서 기다릴 수도 없어 아파트로 되돌아갔다.

기미히토는 사도광탄의 말대로 밤 늦게야 돌아왔다.

"걱정했습니다. 두 분이 혹시 길이라도 잃은 건 아닌가 해서요."

놀랍게도 기미히토는 엉뚱한 얘기를 하고 있었다.

"아니, 교수님. 우리가 학교에서 얼마나 오랫동안 기다렸는지 아세요?"

"무슨 소리예요? 연구실에 갔다 오니까 없던데."

테드의 눈길이 사도광탄의 얼굴에 꽂혔다.

"……."

"아니, 사도광탄 선생님. 무슨 일이 있었습니까?"

"그런 것 같군요."

"음, 그러고 보니 약간 이상한 것 같기도 하군요. 정신을 차려보니 연구실 앞의 제 차에 앉아 있기에 약간 정신이 몽롱해져 차 안에 들어가서 쉬었나 보다고 생각했는데……."

사도광탄은 이렇게 엉뚱한 소리를 하는 기미히토의 얼굴을 한참 들여다보더니 뜻밖의 질문을 했다.

"기미히토 교수님은 최면이라는 것을 아십니까?"

"최면이요?"

"제 생각으로는 아마 그 사이에 어떤 사에게 최면을 당했던 것 같군요."

"뭐라구요, 제가 최면을 당했다구요?"

기미히토는 깜짝 놀랐다.

"기억이 나지 않겠지요."

"전혀. 하지만 제가 정말 최면을 당했을까요?"

"틀림없을 겁니다."

"최면 상태에서 제가 아는 것을 말했을까요?"

"그랬을 겁니다."

"이상하군. 내가 무슨 말을 했을까?"

"의식이 깨어나면 아무것도 기억하지 못합니다."

"그런데 도대체 누가 나를 납치하여 최면을 걸었을까요? 대관절 내가 무엇을 했다고."

"누군가가 교수님 모르게 교수님의 무의식 속에 있는 정보를 얻기 위해 법술을 부린 것이지요. 그것은 〈묘제의 연구〉 때문입니다. 교수님이 야마자키연구소의 연구원인 도시아키와 만나 정보를 캐내려고 했던 것을 주목했겠지요. 그러니 그들은 도시아키와 관련이 있는 사람들입니다."

"연구소의 사람들일까요?"

"아무튼 최소한 야마자키 이사장과는 관련이 있는 사람들이겠지요."

야마자키는 기미히토의 무의식을 불러내어 아는 것을 모두 대답하게 한 다카가와의 능력에 대해 내심 크게 감탄하고 있었다. 사람들이 그를 일러 신풍을 만들어내는 법사라고 하던 것이 결코 지나치지 않다고 생각했다.

그가 아니었다면 이치로 교수의 죽음이나, 기미히토라는 도쿄대학교 교수가 도시아키와 접촉하여 연구소에서 비밀리에 진행 중이었던 작업을 추적한 적이 있다는 사실을 가볍게 넘겼을지도 모를 일이었다.

그런데 기미히토 교수가 다카가와의 최면에 걸려 무의식 상태에서 말한 비밀 작업의 추적 동기에 대해서는 참으로 이해가 가지 않았다. 컴퓨터의 이상을 일으키는 흙인형이 있었고, 그 흙인형은 〈묘제의 연구〉에 대해서만 선택적 장애를 일으켰다고 했다. 게다가 이치로 교수가 실족사한 것도 그 흙인형의 신비한 힘이 작용했기 때문이라는 진술은 너무도 황당했다.

그러나 다카가와의 표정이 진지하게 변해가던 것을 떠올린 야마자키는 고개를 흔들었다. 자신은 이해하지 못하는 일이지만 틀림없이 뭔가가 있는 것이다. 야마자키는 수화기를 들었다. 비밀 작업의 보안을 위해서는 좀 더 확실하게 진상을 파악해야겠다는 생각이 들었던 것이다.

두 사람은 저녁에 만났다.

"다카가와 선생, 참으로 궁금한 것이 있습니다."

야마자키가 정종을 한잔 들이켜고는 마치 선생님에게 질문을 하는 어린아이 같은 표정으로 물어오는 것을 다카가와는 물끄러미 바라보고 있었다.

"그 기미히토라는 교수가 혹시 거짓말을 한 것은 아닐까요?"

다카가와는 말없이 고개를 좌우로 흔들었다.

"나는 도저히 이해가 되지 않는군요."

다카가와는 여전히 말이 없었다.

"세상에 토우가 컴퓨터에 이상을 일으키고 사람을 죽인다는 것이 말이나 되는 소립니까?"

"어쨌거나 그 사람은 그렇게도 비밀에 부친 우리 작업의 냄새를 맡고 추적해오지 않았던가요?"

"그래서 더욱 이해가 안 간단 말입니다. 그렇다면 이 세상에는 내가 도저히 이해하지 못하는 뭔가가 있다는 얘기가 아닙니까?"

다카가와는 말없이 고개만 끄덕였다.

"그게 뭐란 말입니까?"

"법력이지요."

"그렇다면 나의 작업은 앞으로도 계속 추적을 당하고 방해를 받는다는 얘기입니까? 기미히토 교수를 침묵하도록 만들어도 아무 소용이 없단 말입니까?"

"토우에 담았던 법력은 한시적인 것입니다. 영원한 힘은 아니란 말이지요. 곧 사라질 것입니다."

"언제 그 법력이 사라진단 말입니까?"

다카가와는 술잔을 입에서 떼고 서쪽을 향해 턱을 조금 들고는 마치 무엇을 느껴보려는 듯 눈을 감고 천천히 숨을 골랐다. 한참 동안 같은 동작을 반복하던 다카가와는 석연찮은 표정으로 고개를 가로저었다.

"이상한 일이군. 그토록 강하던 법력이 거짓말처럼 사라지고 말았다니……."

"네? 그 힘이 사라졌어요?"

"그렇습니다."

다카가와의 단정적인 대답을 듣자 야마자키는 미소를 지으며 고개를 끄덕였다.

야마자키는 이미 무덤에서 이치로 교수를 죽인 힘을 느끼던 다카가와를 보았었다. 그때 다카가와가 그 힘은 조선으로부터 온 것이라고 했던 기억이 떠올랐다. 그리고 이치로뿐만 아니라 자신까지도 그 토우의 목표라는 얘기에 못내 불안했었다. 그런데 이제 그 기가 완전히 사라졌다고 하니 안심이 되었던 것이다.

"어쨌거나 그 토우의 기가 감쪽같이 사라졌다니 더없는 다행이군요."

"……."

다카가와는 토우의 기가 없어졌다는 얘기에 야마자키의 표정이 되살아나는 것을 보고도 무슨 이유인지 이마를 찌푸린 채 탐탁지 않은 눈길을 창 너머로 던지고 있었다.

운명의 시간

딕슨은 휴대용 컴퓨터를 켜고 철수 작전을 세우기 시작했다. 그는 주식을 모두 6등분했다. 하루에 6분의 1씩 파는 것이 가장 안전하다는 생각에서였다. 처음 이틀간은 상승세 속에서 팔 수 있을 것이다. 그리고 다음 이틀은 보합세에서 판다. 문제는 마지막 이틀이다.

한국의 투자자들이 갑자기 무서운 기세로 팔아치우는 외국 자본에 대해 두 눈을 크게 뜨고 경계의 눈초리를 보내리란 건 자명한 일이다. 자칫 잘못하면 매수 주문이 뚝 끊긴 상태에서 하한가로 며칠을 보내게 될지 모른다. 아니, 최악의 경우에는 이제껏 번 것을 어느 정도 게워내야 할 상황이 벌어질 수도 있다. 물론 그럴 가능성은 희박하지만 대비를 해두어야 한다.

딕슨은 시계를 봤다. 뉴욕은 오전 열한 시. 지금이라면 아서가 사무실에 있을 것이다. 딕슨은 다이얼을 돌렸다.

"회장님, 딕슨입니다."

"오오, 딕슨. 건강은 괜찮지?"

"물론입니다. 회장님도 좋으시죠?"

"좋다마다. 일은 여전히 순조롭지?"

"그럼요. 이제 서서히 철수 준비를 해야겠습니다."

"암, 그래야지. 절대 욕심을 내면 안 돼."

"염려 마십시오. 그런데 타이거의 자금은 예정대로 움직이겠죠?"

"여부가 있나. 그런데 자네가 한국으로 가고 난 다음에 이 친구들이 계약 내용을 약간 바꾸자고 해서 응해 줬네."

"어떤 내용입니까?"

"돈을 한국으로 보내지 않고 여기서 주식에 투자했을 경우의 기대수익률을 더 올려달라는 거였어."

"나쁜 놈들, 막상 우리가 한국 시장에 손을 대고 나니까 그렇게 나오는군요. 약점을 잡았다 이거죠."

"개의치 말게. 큰일 하는 사람이 그런 데 신경 쓰면 안 돼. 하지만 자네가 꼭 알아야 할 중요한 내용도 있네."

"그게 뭡니까?"

"한국인들로 하여금 타이거의 자금이 우리 투자에 대한 증거금처럼 생각하도록 해서는 안 된다는 거야. 우리가 벌어서 빠져나왔을 때 자기네 자금이 대신 묶일까봐 그러는 거지."

"겁쟁이들, 꽤 몸조심을 하는군요."

"한국 증권법에 특별한 조항이라도 있을까 봐 그러 겠지."

"세상에 그런 법이 있을 리 있나요?"

"하여간 계약서를 반드시 한번 읽어봐. 자네 컴퓨터 에 이메일로 보낼 테니."

"알겠습니다. 다시 연락드리겠습니다."

"그래, 수고해."

딕슨이 주식을 한창 팔아치울 때 외국에서 30억 달 러라는 거금이 들어온다. 그러면 투자자들은 안심을 할 것이고 딕슨은 마지막 한 주까지 무사히 처분하고 한국 을 뜬다. 그러고 나면 그 자금 역시 잠시 은행에 머물러 있다가 철수한다.

계획은 완벽했다.

'노 프라블럼.'

딕슨은 컴퓨터를 끄고 잠자리에 들었다.

다음 날 오후 주식시장은 뜨겁게 달아올랐다. 딕슨이 엄청난 자금을 갖고 들어와 주식을 사대니 냄비만한 한 국 주식시장이 들끓을 것은 당연했다.

한국에는 주식에 한이 서린 투자자들이 많았다. 한국 인들은 늘 다람쥐처럼 조심하기보다는 멧돼지처럼 앞 만 보고 돌진하곤 했고, 이런 경향은 장이 좋으면 좋은 대로 나쁘면 나쁜 대로 투자자들을 수렁에 빠뜨렸다. 장세란 늘 바뀌기 때문이다.

그러나 이제 그들은 지금껏 품은 한을 일시에 다 풀어 버릴 수 있는 절호의 기회가 왔다고 생각했다. 아니, 비단 한 번의 기회일 뿐 아니라 이제 한국의 주식시장도 본격적인 궤도에 올랐다는 확신을 가졌다.

　많은 종목들이 하루 종일 팔자 없는 상한가였다가 장 끝 무렵에 딕슨이 6분의 1에 해당하는 주식을 내놓자 한동안 출렁거렸다. 그러나 워낙 매수세가 강해 주식시장은 여전히 초강세인 채로 장을 마감했다.

　오후 네 시 반. 이 시간이면 증권사는 모든 작업을 마친다. 이제 30분 후인 다섯 시 정각에 숙직 직원이 터미널을 꺼버릴 것이다. 수아는 대학교의 전산실에 앉아 중형 스테이션을 통해 스탠더드증권의 컴퓨터에 접속했다.

　미리 알아둔, 홍콩에 있는 본사의 ID를 집어넣자 모니터에 각 투자자들의 주식 거래 현황이 나타났다. 다국적 자금으로 위장한 딕슨의 투자수익률은 이미 40퍼센트를 넘고 있었다. 실로 엄청난 금액이었다. 이 돈이 불과 며칠 사이에 한국을 빠져나간다고 생각하니 아찔했다.

　수아는 떨리는 손길로 키보드를 두드리기 시작했다. 이제껏 수없이 해킹을 해왔지만 오늘처럼 긴장되기는 처음이었다. 시간은 불과 30분. 그동안 상대방 컴퓨터의 논리구조를 모두 파악하고 자동변환 프로그램을 설치해야 한다. 1분이라도 늦는다면 모든 것은 도로아미타불이다. 어려운 상황에서도 수아의 손가락은 정확하게 키보드를 짚어나갔다.

"음……."

수아의 입에서 신음이 흘러나왔다. 자동변환 프로그램을 설치하기 위해서는 먼저 모두 146군데를 손봐야만 했다. 30분이라는 시간 안에 다 할 수 있을지 자신이 없었다. 하지만 최선을 다할 수밖에 다른 방법이 없었다.

보이지 않을 정도의 빠른 속도로 키보드를 두드려대면서도 수아는 쉴 새 없이 다음 작업에 대한 연구에 몰입해 있었다. 초조하고 불안했지만 수아의 손가락은 조그만 실수조차 없이 키보드를 계속 두드렸다. 수아의 이마에는 구슬땀이 맺히기 시작했다.

26분이 지날 무렵 정지 작업은 끝났다. 이제는 자동변환 프로그램을 전송하기만 하면 된다. 수아는 정신없이 자동변환 프로그램을 걸고는 입력키를 눌렀다. 남은 시간은 4분. 이제는 운명을 하늘에 맡기는 수밖에 없다. 모든 것은 컴퓨터의 속도가 좌우할 것이다.

컴퓨터는 프로그램을 보내기 시작했다. 이제 몇 초 후면 모니터에 전송 속도가 나타날 것이다. 손목시계를 들여다보는 수아의 얼굴에는 비장함마저 서려 있었다. 모니터에 3퍼센트라는 숫자가 뜨는 순간 손목시계는 10초 경과를 나타내고 있었다. 초조한 손길로 계산기를 두드리던 수아의 안색이 창백해졌다.

"안 돼!"

수아의 입에서 비명이 터져나왔다. 계산기에는 72퍼센트라는 숫자가 찍혀 있었다. 10초에 3퍼센트라면 1분에 18퍼센트, 4분이면 72퍼센트밖에는 보내지 못한다. 1분 33초가 모자라는 것이다. 수아는 두 손으로 머리를 감쌌다.

"끝장이야, 안 돼."

수아의 목소리가 갈라져 나왔다. 처절한 절망의 목소리였다. 자신은 할 수 있는 최선을 다했다. 구할 수 있는 최고 성능의 컴퓨터에 실수 한 번 하지 않고 키보드를 눌렀다. 그러나 어쩔 수 없었다. 시간의 한계는 어떻게 할 수 없었다.

"다들 퇴근하고 숙직자들밖에 없을 거 아냐? 그렇다면 그들을 묶어둘 수 있지 않을까?"

정완의 다급한 목소리가 귀에 들어와 박히는 순간 수아의 머리에 뭔가가 번쩍했다.

"아, 그렇지."

수아는 휴대용 컴퓨터를 켜고는 뭔가를 종이에 옮겨 적었다.

"스탠더드증권의 전화번호예요. 대표전화지만 회선이 많이 있겠지요. 전화를 걸어야 해요. 컴퓨터가 전송을 끝낼 때까지 말이에요. 다른 일을 못하게 전화로 묶어두어야 해요."

정완은 급히 직원들을 불러 모든 회선에 전화를 넣도록 했다. 수화기를 통해 받지 못하고 있는 전화벨 소리를 듣고 정완이 신호를 하자 수아의 얼굴에는 다시 생기가 살아났고 자동변환 프로그램은 무사히 전송됐다.

"어떻게 그런 생각을 했어?"

"모르겠어요. 순간적인 생각이었어요."

저녁을 먹는 자리에서도 수아의 흥분은 가라앉지 않았다.

"수아의 정성에 하늘도 감복한 모양이야."

금융전쟁

딕슨은 결코 조급하게 서두르는 스타일이 아니었다. 그는 한국 시장을 보고는 언제나 오후장에서 움직이는 것을 원칙으로 삼았다. 장을 움직이는 힘이 있는 그로서는 약삭빠르게 남보다 먼저 치고 빠질 필요가 없었다.

그는 장 끝 무렵 증권사에 나갔다. 6분의 1은 어제 상한가로 팔았고, 오늘은 나머지 다섯 덩어리 중 하나를 팔아야 했다. 딕슨은 지점장실에서 모니터를 찬찬히 들여다봤다. 종목 선택을 하는 데 있어 딕슨은 누구의 조언도 받아들이지 않았다. 월스트리트에서도 발군의 실력을 과시하는 그에게 한국 주식시장의 중개인들이란 우스운 존재들이었다.

그는 한국에 도착한 첫날, 홍콩에서 온 부사장과 지점장에게 못을 박았다.

"내가 주식을 사고파는 데 있어 옆에서는 아무 말도 하지 마시오. 나는 오로지 내 판단에 따라 할 것이오.

만약 옆에서 조언을 한다거나, 풍문이나 소문을 가져온다면 나는 그 즉시 모든 자금을 빼내 다른 증권사로 갈 것이오."

딕슨은 여섯 종목을 골라 6분의 1에 해당하는 금액을 맞췄다. 시황이 나빠질 경우 발이 무거워질 수 있는 종목을 우선적으로 골라낸 것이다. 딕슨은 메모지에 종목을 적어서는 지점장을 불렀다.

"기술적으로 파시오."

"이것을 다 말입니까?"

"그렇소."

"알겠습니다."

딕슨의 전망은 정확했다. 아침부터 그 많은 물량을 내놓는 것보다 물량 부족의 초강세장에서 오후장 끝 무렵에 내놓는 것이 훨씬 효과적이었다. 물량에 목이 말라 있던 투자자들은 딕슨의 주식이 나오는 대로 받았다. 워낙 엄청난 물량이었지만 강세 시장에서는 물량 확보가 최고라는 단순화된 전략에 젖어 있던 투자자들은 무서운 기세로 덤벼들었던 것이다.

딕슨은 상한가에 모두 팔았다. 둘째 날도 성공이었다.

"아저씨가 계시니 문제 될 것이 없겠지요."

정완의 존재는 수아를 크게 안심시켰다. 컴퓨터 조작은 자신이 할 수 있는 일이었지만 주식시장에서의 작전은 아무래도 전문가가 있어야 될 일이었다.

"놀랍구나. 어떻게 이토록 완벽하게 계획을 세울 수 있었니?"

말은 그렇게 하면서도 정완은 풀리지 않는 일이 있는지 미간을 찌푸렸다.

"생각 외로 일이 쉽지 않아."

"그가 주식을 판 돈으로 가장 인기 없는 종목의 주식들을 대량 매입하면 되잖아요?"

"대단한 계획이긴 하지만 문제가 그렇게 간단하지 않아."

정완은 골똘히 무슨 생각엔가 빠져 있었다.

"어떤 문제가 있는데요?"

"주가를 일시에 폭락시켜야 해."

"어째서죠?"

"그가 인기 없는 종목의 주식을 잔뜩 사고 있을 때 주가가 대폭락하여 며칠간 매수세가 전혀 없어야 완벽해."

"아, 그렇군요."

"어떻게 주식을 폭락시키는가가 문제야."

"그게 가능할까요? 인기가 없는 종목의 주식들도 대량으로 매입되고 있는 장세에서 어떻게 주가의 폭락을 이끌어내죠?"

"지금 당장은 뾰족한 방법이 없어."

"딕슨의 속셈을 소문내면 어떨까요?"

"본래 풍문과 소문이 난무하는 곳이 증권시장이야.

단순히 소문을 내는 것만으로는 이런 초강세장에서는 효과를 볼 수 없어. 더군다나 딕슨은 교활하게도 주식을 매입할 당시 몇 번이나 샀던 주식을 한꺼번에 내놓았던 적이 있어. 주식을 싸게 사려는 목적과 더불어 소문을 무력화시키는 예방 조치였지."

"그러니까 소문을 뒷받침하는 가시적인 움직임이 있어야 한다는 말인가요?"

"바로 그거야. 누군가가 소문을 따라 가진 주식을 던지다시피 내놓아야 비로소 진정한 소문으로서의 효과를 발생시키지."

"그런 사람을 찾는다는 건 불가능할 것 같아요."

뒤늦게 생각해내긴 했지만 보통 문제가 아니었다. 해결책이 없는 터라 정완은 일단 자동변환 프로그램을 통해 인기가 없는 부실 회사의 주식을 잔뜩 사들였다.

기미히토가 만든 프로그램의 정확도는 역시 대단했다. 수십 개 종목을 사들였는데도 단 1원의 오차도 없었다. 수아는 기미히토의 실력에 다시 한번 감탄했다.

"인간이란 존재는 정말 무섭네요."

"나도 수아를 보면서 그런 생각을 하고 있었어. 이런 엄청난 조작이 가능하다니 도저히 믿어지지가 않는군."

사실이 그랬다. 정완은 수아를 보면서 '세상은 컴퓨터를 아는 자가 지배한다'라는 말이 과연 빈말이 아니라는 사실을 뼈저리게 느끼고 있었다. 나이 어린 여학생에 불과한 수아가 혼자서 공포의 핫머니와 대결할 수 있는 것은 오직 컴퓨터가 있기에 가능한 것이다.

"감쪽같이 됐어요."

수아는 아무런 변화도 나타나지 않고 있는 스탠더드 증권의 모니터를 보면서 싱긋이 웃었다.

"딕슨이 나중에 이 사실을 알게 되면 혼비백산하겠군."

정완도 웃었지만 그에게는 심각한 고민거리가 하나 남아 있었다.

"그런데 어떻게 주가를 떨어뜨리느냐가 문제야."

다시 원점으로 돌아왔다. 애써 성공한 작업이지만 주가가 떨어지지 않는다면 아무런 의미도 없었다.

"기본적으로 투기자본을 막을 수 있는 건전 세력이 있어야 하는데 우리 시장은 너무 약해……."

고민하던 정완이 답답한지 한숨을 내쉬었다. 재계에서 잔뼈가 굵은 그는 이런 경우 아무리 친한 사이라 하더라도 전혀 도움이 되지 않는다는 것을 너무도 잘 알고 있었다. 한창 치솟는 주가를 떨어뜨릴 목적으로 엄청난 돈을 쏟아부을 사람은 눈을 씻고도 찾아볼 수 없을 것이다.

"아저씨 회사에는 돈이 없어요?"

순진한 수아는 정완의 입장은 전혀 고려하지 않고 직선적으로 물었다.

"우리는 제조업을 하니까 자금이 모두 생산에 들어가 있단다. 지금 필요한 것은 전문적인 투자자야. 그것도 엄청난 양의 주식을 거래하는 개인 투자자지."

잠시 말을 끊었던 정완은 다시 낙담한 목소리로 말을 이었다.

"그런데 불가능해. 그럴 사람이 있지도 않겠지만, 있어도 찾을 수가 없어."

"사도 선생님께 의논해보는 것은 어떨까요?"

"그분이 이런 일에 무슨 도움이 되겠어?"

"일본으로 가시면서 어려운 일이 생기면 연락하라고 하셨어요. 이상하게도 사도 선생님에게는 꼭 방법이 있을 것만 같은 예감이 들어요."

사실이 그랬다. 수아는 사도광탄이 이 문제를 해결할 수 있을 것만 같았다. 수아는 안부도 물을 겸 도쿄로 전화를 걸었다.

묵묵히 수아의 이야기를 듣던 사도광탄의 목소리가 전화선을 타고 흘러왔다.

"일전에 신문에서 본 사람이 있는데, 재벌 그룹의 자금줄인 한 금융회사를 삼키려 했던 배포가 큰 인물이었어."

수아가 조급하게 물었다.

"재벌 그룹의 오너예요?"

"아니야. 재벌과는 거리가 먼 사람이지. 하지만 돈을 능가하는 배짱과 머리가 있는 사람이었어. 자금을 지원하는 후배가 있었는데 같이 술을 마시다가 재벌의 횡포에 당한 억울한 사정을 듣고 의리 하나로 같이 거사를 도모했다고 하더군. 그 사람의 인격을 알 수 있게 하는 부분이었어."

"요즘 보기 드문 사람이네요."

"그래. 그에게 수아와 같은 애국심만 있으면 문제는 풀리지 않을까 하는 생각이 들어."

"어떻게요?"

"만나서 자초지종을 설명해봐. 증권에는 이력이 난 사람일 테니까 합리적으로 판단할 수 있는 자료만 넘겨주면 혹 도움을 얻을 수 있을지 모르지."

"자기 돈 한 푼 안 쓰는 관리들도 꼼짝하지 않으려는데 엄청난 자금을 동원하는 일에 응하려 할까요?"

"세상에는 묘한 사람도 있는 법이야. 김정완 씨와 같이 가서 있는 그대로 설명을 하려무나."

박 회장은 벌써 두 시간 이상이나 혼자 책상 앞에 앉아 뭔가를 골똘히 생각하고 있었다. 키가 작고 머리가 벗겨진 데다 턱이 짧은 그의 얼굴은 극도로 신중한 순간에도 약간의 장난기가 드러나 보였다.

이윽고 그는 고개를 가로 흔들어대며 인터폰에 대고 어린아이 같은 목소리로 말했다.

"최 이사 불러줘."

잠시 후 코가 오똑하고 눈이 동그란 게 피노키오같이 생긴 삼십대 후반의 사나이가 문을 열고 들어섰다.

"부르셨습니까?"

"자네, 이상하다는 생각이 안 들어?"

"뭐가요?"

"뭐긴 뭐야? 주식 말이지."

"글쎄요, 특별히 이상하게 생각되는 건 없습니다만……."

"흐름이 우습잖아. 원화 급락으로 금융 위기니 뭐니 하던 게 불과 일주일 전인데 지금은 폭등세란 말이야."

"그건 외국인 투자자들이 엄청난 자금을 시장에 투입했기 때문이 아닙니까?"

"글쎄, 그게 이상하단 말이야."

최 이사는 박 회장의 직관이 또 꿈틀대고 있다는 생각이 들었다.

"우리 어머니는 이럴 때면 늘 몸을 움츠리셨어."

"그러셨지요."

최 이사의 기억에 모두가 백 할머니라 부르던 박 회장의 어머니 모습이 떠올랐다.

백 할머니는 모두가 흥분하여 폭등이니 뭐니 떠들어 대고 전문가들이 연일 신문에 지금이야말로 주식에 투자할 때라고 써대면 오히려 보유하고 있는 주식을 몽땅 팔아버렸다. 반대로 신문에 대문짝만하게 주식 폭락이라는 기사가 실리고 사람들이 아우성치며 투매 현상이 일어나면 그때부터는 나오는 대로 매물을 사 모았다.

결과는 언제나 할머니의 승리였다. 기관이든 개인이든 도저히 할머니의 적수가 되지 못했다. 백 할머니의 백전백승 비법은 무욕과 정도였다. 욕심을 버리고 정도를 걸으면 길이 훤히 보인다는 것이다. 그 어머니에 그 아들이라고, 어려서부터 백 할머니 밑에서 배운 박 회장의 주식 운용도 보통 사람과는 차원을 달리하는 바가 있었다.

조지의 외환 공격이 극에 달하여 주식시장이 꽁꽁 얼어붙은 그 정점에서 박 회장은 운용 가능한 모든 자금을 동원하여 주식을 샀다. 남들은 모두 무모하다고 비웃었지만 그 시기에 과감하게 주식을 사들인 투자자는 박 회장과 몇몇 외국인들뿐이었다. 그 매수 작전은 대성공을 거두었다.

"이상하게 폭등하고 있어. 그럴 이유가 없는데도 엄청난 자금이 증시로 몰리고 있단 말이야."

"현재 우리나라의 경제 여건으로 보면 비정상이긴 합니다."

"아니, 그것도 그렇지만 조지가 한창 재미를 보는데 엄청난 주식투자 자금이 몰려왔고, 조지는 겨우 본전만 건지고 도망가버렸잖아."

"그랬습니다."

"이상하잖아. 최악의 상황에서 그런 대규모 자금이 들어왔다는 게?"

"증시 전면개방의 효과가 커서 그런 게 아닐까요?"

"그렇다면 조지가 한국으로 대규모 자금이 몰릴 것을 예상하면서도 한국 돈을 공략했다는 것이 이상하잖아.

손실이 눈에 뻔히 보이는데 말이야."

"듣고 보니 그렇군요."

"뭔지 확실치는 않지만 우리가 모르는 뭔가가 진행되고 있는 것 같아. 어쨌든 감이 이상해. 우리 건 모두 쏴 버려."

"모두 말입니까?"

"그래, 하루에 3분의 1씩 내질러. 오늘은 오후장에, 내일과 모레는 장 시작할 때 상한가 동시호가로 내놔."

"그럴 필요가 있겠습니까? 이 폭등세는 상당히 오래 갈 것 같은데요. 정보에 의하면 엄청난 규모의 새로운 영국 자금이 들어왔다는데요."

"아니야. 어쩌면 하한가로도 안 팔리는 사태가 발생할지 몰라. 어머니가 계셨어도 이럴 때는 팔라고 하실 거야. 팔아버려."

"알겠습니다."

최 이사는 회장실을 나서며 고개를 절레절레 흔들었다. 그들은 틀림없이 괴상한 모자였다.

다음 날 오전, 박 회장은 인적 구성이 특이한 두 사람의 방문을 받았다.

"김정완이라고 합니다."

눈썹이 짙고 신념이 강해 보이는 사십대 사나이 곁에는 이십대 초반의 이지적으로 보이는 여성이 앉았다. 박 회장은 아름다운 검은 눈동자를 가진 야무진 표정의 여성을 주시했다.

차를 한잔 마실 때까지도 아무런 말이 없이 앉아 있던 김정완은 진지한 목소리로 수아를 소개했다.

"라이언펀드라는 국제 투기자금이 한국의 증권시장을 노리는 것을 알아내고는 혼자서라도 그들을 막아보고자 서울로 온 스탠퍼드의 유학생입니다."

박 회장은 안경 너머로 앳된 모습의 수아를 응시했다. 수아는 이제까지의 일을 있는 그대로 설명했다.

"그게 정말이오?"

박 회장은 처음엔 믿을 수 없다는 듯 몇 차례나 반문하다가 수아가 휴대용 컴퓨터를 꺼내 딕슨의 주식 거래 패턴을 보여주자 놀라움이 가득한 얼굴로 말했다.

"상상으로나 가능한 일이 지금 일어나고 있단 말이군."

"이제 주식시장은 대폭락 사태를 눈앞에 두고 있어요. 선량한 외국인 투자자와 국내 투자자들이 엄청난 손해를 보게 돼요. 가계는 멍들 대로 멍들고 외국인 투자자들은 자금을 대거 빼내가고 말 거예요. 무시무시한 금융 위기가 닥치고 있어요."

수아의 애원하는 얼굴을 물끄러미 바라보고 있던 박 회장은 고개를 좌우로 흔들었다.

"있을 수 없는 일이야. 어떻게 이런 일이 일어날 수 있지?"

그에게는 아직도 지금 일어나고 있는 일들이 실감나

지 않는 모양이었다.

"딕슨을 무너뜨려야 해요. 그가 엄청난 물량을 쥐고 있을 때 주식값을 대폭 떨어뜨려야 해요. 우리나라의 금융 붕괴를 막는 방법은 그것밖에 없어요."

"음, 딕슨이 물량을 쥐고 있을 때 주식값이 떨어져야 다른 투자자들이 손해를 보지 않는다는 말이군."

"네."

"내게 찾아와 이런 얘기를 하는 것은, 주식값을 떨어뜨리는 역할을 맡아달라는 것이오?"

"네. 증권계의 누군가는 해야 할 일이에요."

"누군가는 해야 할 일이라……. 그렇다면 그 시기는 언제라야 하오?"

"내일은 해야만 해요. 내일이면 딕슨은 보유 주식의 반을 처분하게 되거든요. 그들 몰래 비인기 종목을 매수하고 있지만 언제 발각될지 몰라요. 길어야 하루 이틀 막을 수 있을 뿐이에요. 그가 모든 걸 알아차리기 전에 주식값을 폭락시켜야 해요."

"시간이 너무 촉박하군. 내게도 생각해볼 시간이 있어야 하지 않겠소. 확인도 해야겠고……."

박 회장은 무거운 표정을 지었다.

"딕슨은 내일 다시 엄청난 물량을 매도할 거예요. 그러면 또 저희가 시원찮은 종목을 사들일 거구요. 제 말이 맞으면 확인이 된 것으로 생각하셔도 될 거예요. 물론 그다음은 회장님의 마음에 달려 있지만요."

두 사람은 자리에서 일어났다.

"어쨌거나 젊은 사람이, 그것도 여성이 기특하오."

박 회장은 헤어지면서 수아의 손을 꼭 쥐었다.

박 회장은 인터폰을 눌러 최 이사를 불렀다.

"어제 오늘은 상한가로 다 나갔나?"

"네. 다 나갔습니다. 하지만 너무 아까웠습니다."

"흐흐, 그랬겠지. 그런데 지금 엄청난 정보가 들어왔어."

"엄청난 정보라뇨."

"오늘 시시한 종목들이 전부 상한가로 끝난 것 알고 있지?"

"네."

"알고 보니 거기에는 까닭이 있었더군."

"무슨 까닭이 있었습니까?"

"앞으로도 며칠간은 계속 그 종목들이 상한가일 거야."

"확실한 정보입니까?"

"틀림없어, 있는 돈 다 털어 사놓으면 무조건이야."

"어떻게 할까요? 지시를 내려주십시오."

"아, 이 사람아. 다 끝난 거지, 뭘 물어. 사기만 하면 상한간데 몽땅 다 사야지."

"알겠습니다. 증권사에 들어가 있는 돈 말고도 지금 놀고 있는 현금, 신용금고에 들어와 있는 돈, 파이낸스의 보유 어음도 몽땅 매각하여 주식을 사겠습니다."

그러나 다음 순간 최 이사는 곧 우울한 표정을 짓는 박 회장을 보고는 깜짝 놀랐다.

"아니, 회장님. 왜 그러십니까?"

"억울해."

"뭐가요?"

"그런 엄청난 정보를 얻고도 떼돈을 벌기는커녕 가진 돈을 다 날려야 할 판이니 말이야."

"사시면 무조건 벌 텐데 무슨 말씀입니까?"

"이봐, 최 이사."

"네, 말씀하십시오."

"자네 내 선친에 대해서 아나?"

"아다마다요. 회장님께서 늘 자랑스러워하시지 않았습니까?"

"그래, 그분은 지사였어. 내게도 언제나 나라를 생각하는 인물이 되어야 한다고 말씀하셨지. 그런데 그분의 장남인 내가 이런 상황에 편승하여 돈을 벌겠다고 덤벼서야 되겠는가 말이야."

"그야 물론 안 되죠. 회장님은 그런 분이 아니지 않습니까. 제가 회장님을 존경하는 것도 그 인간적 풍모 때문인데요."

"그래. 하지만 나도 인간이니 정말 눈물이 나는구먼. 엄청나게 벌 수 있는 기회를 스스로 외면하고 오히려 손해를 봐야만 하는 상황이 발생했으니 말이야."

자초지종을 듣고 난 최 이사 역시 깜짝 놀랐다. 물론

박 회장의 아픈 마음을 충분히 짐작할 수 있었다.

"한삼구한테 연락해. 그놈은 원체 발이 넓으니까 내일 아침 시장 전체에 소문을 좌악 퍼뜨리라고 해. 그리고 오늘 내 돈을 있는 대로 다 털어넣어서 종목에 상관없이 주식이란 주식은 다 사 모아. 그리고 내일 아침 첫 장에 하한가로 전량 패대기쳐버려, 전량 하한가로. 그 쌍놈의 주식시장을 작살내버려."

그러면서도 박 회장은 못내 마음이 아픈 모양이었다. 불과 며칠이면 일 년치 이상을 손쉽게 벌 수 있는데 거꾸로 손해를 보아야 하니 가슴이 아프지 않을 수 없었다.

"어머니라도 이렇게 하셨을 거야. 암, 이렇게 하셨고 말고."

박 회장은 수화기를 들어 미국에 있는 딸의 번호를 눌렀다. 마음이 울적할 때면 언제나 딸과 대화하는 것이 그의 습관이었다.

피의 수요일

다음 날 아침 주식시장은 벌집을 쑤셔놓은 듯했다. 탄탄대로를 걷고 있다고 생각했던 주식시장은 삽시간에 피바다로 변했다. 개장하자마자 이상한 소문이 나돌더니 급기야 증권가의 큰손 박 회장이 보유한 주식을 하한가에 모두 던져버렸다는, 공식 확인된 소식이 증권가에 널리 퍼졌다.

"외국의 투기자본이 한꺼번에 팔아치우고 나간대."

"그렇지 않아. 그들의 매매 패턴이야. 벌써 몇 번이나 다 팔았다가 다시 사곤 했잖아."

"이번엔 달라. 박 회장이 가진 주식을 몽땅 던졌어. 매기가 없어. 거의 하한가로 빠졌다니까."

"뭐, 박 회장이 내놨다구?"

시장 분위기는 급속도로 식었다.

투자자들은 앞을 다투어 주식을 내놨고 거의 전 종목에 매수 없는 하한가가 속출했다.

피의 수요일이었다.

딕슨은 기분 좋게 눈을 떴다. 간밤에 마신 술기운이 아직 완전히 가시지는 않았지만 생애 최고의 일이 어려움 없이 이루어지고 있다는 생각에 마음이 가벼웠다. 휘파람을 불어대며 샤워를 마친 딕슨은 1층으로 내려가서 아침 식사를 했다.

인생이 바뀌고 있었다. 며칠만 있으면 라이언펀드의 사장이 된다는 생각이 딕슨을 한없이 관대한 사람으로 만들었다. 그는 종업원을 불러 백 달러짜리 지폐를 내밀었다. 여자 종업원은 얼굴 가득 미소를 머금고 돈을 받았다.

식사를 마친 딕슨은 증권회사를 향해 걸었다. 호텔과 증권회사는 식사 후 산책을 겸하여 걸으면 적당한 거리에 있었다.

"어서 오십시오, 딕슨 씨."

지점장은 여느 때처럼 고개를 깊이 숙여 딕슨을 맞았다.

"지점장, 오늘 얼굴이 왜 그렇소?"

딕슨은 지점장의 얼굴색이 여느 때와 달리 안 좋은 것을 보고 걱정스러운 듯 물었다. 이제 미국으로 돌아가면 자신이 챙겨야 할 부하 직원들이 수백 명은 될 것이라는 생각이 스치자 딕슨은 더욱 관심 있는 표정을 지었다.

"시장이 매우 안 좋습니다."

뜻밖의 보고였다.

"북한에 쿠데타라도 났답니까?"

그런 일이 아니라면 아침부터 시장이 그렇게 안 좋을 리가 없었다. 딕슨이 생각하는 한 한국의 주식시장은 순풍에 돛 단 격이었다. 돌발 변수란 북한의 변괴 정도였다. 상장기업 몇 개가 동시에 부도가 나는 상황이라 하더라도 자신이 투입한 엄청난 자금의 힘으로 충분히 묻어버릴 수가 있었다. 딕슨의 목소리에는 여유가 있었다.

"그게 아니고 주식시장에 괴상한 소문이 떠돌고 있습니다."

"주식시장엔 늘 소문이 많은 법이오. 그래, 무슨 소문입니까?"

"딕슨 씨와 관련된 소문입니다."

"뭐요? 나와 관련된 소문이라구?"

"그렇습니다."

"대체 그 소문이란 게 뭐요?"

"라이언펀드에서 엄청난 자금을 세계 각국의 투자자금인 듯 위장하여 한국 시장에서 단기간에 주가를 띄우고는 일시에 철수해버린다는 소문이 파다합니다."

"으음……."

딕슨은 뒷머리를 망치로 세게 얻어맞은 기분이었다.

"도대체 어떤 놈이 그런 소문을 퍼뜨린다는 겁니까?"

"그건 알 수는 없습니다만 우리 회사에 엄청나게 많은 전화가 걸려오고 있습니다."

"어째서 여기로 전화가 걸려온단 말이오?"

딕슨은 자신도 모르게 신경질적인 목소리로 물었다.

"그 자금들이 결국은 라이언펀드의 위장된 자금이냐고 물어오고 있습니다."

"으음……."

누가 퍼뜨린 소문인진 모르지만 이런 정도로까지 얘기가 흘러나온다면 결코 가볍게 생각할 일이 아니었다.

"소문은 결국 소문에 불과한 법이오. 전적으로 부정하시오."

"그러나 일이 곤란하게 되어가고 있습니다."

"왜요?"

"한국 시장에서 개인 투자자로는 최고의 큰손이라는 박 회장이 보유하고 있던 주식을 하한가에 몽땅 내놓아 버렸습니다. 몽땅 말입니다."

"뭐라구요?"

딕슨은 급히 모니터를 들여다봤다.

시장 상황은 어제와는 판이하게 달라져 있었다. 어제까지만 해도 전 종목 상한가이던 것이 오늘은 모두 하한가 가까이 내려가 있었다. 당황과 초조가 밴 손길로 딕슨은 급히 키보드를 두드렸다. 자신이 보유하고 있는 종목들도 별로 차이가 없었다.

"내놔요, 전부 내놔."

"그러면 폭락세를 부추길 뿐입니다. 팔릴 리도 없구요."

"……."

맞는 말이었다. 이런 폭락세에 물량을 던져봐야 팔릴 리가 없을 것이다. 딕슨은 급히 머리를 돌렸다. 그러나 어떻게 해야 할지 생각이 떠오르지 않았다. 초점이 없는 눈길로 지점장을 쳐다보는 딕슨은 크게 당황하고 있었다. 계획이 워낙 치밀했던 만큼 차질에 대한 충격도 컸다.

그러나 비극은 이제 겨우 시작이었다.

"아니, 이게 어떻게 된 일이죠?"

딕슨의 거래 계좌를 훑어보던 지점장이 비명을 질렀다.

"무슨 일이오?"

딕슨의 눈길이 신경질적으로 지점장의 얼굴을 향했다.

"며칠 동안 팔기만 한 줄 알았는데, 이게 도대체 어떻게 된 일이죠?"

"무슨 일이냐니까요?"

딕슨은 짜증스런 목소리로 지점장을 다그치면서 본능적으로 모니터를 들여다봤다.

"억!"

이상한 수치들이 딕슨의 눈길에 잡혔다. 현금 계정에 있어야 할 숫자들이 보이지 않는 대신 엉뚱한 주식들이 잔뜩 잡혀 있었다.

"이게 뭐요?"

지점장은 얼굴이 하얗게 질려 있었다.

"딕슨 씨, 주식을 다 판 줄 알았는데 이것들이 도대체 뭡니까? 엄청난 주식을 다시 사들이지 않았습니까?"

"무슨 말이오, 누가 무엇을 샀다는 거요?"

"여기를 보세요. 주식 매도 금액이 다시 매입 금액으로 전부 잡혀 있지 않습니까? 여기 물건들도 확실히 잡혀 있잖아요?"

"누가, 도대체 누가 이런 짓을 했어?"

딕슨의 목소리와 얼굴은 이미 산 사람의 것이 아니었다.

"딕슨 씨 말고는 아무도 매매에 관여한 사람이 없으니, 그야 당연히 딕슨 씨가 했겠죠."

"뭐야? 내가 그랬다고?"

"다른 사람은 아무도 손을 댈 수 없었으니까요."

"무슨 개소리야, 그건."

"우리 회사의 그 누구도 주식의 매매에 관여해선 안 된다고 딕슨 씨가 맨 처음 말씀하지 않았습니까?"

"뭐라고? 이 죽일 놈들아, 너희들이 손대지 않았으면 누가 손을 댔단 말이야. 너희들은 모두 형무소로 갈 줄 알아."

"함부로 말씀하지 마세요. 도대체 누가 손을 댔단 말씀입니까?"

"뭐라고? 죽어, 죽어. 이 개새끼야."

딕슨은 성난 투우처럼 미쳐 날뛰었다. 지점장실의 물건들을 있는 대로 집어던지며 길길이 날뛰는 딕슨을 증권회사의 직원들은 아무도 말릴 생각을 하지 못했다.

주식시장은 며칠 동안 사자 없는 하한가 행진을 거듭한 끝에야 비로소 반전세로 돌아섰다. 라이언펀드 회장아서가 미국에서 날아와 보유한 주식을 모두 정상적인 외국인 투자자들에게 넘겼다. 그들 사이의 장외거래에 대한 자세한 내막은 시장에 알려지지 않았지만, 한국의 경제를 희망적으로 보는 외국인 투자자들은 아서에게 처음 딕슨이 한국에 가지고 들어왔던 원금을 보장해주었다.

아서는 한국의 증권 당국을 찾아가 정중히 사과했고, 조지는 더 이상 한국과 같이 건실한 나라에 대한 환투기를 하지 않겠다고 발표했다. 그러나 비행기가 김포공항을 이륙하는 순간 아서의 자존심은 일그러질 대로 일그러졌다. 언젠가 기회만 온다면 한국인들에게 자신이 누구인가를 보여주겠다는 다짐을 수없이 하면서, 아서는 웃는 얼굴로 독한 위스키를 들이켰다.

"수아, 결국 해내고 말았군."

"아저씨가 안 도와주셨으면 아무것도 하지 못했을 거예요."

"겸손하기는."

정완과 수아는 날아갈 것 같은 기분이었다.

그간의 긴장에 대한 보상이라도 받으려는 듯 두 사람은 저녁 후에 두세 군데의 칵테일바를 돌아다녔다. 술이 그다지 세지 않은 수아도 오늘만은 그녀답지 않게 마셔댔다.

"내일 같이 미국으로 돌아갈까?"

잠시 생각하던 수아는 고개를 가로저었다.

"일본으로 가고 싶어요. 사도광탄 아저씨, 기미히토 교수님, 그리고 테드와 만나고 싶어요. 가서 멋지게 성공했다고 말하고 감사드리고 싶어요. 그분들은 정말 대단해요."

"나도 놀랐어. 무엇보다도 그 사도광탄이라는 분에게는. 일류 학교를 거쳐 사회에서도 일류로만 지내왔다고 자부한 내가 사실은 얼마나 우물 안 개구리로 지내왔는지 깨닫게 되었어. 수아도 그분에게 배울 것이 참 많을 거야. 그럼 일본에 들렀다 오렴. 하지만 오늘 밤은 내게 취하는 법을 배워야 해."

"호호호."

두 사람의 대작은 밤이 깊도록 이어졌다.

묘제의 연구

수아가 딕슨의 투기를 막아내고 일본으로 오자 누구보다도 놀란 건 기미히토였다.

"아니, 정말 그 엄청난 투기꾼을 막았단 말인가요?"

"네."

"그 작전대로 해서요?"

"네. 교수님의 프로그램 덕분이었어요."

"맙소사, 나는 빈틈이 많을 줄 알았는데."

사도광탄도 흡족한 얼굴이었다.

기미히토는 야마자키연구소와의 싸움에서 수아가 큰 도움을 줄 것이라는 사실을 감지하고 있었다. 이제는 예전처럼 도시아키를 만나 그에게서 비밀을 캐내려고 애쓸 필요가 없었다.

해킹.

수아의 해킹이 있는 한 기미히토는 앉아서 야마자키연구소의 모든 정보를 샅샅이 살펴볼 수 있었다. 수아는 야마자키연구소의 비밀 파일에 접속한 후 키보드를 기미히토에게 넘겼다.

"이상하군, 〈묘제의 연구〉라는 파일명의 자료는 연구소 파일에 없는데?"

몇 시간이나 연구소의 네트스테이션을 뒤지던 기미히토는 실망한 얼굴로 수아를 돌아봤다.

"보안을 유지하기 위해 파일의 이름을 지워버리거나 바꾸는 경우가 있어요. 그렇다면 다른 방법으로 해보죠."

역시 해킹에 익숙한 수아는 경험이 많았다. 잠시 생각하던 수아는 방법이 떠오른 듯 밝은 목소리로 말했다

"이런 방법으로 검색해볼 수 있을지도 몰라요. 중요 연구원들의 작업 내용을 일일이 검색해보는 거예요. 도쿄대학교에 왔던 파일의 내용을 일부라도 기억하시겠죠?"

"물론 기억해요. 왜 그 생각을 진작 못했을까?"

연구소는 연구원들 각각의 ID에 보안장치를 해두었지만 수아는 묘한 방법으로 그들의 ID를 전부 알아냈다.

기미히토는 세상에 해커가 존재하는 한 인간이 컴퓨터에게 지배당하는 일은 없을 것이라고 생각하면서 수아의 가늘고 긴 손가락이 날래게 움직이는 것을 지켜보고 있었다.

작업은 생각처럼 어렵지 않았다. 이렇게 모든 연구원의 파일을 자신의 손금 보듯 알아내버리는 데에는 어떤

비밀도, 보안장치도 의미가 없었다.

그러나 기미히토는 아무리 해도 자신이 도쿄대학교에서 보았던 내용을 찾아낼 수 없었다.

"어떻게 된 일이지?"

자료가 없는데야 수아인들 방법이 있을 수 없었다. 그제야 기미히토는 도시아키가 했던 말이 떠올랐다.

'〈묘제의 연구〉는 야마자키 이사장이 직접 관리해.'

그러나 야마자키라는 이름이 붙은 파일도, 그의 것이라고 짐작되는 파일도 없었다. 야마자키는 컴퓨터를 쓰지 않거나 그의 개인용 컴퓨터는 외부와 통신 연결이 되지 않는다는 결론이 얻어졌다.

"도시아키처럼 가까운 친구를 통해서도 그 자료를 볼 수 없고, 컴퓨터 해킹도 안 되니 방법이 없군요."

기미히토는 손을 드는 수밖에 없었다. 기미히토는 습관처럼 난감한 표정으로 사도광탄을 돌아봤다. 사도광탄은 잠시 생각하더니 기미히토에게 물었다.

"이치로 교수와는 생전에 친분이 있었나요?"

"아뇨, 모르는 사이입니다."

"이치로 교수의 전공은 무엇이었지요?"

"그것도 모르겠군요. 하지만 필요하다면 학교에 전화를 해보겠습니다."

기미히토는 즉시 학교에 전화를 걸어 이치로와 같은 학부의 동료 교수를 찾았다. 이치로는 한때 도쿄대학교 동양문화연구소 전임교수를 맡았던, 조선의 역사와 문화에 정통한 학자였다는 것이 저쪽의 대답이었다.

"역시 수수께끼의 실마리는 그 〈묘제의 연구〉에 있다는 얘긴데, 이런 가정이 가능하겠군요."

"어떤 가정이죠?"

기미히토가 눈을 빛내며 물었다.

"이치로가 조선에 정통한 학자였다면 동양문화연구소에서 그가 작업하던 것은 조선과 관련된 어떤 내용이었을 겁니다."

"그럴 가능성이 높겠군요."

"그런데 그 내용은 한반도에 크게 부정적으로 작용할 수 있는 무엇이었겠지요. 왜냐하면 토우가 그를 살해했으니까요."

"그렇군요. 〈묘제의 연구〉가 과연 어떤 자료인지 더욱 궁금해지는데요. 도대체 무슨 내용이기에 토우가 기를 발하여 작업의 진행을 막고 사람까지 살해했는지?"

"야마자키 이사장이 직접 관리한다면 현실적으로 그 내용이 무엇인지 알 길은 없지만 생각을 모아보면 어느 정도 유추는 가능할 것 같군요."

"……"

"야마자키 이사장이 이치로 교수로 하여금 함정에 빠뜨려가면서까지 〈묘제의 연구〉를 근거로 무슨 작업인가를 하게 했다는 것은 이치로 교수가 그 방면에 높은 권위를 갖고 있다는 얘기가 되지요."

"그렇겠죠. 어떤 작업을 굳이 그에게 맡겼다면 그의

권위를 생각했기 때문일 테고, 따라서 그가 주로 어떤 연구를 했으며 어떤 논문들을 썼는지 알아보면 〈묘제의 연구〉가 대략 무슨 내용인지 유추할 수 있다는 얘기군요."

"그렇지요."

기미히토의 표정이 한층 밝아졌다.

"제가 이치로 교수의 연구 활동을 알아보겠습니다."

"그렇다면 될 수 있는 대로 자세히 알아봐 주십시오. 그의 연구 활동뿐만 아니라 친분 관계, 학회 활동, 사회 활동 등등까지도 말입니다. 참, 그리고 중앙청 철거 반대 모임에 가입한 사람들의 명단도 좀 구해주세요."

기미히토는 사도광탄이 왜 뜬금없이 중앙청 철거 반대 모임에 가입한 사람들의 명단을 부탁하는지 궁금했지만 그 이유에 대해서는 묻지 않았다. 그만큼 사도광탄을 신뢰하고 있는 것이다.

"알겠습니다."

그길로 나선 기미히토는 도쿄대학교의 여러 동료 교수들을 만났다. 그들을 통해 이치로에 대한 많은 정보를 얻을 수 있었다.

"이치로 교수는 한반도의 고대국가 성립에 대한 논문을 주로 썼습니다. 삼국시대 이전의 고조선에 대한 논문이 대부분입니다."

"역시 그렇군요."

사도광탄은 짐작하고 있었다는 듯 고개를 끄덕였다. 기미히토는 그가 고개를 끄덕이는 이유를 알 수 없었다.

"뭔가 짐작 가는 게 있는 모양이지요?"

그러나 사도광탄은 별다른 설명을 하지 않았다.

"이치로 교수는 매우 비사교적인 사람이었더군요. 학회 활동조차 별로 하지 않는 괴이한 성격이었다고 합니다. 많은 역사학자들이 동참한 중앙청 철거를 반대하는 모임에 가입하라는 권유도 일언지하에 거절했다고 하더군요."

"그런데 중앙청 철거를 반대하는 모임이란 뭐죠?"

컴퓨터 앞에 앉아 모니터를 들여다보고 있던 수아가 두 사람의 대화에 끼어들었다. 수아는 미국에 오래 있어 국내 사정을 잘 몰랐다.

"중앙청은 문화사적 의미가 큰 건물이기 때문에 철거하는 것이 옳지 않다고 주장하는 사람들이 한일 양국에서 많이 나왔지."

사도광탄이 친절하게 설명했다.

"아니, 우리나라에도 그런 주장을 하는 사람들이 있었어요?"

"그래. 하지만 그 판단은 그렇게 간단한 것이 아니었단다."

"일본인들이 경복궁 앞에 여봐란 듯이 지은 그 건물이 우리의 민족정기를 파괴하기 위해 지어졌다면서도 그냥 두어요?"

"많은 사람들이 그 건물을 철거해야 한다고 주장했지. 하지만 철거하지 않는 것이 옳다고 주장하는 사람들도 많았다. 그들의 생각이 꼭 잘못된 것이었다고 할 수는 없었어. 일본인들이 한반도의 정기를 막기 위해 석주를 박아놓고 그 위에 중앙청을 지어 은폐했다는 것을 철거 전에는 전혀 몰랐으니까."

"어떤 상황이었더라도 저는 철거하는 것이 옳다고 생각해요."

"그래, 그 나이에는 그런 기백이 있어야 하지. 무엇보다도 정신이 중요하니까."

"아, 그리고 한 가지 이상한 점이 있었어요."

노트에 정리한 것을 하나씩 검토해가던 기미히토가 마지막 장에서 특이한 사실을 발견한 듯했다.

"이치로 교수는 최근에 지리학회에 가입했었더군요."

"지리학회?"

특별한 모임이라고는 할 수 없었지만 사도광탄은 민감하게 반응했다.

"네. 정기적인 학회 활동 말고는 이 사람이 가입한 유일한 모임입니다."

"언제 들어갔나요?"

"석 달쯤 전이라더군요."

사도광탄은 고개를 끄덕였다.

"지리학회란 어떤 모임이죠?"

이제 두 사람의 대화에 본격적으로 끼어든 수아가 물었다.

"지리학을 연구하는 사람들끼리 모여서 학술 발표도 하고 공동 관심사에 대해 의견도 수렴하는 학회지요."

"역사를 연구하는 교수가 지리학회에 들어갈 이유가 있을까요?"

"글쎄요."

기미히토와 수아는 사도광탄의 얼굴에 눈길을 모았다.

"그런 학회는 전문적인 학자들의 모임이기 때문에 전공이 다른 이치로 교수로서는 일부러 가입할 필요가 전혀 없지요. 다만 지리학회의 회원이 되어야만 얻을 수 있는 특전 같은 것을 생각해볼 필요가 있을 것 같군요."

"그게 특별히 특전이라고 할 수 있을까요? 학회지에 논문을 낸다든지 하는 종류의 것들이라면 이치로 교수와는 관계가 없을 것 같고……."

기미히토가 고개를 갸웃거리자 수아가 거들었다.

"자료를 마음껏 이용할 수 있다는 것도 특전이랄 수 있지 않을까요?"

"음, 일리가 있을 것 같은데……."

사도광탄이 고개를 끄덕였다.

"하지만 이치로는 교수 신분으로 대학 도서관을 마음껏 이용할 수 있었을 텐데 굳이 지리학회의 자료를 볼 필요가 있었을까요? 전문가도 아닌 그가."

기미히토가 의문을 제기했다.

"아주 전문적인 자료가 필요했을지도 모르지요."

"전문적인 자료라구요?"

"지리학회에만 있고, 회원이 아닌 사람에게는 공개되지 않는 그런 자료 말입니다."

"예를 들자면……?"

"지극히 오래된 고서적이나 하나밖에 남지 않은 희귀한 자료라면 회원이 아닌 사람에게는 공개하지 않겠지요."

"그럴 수 있겠군요. 한번 알아볼 필요가 있겠습니다."

기미히토가 이치로와 같은 도쿄대학교의 교수라는 사실은 여러 가지로 편리했다. 그는 별로 어렵지 않게 이치로가 지리학회에서 대출했던 자료들을 확인해왔다.

"사도 선생님의 추리가 딱 맞아떨어졌습니다. 이치로 교수가 지리학회에서 대출한 자료들은 모두 너무나 귀해서 외부 대출은 안 되는 것들이었습니다. 그는 마이크로필름으로 찍어 복사를 하는 등의 방법으로 그 자료들을 보았더군요."

"어떤 자료들이지요?"

"만주의 오래된 지도들이었습니다."

"만주의 고지도라……."

사도광탄이 생각에 잠기자 수아가 끼어들었다.

"역사학 교수니까 고지도를 볼 필요가 있었겠지요."

"그랬겠지. 하지만 석 달 전에 지리학회에 가입해서

만주의 희귀한 고지도를 집중적으로 보았다면 통상의 연구를 위한 것은 아니었을 것 같은데……. 〈묘제의 연구〉는 만주에서 일어난 어떤 사실과 관련된 기록일 가능성이 크겠군."

단서

"죄송하지만, 선생님의 추리가 이번에는 맞지 않는 것 같은데요."

수아가 자신 있는 얼굴로 말했다.

"어째서?"

"만주라면 중국이잖아요. 중국과 관련된 일에 팔만대 장경의 기를 받은 토우가 괴력을 발해서 컴퓨터를 혼란 에 빠뜨리고 이치로 교수를 죽였을 리가 있나요?"

"음, 수아가 그렇게 생각하는 것은 어쩌면 당연하지. 하지만 너무나 안타깝구나."

"네? 뭐가요?"

"우리 민족의 터전이었던 만주가 이제는 기억 속에서 깨끗이 사라지고 말았으니 말이야. 비록 현실적인 지배 상태에 있지는 않더라도 만주에서 일구어졌던 우리의 역사를 망각해서는 안 돼. 우리 문화의 많은 부분이 아 직도 만주에 있어."

"죄송해요."

"수아의 잘못이 아니야. 역사에는 언제나 음모가 있지. 현실적인 필요에 의해 역사를 왜곡하고 역사의 음모를 꾸미는 어두운 세력은 어느 나라에나 있는 법이지. 만주와 우리를 떼어놓으려 했던 일본의 음모에 의해 우리 한민족은 반도에 갇힌 사람들이 되어버렸어."

"역사의 음모를 꾸미는 어두운 세력이라구요?"

수아가 고개를 갸웃거렸다.

"수아가 비행기에서 보았다던 임나일본부 게임도 한 예가 되겠지. 국민을 전쟁에 동원하기 위해 한반도는 과거 수백 년간 일본이 지배했다, 그러니 이제 가서 찾아야 한다는 주장을 편 일본 군부는 역사학자들을 동원하여 광개토왕비의 해석을 왜곡했지. 그런 음모를 다시 게임에 담아내는 그들의 행위는 음모의 극치라 할 수 있어."

그제야 수아는 사도광탄의 말이 어느 정도 이해가 되었다. 특히 게임에 담은 임나일본부야말로 참으로 교묘한 음모였다. 사람들은 재미있는 것을 가장 잘 기억한다. 세계 제일의 소프트웨어 회사인 마이크로소프트사에서 임나일본부 게임을 발매하도록 한 것은 일본의 치밀한 음모가 아닐 수 없었다.

"아까 수아가 물었던 중앙청 철거 반대 모임도 그렇다고 할 수 있지. 그 모임에는 한일 양국에서 문화를 사랑하는 수많은 선량한 사람들이 참가했어. 그들의 목적은 순수하게 문화예술적 가치, 혹은 역사적 의미를 보존하기 위한 것이었지. 하지만 그들은 전혀 다른 목적을 가진 사람들의 추악한 음모가 개입되어 있다는 것을 알지 못했단다."

"추악한 음모가 있었다구요?"

"수백 개의 석주를 박아 북악의 혈을 막고 지맥을 뚫은 후 그것을 은폐하기 위해 지은 중앙청을 계속 존속시켜 한반도의 지기가 솟아나는 것을 막아야만 한다는 음모지."

"서글픈 일이군요. 그렇다면 만주와 관련된 음모는 어떤 것일까요?"

기미히토 교수가 침통한 표정으로 물었다. 그는 자신의 조국 일본이 저지른 과오를 적당히 피하려 하지 않았다. 그리고 그 음모들이 기묘한 방법으로 문화와 역사의 마디마디에 녹아 있다는 데 더욱 큰 분노와 부끄러움을 느끼고 있었다.

"야마자키 이사장이 굳이 이치로 교수를 함정에 빠뜨려 논문을 쓰게 했다는 사실에서 그 내용을 유추할 수 있어요."

"어떻게요?"

기미히토는 사도광탄의 추리력에 다시 한번 놀랐다.

"〈묘제의 연구〉란 분묘 제도의 연구입니다. 즉, 무덤의 양식을 조사하여 역사적 사실이나 문화를 발견해내는 것이지요. 따라서 그 자료는 발굴 기록을 담고 있을 것이고, 이치로는 역사학자이므로 발굴 자료를 무엇보다도 귀하게 여겼을 거예요. 보통의 경우라면 그 희귀한 〈묘제의 연구〉를 좋아할 수밖에 없겠지요. 그럼에도 불구하고 야마자키가 그를 함정에 빠뜨리면서까지 연구를 하게 했다면 그 연구는 이치로의 마음에 내키지 않는 것이었다는 얘기가 되죠. 따라서 그 내용은 이치로가 하기 싫어하는, 즉 이치로의 이제까지의 주장과는 반대가 되는 것이라고 볼 수 있어요."

"이치로의 주장은 어떤 것인가요?"

"고조선이란 작은 나라가 있었는데 중국에서 온 기자에게 정복당하여 기자조선이 되었고, 기자조선은 다시 중국에서 온 위만에게 정복당하여 위만조선이 되었으며, 위만조선은 한나라에게 멸망당했다는 거지요. 이 두 조선이 중국 정권이었으며 한의 지배 후에는 한반도 중북부를 포함하는 지역에 한사군이 설치되었고, 기원후 313년에 고구려에 의해 멸망당할 때까지 한반도를 지배했으므로, 한민족은 이미 고대에 2천 년 가까이 중국의 지배를 받았다는 것이 그의 논리이지요."

"그럼 그 반대란?"

"만주 지역에서 묻혀버린 한국 고대사의 비밀이 〈묘제의 연구〉에는 있을 것 같군요."

사도광탄의 설명을 듣고 난 기미히토는 고개를 끄덕이더니 잠시 생각하는 눈치였다.

"그럼 이치로 교수의 집에 한번 가보는 게 도움이 될지 모르겠군요."

"그럴 수 있나요?"

"평소 이치로 교수와 친하게 지내던 교수들이 그의 부인을 위로하기 위해 내일 집을 방문하기로 했답니다. 같이 가자고 하는 걸 어쩔지 몰라서 약속을 안 했는데 동행해야겠군요."

다음 날 기미히토는 동료 교수들과 같이 이치로의 집을 방문했다. 마침 같은 전산학부의 오카모토가 이치로의 부인과 잘 아는 사이라 자연스럽게 서재에 들어갈 수 있었다.

주인은 죽었지만 서재는 아직 치우지 않고 있었다. 부인은 서재에라도 남편의 모습을 담아두려는 모양이었다.

오카모토는 기미히토가 서재에서 이치로의 기록들을 편하게 볼 수 있도록 동료 교수들과 술자리를 벌였다.

기미히토는 신속하게 이치로의 서신이나 비망록 등을 뒤졌다. 남의 기록을 뒤진다는 것이 마음 편한 일은 아니었지만 이치로 교수가 토우에 의해 살해당한 이유를 추적하려는 기미히토의 욕망은 낡은 종이 냄새가 나는 이치로의 기록들을 부지런히 훑어가게 했다.

그러나 서신이나 비망록에서는 〈묘제의 연구〉와 연관시킬 수 있는 메모는 발견되지 않았다. 그래도 기미히토는 실망하지 않고 그의 논문과 연구 실적을 한 장씩 넘겨나갔다. 혹시라도 작업 도중에 술회나 감상을 써놓았을 수도 있는 일이었다. 그러나 역시 아무것도 없었다. 마지막으로 책상 위에 흐트러져 있는 종이를 살펴보던 기미히토의 눈썹이 꿈틀했다.

"이게 뭐지?"

짧은 메모였다.

한평생의 연구 결과를 지키는 것이 중요한가, 아니면 학문의 진실에 귀를 기울여야 옳은가. 아, 그런 발굴이 있었을 줄이야.

기미히토는 얼른 종이를 주머니에 집어넣고는 밖으로 나왔다. 술자리는 파장 무렵이었다.

예기치 않은 출현

"이제 무슨 내용인지 짐작이 가는군요."

기미히토가 가지고 온 메모를 살핀 사도광탄의 표정이 가벼워 보였다.

"그 짧은 내용의 메모에서 뭔가를 알아냈다는 말입니까?"

"짧지만 완벽합니다."

"무슨 내용이지요?"

"이치로는 자신이 이제껏 발표해온 연구 성과를 모두 부정당할 수 있는 대단한 자료를 보게 되었지요."

"그것이 바로 〈묘제의 연구〉라는 말입니까?"

"그렇습니다. 그는 만주에서 행해진 어떤 발굴을 〈묘제의 연구〉를 통해 알게 되었어요. 그 발굴은 이제껏 해온 그의 연구 결과가 모두 허위라는 것을 한눈에 보여주는 대단한 것이었습니다."

기미히토는 고개를 끄덕였다.

"과연 그 발굴이 뭘까요?"

테드였다. 그는 농가 방문 여행을 끝내고 어제 돌아왔다.

"그것은 이치로 교수가 그간 무엇을 주장했는지를 보면 알 수 있겠지. 그의 주장을 반대로 생각하면 되니까."

"그 교수는 고조선의 실체를 부정하고 한국의 고대국가 성립이 신라, 고구려, 백제로부터 시작한다는 주장을 해왔던 사람이라면서요?"

"그렇지, 그러니까 그 자료는 이미 고대국가로서 존재해왔던 고조선의 실체를 드러내는 유력한 증거라고 보면 되겠지."

"고조선의 실체가 발굴을 통해 나타났단 말이에요?"

"그렇지."

"누구의 능을 발굴한 것일까요?"

"글쎄, 좀 더 조사해본 다음에 얘기하는 것이 낫겠다. 지금으로서는 확실치 않은 것이 있거든."

"무엇을 조사한다는 거죠?"

"야마자키연구소에서 〈묘제의 연구〉를 통해 얻으려는 게 무엇인지를 알아내야겠어."

"그걸 어떻게 알아내죠?"

"한 가지 방법이 있어."

사도광탄은 기미히토의 얼굴로 시선을 돌렸다.

"일본에서 이치로 교수와 전공이 같으면서 그 못지않은 명성을 가진 역사학자를 좀 알아봐 주시지요."

"한국의 고대사를 전공한 학자 말이군요."

"네."

기미히토는 사도광탄의 의도를 이해할 수 있었다.

"이치로 교수가 죽었으니 야마자키에게는 그를 대신할 학자가 필요하겠군요."

"네. 그리고 또 한 사람이 있어요. 아주 중요한 사람이지요."

"중요한 사람? 그게 누군가요?"

"일전에 기미히토 교수께 최면을 걸었던 사람이지요."

"예?"

기미히토는 깜짝 놀랐다.

"그를 알고 있습니까?"

"찾을 수 있을 것 같습니다."

"아니, 어떻게요?"

"야마자키 같은 사람은 최면을 걸어 뭔가를 알아내겠다는 생각을 할 수 없어요. 법술사만이 할 수 있는 생각이지요. 틀림없이 야마자키와 함께 뭔가를 도모하는 법술사가 있을 겁니다."

사도광탄은 얼마 전 기미히토가 가지고 왔던 서류를 내밀었다. 중앙청 철거 반대 모임에 가입했던 사람들의 명단이었다.

"여기에서 어떻게 찾지요?"

명단을 본 기미히토가 이해가 안 간다는 듯 물었다.

"그들 중에는 문화예술적, 혹은 역사적 가치와는 무관하게 중앙청 철거를 반대한 사람들이 있어요. 학자나 문화예술인들과는 그 동기가 근본적으로 다른 사람들이지요."

"그런데 어떻게 순수한 동기를 가진 사람들과 그들을 구분해내죠?"

"직업을 살펴보면 신관 또는 수도인이라고 쓴 사람들이 있어요. 바로 한반도의 지맥을 막은 사람들의 제자거나 집안이지요."

"선생님은 정말 뛰어나시군요. 천재라고 불리는 수아 씨도 선생님 앞에서는 상대가 안 되겠는데요."

테드가 수아의 얼굴을 곁눈질하며 끼어들었다.

"치이."

수아의 뾰로통해지는 모습을 보며 테드는 크게 웃었다.

"그러나 그런 사람을 만난다 하더라도 순순히 비밀을 얘기해주지는 않을 텐데요."

수아가 이해가 안 간다는 표정으로 말했다.

"그래도 알 수 없으니 한번은 만나봐야겠지."

사도광탄은 기미히토에게 자꾸 부탁하는 것이 미안한 듯 겸연쩍은 웃음을 띠며 말했다.

"그들을 만나려는 이유는 지금도 계속되고 있는 음모들을 중단시키려는 뜻입니다."

기미히토는 명단을 품속에 찔러넣으면서 웃는 얼굴로

푸념 섞인 농담을 던졌다.

"이러다간 사설탐정 사무소라도 하나 차려야겠군요."

며칠간 바삐 다니던 기미히토는 점심 무렵에 홀가분한 표정으로 들어왔다.

"같이 나가서 식사할까요?"

수아가 배가 고팠던지 반색을 하며 일어났다.

"테드는 먹을 복도 없군요. 이럴 때는 꼭 여행 가고 없으니."

기미히토와 사도광탄은 같이 웃었다.

기미히토는 일본에 와본 적이 없는 두 사람에게 시내 구경을 시켜줄 셈으로 자동차를 타고 긴자로 나갔다.

긴자의 거리를 걷는 동안 수아는 한국과 너무도 비슷한 일본의 거리 풍경에 내내 놀라워했다. 몇 명의 남학생들이 지나가다 수아와 눈길이 마주치자 손을 흔들었다. 수아도 손을 흔들어주자 그들은 왁자지껄하게 웃고 떠들며 지나갔다.

"일본은 이상하게도 우리나라와 아주 비슷하군요."

사도광탄이 말을 받았다.

"우리나라의 근대화는 일본에 의해 이루어졌기 때문에 자연히 비슷할 수밖에 없지."

"놀라울 정도예요."

"그래서 일본을 잘 아는 것은 매우 중요하단다. 우리나라의 문명 발전에 대한 예측과 반성이 되기 때문이지."

조용한 정식 집에서 식사를 마치고 나자 기미히토는 그간 조사한 것들을 풀어놓았다.

"이치로 교수와 같은 전공으로 그만큼 명성과 실력이 있는 사람은 없었습니다. 다만 역사학계의 태두라 불리는 원로 한 분이 이치로와 같은 한국 고대사를 전공했더군요."

"그 사람의 이름이 뭡니까?"

"도야마입니다. 퇴직한 후 지금은 조용히 지내고 있습니다."

기미히토는 곧이어 품속에서 중앙청 철거 반대 모임의 명단을 꺼내놓았다.

"이들 중에 몇 사람은 신사의 신관이었습니다. 그들은 어려서부터 신사에 들어가 오로지 신사만을 지키며 살아온 사람들로 특별히 눈에 띄는 점은 없었습니다. 다만 이 다카가와라는 사람은 매우 특별하다는 생각이 들더군요."

기미히토의 표정은 진지했다.

"어떤 점에서요?"

"다카가와는 신관은 아니지만 신사에서 많은 신관들을 상대로 강연을 하고 있습니다. 그의 강연에는 신관이나 법술사들뿐만 아니라 역사학자들까지도 참석하고 있답니다."

"무슨 강연을 하나요?"

"그의 강연의 범위는 매우 넓은 모양입니다. 법술에

서부터 풍수, 역사까지 다양하다고 합니다."

"같이 한번 참석해 보는 것이 어떨까요?"

"좋은 생각입니다."

다카가와는 새벽에 일어나 세수를 하고는 유카타를 입었다. 하오리를 걸치고 뜰에 발걸음을 내디디려는데 허리띠가 풀어져 내렸다. 무심코 허리띠를 집어들어 다시 매고 메이지신사로 향하던 그는 이상하게도 기분이 안정되지 않는 것을 느꼈다.

허리띠가 풀어진 것은 처음 있는 일이었다. 불현듯 그의 뇌리에 기미히토의 얼굴이 떠올랐다. 그러고는 그가 얘기했던 한국에서 온 사람과, 이치로 교수의 무덤을 파헤쳤을 때 느껴지던 서쪽으로부터 온 힘이 불길하게 다가왔다.

신사에 도착하여 강연을 시작하고 나서도 다카가와는 마음의 평정을 찾을 수 없었다. 무슨 일인가 생길 것 같은 느낌이 들어 다카가와는 자신도 모르게 자꾸 출입구로 눈이 갔다.

"헉!"

뒤쪽 출입구로 들어오는 사람의 얼굴을 본 순간 다카가와는 놀라고 말았다. 얼마 전 자신이 최면을 걸었던 기미히토였던 것이다. 그리고 그의 뒤로는 그림자처럼 조용히 들어서는 사십대의 사나이가 있었다.

다카가와는 신사의 좁은 방이 가득 차는 것을 느꼈다.

가슴이 답답해지면서 하던 이야기가 엇갈려 나가는 것 같았다. 그러나 다카가와는 호흡을 고르면서 마음을 안정시켰다.

기미히토는 자신이 최면에 빠졌던 사실을 알 리 없다고 다카가와는 자위하면서도 그가 어떻게 여기에 왔을까 하는 의문이 꼬리를 물었다.

정작 문제는 기미히토보다도 같이 들어온 사십대의 사나이였다. 그로부터는 범인에게서는 느낄 수 없는 이상한 기운이 뿜어져나오고 있었다. 다카가와는 기를 모았다. 한 괴이한 인물의 예기치 않은 출현으로 말미암아 이렇게 흔들릴 수는 없는 일이었다.

"스승님은 부적을 굳이 그림으로 그려야 할 필요는 없다고 하셨습니다. 많은 법술사들이 내가 붉은 헝겊으로 부적을 만드는 것에 대해 특별한 이유가 있는 것으로 알고 있습니다만 스승님은 부적이 우주의 기를 끌어들이는 원리만 알면 부적을 만드는 형식은 중요한 것이 아니라고 하셨습니다. 또한 스승님은 건축물에도 기가 있어 건물을 잘 지으면 대단한 효과를 볼 수 있다고 하셨습니다."

강연을 끝내자 신관들이 질문을 시작했다.

"건물을 짓기 전 그 토대에 부적을 넣는 것과 비교해 보면 어떤 것이 효과적입니까?"

"그것은 물론 건물 자체로 부적의 형상을 만드는 것이 훨씬 낫습니다."

"건물 밑에 부적을 넣은 것의 효과를 없애려면 어떻게 해야 합니까?"

"그것이 어떤 부적인지를 알아서 그 부적을 제압하는 강한 부적을 지어서 가지고 가야 합니다."

"중국인들이 마카오에 리스보아 카지노를 지을 때 건물 밑에 묻어둔 부적이 당시 돈으로 천만 달러어치였는데 어떤 방법을 써봐도 그 부적의 힘을 없애지 못하겠더군요. 방법이 없을까요? 신사에 찾아오는 손님들 중 여러 분이 제게 하소연을 해오고 있습니다."

"마카오는 지세가 약합니다. 습한 해풍에 삭아 오래 지탱할 수 있는 곳이 아닙니다. 다만 중국인들이 만들어 넣은 엄청난 부적의 힘이 손님들을 괴롭히는 것입니다. 이제 지세가 쇠할 때가 됐으니 부적도 따라 쇠할 것입니다. 손님들에게 도박부를 만들어주실 때 역삼각형으로 시작하세요. 밑에서 올라오는 기를 누르는 부적입니다."

육순이 훨씬 넘은 기괴한 모습의 한 수도자가 음침하고 낮은 목소리로 질문을 던졌다.

"저는 세상의 온갖 고행을 다 하고 이제는 차력, 최면, 행공, 부유 등 깨우치지 못한 것이 없는데 호사이 선생님의 세 가지 문제에 접근해볼 기회도 안 주시는 이유가 뭡니까?"

수도자의 이 질문에 기미히토의 귀가 꿈틀했다.

호사이.

낯익은 이름이었다. 어디서 들었는가를 곰곰이 생각하던 기미히토의 귓전에 하토야마의 목소리가 살아나고 있었다.

'나는 수도 중이오. 수도가 끝날 때까지는 그분의 이름을 입에 담지 않는 법이오.'

"호사이 스승님께서는 돌아가시기 전 세 가지 문제를 내셨습니다. 참으로 깨우친 수도자는 우주의 문제를 해결할 수 있다고 하시면서 그 세 가지 문제는 비록 간단하지만 영과 신과 혼과 백의 영역을 자유로 드나들 수 있는 사람만이 풀어낼 것이라 하셨습니다. 수련이 부족한 본인도 아직 그 문제에 접할 자격이 없습니다."

호사이라는 이름의 무게 때문인지 수도자는 두 손을 모아 합장한 후 아무 말도 하지 않았다.

유언

    사도광탄은 강연이 끝나자 벽에 걸려 있는 그림을 쳐다보며 강연장 안에 머물렀다. 기미히토는 그런 사도광탄을 남겨두고 나갔다.

    사람들이 나갈 동안 꼼짝 않고 있던 다카가와는 이윽고 사도광탄에게로 천천히 다가갔다. 뒷모습을 보이고 있는 사도광탄의 풍모에는 무게가 잡혀 있었다. 실내엔 둘만 남아 있었다.

    다카가와는 한눈에 이 사람이 바로 기미히토가 최면 상태에서 얘기했던, 한국에서 온 사나이라는 것을 알아보았다. 언젠가는 만날 것으로 예상하고 있던 사람이었다.

    "기다리고 있던 참이었소."

    사도광탄은 천천히 몸을 돌렸다. 가까이서 대하는 다카가와의 얼굴에는 헤아릴 수 없는 고행과 수련을 거친 수도자의 강인함과 자신감이 배어 있었다. 사도광탄은 다카가와의 법술이 인간의 경지를 넘어서 있다는 생각이 들었다. 오랜 통기술로 기를 마음대로 다루고 최면과 점술, 부적과 관상에도 크게 통해 있을 뿐 아니라 경전에도 조예가 있음이 한눈에 느껴졌다.

다카가와의 느낌 역시 마찬가지였다. 사도광탄에게는 법술을 얻기 위해 고된 수련을 거듭한 수도자의 거칠고 굳센 모습이 없었다. 그러나 그에게는 뭐라 말할 수 없는 고결함과 신비함이 부드러운 인상 속에 묻혀 있었다. 뭔가 다른 길을 통해 경지를 이루었다는 생각이 들었다. 그것이 무엇인지는 몰라도 분명히 자신과는 다른 길이었으리라고 다카가와는 생각했다. 일순간 큰 깨달음을 얻은 풍모가 그의 몸 전체에 은근히 배어 있었다.

그러나 그의 얼굴 한편에는 주화입마의 흔적이 희미하게 남아 있음을 다카가와는 또한 놓치지 않았다. 언젠가 스승은 이렇게 말했었다.

'깨달음을 얻는 데 있어 선지식은 무엇보다 중요하다. 수행은 결코 혼자 해서는 아니 된다. 언제나 주화입마를 경계해야만 하기 때문이다. 아아, 정작 큰 깨달음은 결코 어느 스승도 전해주지 못하는 법이다. 아아, 큰 깨달음이란 진정 하늘만이 내리는 것인가.'

스승은 이미 신의 경지에 올라 있었지만 언제나 큰 깨달음에 목말라했다. 사도광탄이 어느 정도 깨달음을 이루었는지는 알 수 없었지만 묘하게도 그의 얼굴에는 큰 깨달음과 주화입마가 공존하고 있음을 다카가와는 느끼고 있었던 것이다.

"한 가지 알고 싶은 것이 있어서 왔습니다."

사도광탄의 목소리는 작지만 힘이 있었다.

"무엇이오?"

"호사이 선생의 묘는 어디에 있지요?"

순간 다카가와는 소스라치게 놀랐다.

"왜 그러시오?"

"그분이 어떻게 입적했는지 알고 싶소."

신의 경지에 다다랐던 스승이 임종 직전에 남긴 유언이 불현듯 다카가와의 머릿속을 복잡하게 했다.

'누군가 찾아와 나의 입적이 어떤 것이었는지를 물으면 그에게 나의 세 가지 문제를 내도록 하라. 그리하여 그가 문제를 다 맞힌다면 너는 세상에 펼친 기를 거두고 10년간 폐관하라. 그가 한두 가지 문제를 맞히는 것으로 그친다면 그 자리에서 목숨을 거두어라.'

다카가와는 스승의 유언을 이해할 수 없었다. 또 이제껏 스승의 입적을 물어온 사람도 없었다. 그런데 오늘 마침내 이 낯선 사람이 스승의 입적을 물어온 것이다.

"그 문제는 이 자리에서 논할 것이 못 되는군요. 스승께서는 유언을 남기셨소. 사흘 후 제 집에서 차나 한잔하는 것이 어떻겠소?"

"그렇게 하지요."

다카가와의 배웅을 받으며 나오는 사도광탄을 보고 기미히토는 반갑게 다가갔다. 짧은 시간이었지만 자신에게 최면을 걸었던 다카가와가 사도광탄을 어떻게 할

지도 모른다는 우려를 하고 있던 참이었다. 한편으로는 사도광탄이 당할 인물이 아니라고 생각하면서도 아까 순간적으로 뻗쳐나오던 다카가와의 기에 워낙 놀랐던 터였다.

"무슨 대화를 하셨습니까? 그자는 보통 사람이 아니더군요. 그의 얼굴을 정면으로 마주 보면 한눈에 우리가 〈묘제의 연구〉를 추적하고 있다는 것을 알아채버리겠더군요."

"그의 스승에 대해 얘기를 나누었어요. 다음에 다시 한번 만나기로 했지요."

"혹시 사도 선생을 해하기라도 할까 봐 걱정했습니다."

"기우입니다. 그는 수양이 높은 인물이에요."

기미히토는 쓴웃음을 지었다. 한때는 첨단 분야를 연구하는 것에 자부심을 가지고 있던 자신이 정신세계를 다루는 사람들 속에 들어오니 한갓 어린아이와 다름없다는 생각이 들었던 것이다.

"그가 자신의 스승이 호사이라고 하는 것을 들으셨습니까?"

"네. 그 이름을 들은 적이 있습니다."

기미히토는 스기하라가 흘리던 얘기를 떠올렸다.

'무라야마는 일본 제일의 풍수사였지만 토우에 대해서만은 그 사람과 의논하는 것 같았소. 얼핏 듣기에 호사이라고 하던 것 같기도 하고…….'

"그 사람 호사이를 만나게 될 걸로 생각했지요."

기미히토는 뭔가 짚이는 게 있었다.

"이미 일본으로 오기 전에 말이죠?"

사도광탄은 고개를 끄덕였다.

"그러나 그는 이미 이 세상에 없지 않습니까?"

"다카가와가 대신할 거예요. 호사이는 죽은 후에도 어떤 일이 생길지 알고 있었던 듯하더군요."

"놀랍군요."

"무라야마가 토우를 파헤칠 때 그 위치를 일러준 사람도 아마 호사이일 겁니다. 토우의 힘에 의해 죽을 정도의 위인인 무라야마로서는 숨겨진 토우를 찾아내지도 못했을 테니까요."

기미히토는 사도광탄의 말이 옳다고 생각했다. 스기하라도 그렇게 생각하고 있지 않았던가.

"호사이가 그렇게나 신통한 인물입니까?"

"과거 관동군 사령부를 클 대(大) 자로, 서울의 중앙청을 날 일(日) 자로, 부산 시청을 뿌리 본(本) 자로 짓도록 한 사람이 있어요. 대일본(大日本)이지요. 나는 예전에, 정신이 우주와 통하는 단계에 이르렀을 때 만주에서부터 남해안까지 내려오는 이 꽉 찬 기가 한반도를 무겁게 짓누르는 것을 느꼈지요. 도대체 어느 정도의 인물이기에 이렇듯 대담하게 기를 뻗쳤나 하고 궁금했던 적이 있어요. 아까 다카가와가 강연 중에 자신의 스승은 건축물에 기를 넣어 부적을 대신한다고 하지 않았습니까. 그 인물이 바로 호사이였던 것이지요."

"호사이는 정말 대단한 인물이군요."

"물론이지요. 다카가와 역시 호사이가 택한 인물이니 대단할 거예요. 일전에 기미히토 교수가 최면을 당하고 왔을 때 느껴지던 기가 보통이 아니었죠. 아까는 더욱 강한 기를 뻗치더군요. 일본의 운이 앞으로도 상당할 것 같아요. 저런 인물이 있으니 말이에요."

"그러나 법술사의 한계가 있지 않을까요?"

"저런 사람들이 일본의 정치인과 군인들을 지배하거든요. 한반도의 혈을 막고, 법술에 따라 건축물을 짓게 하며, 일본의 역사학계나 교육계로 하여금 천황을 신으로 가르치게 하는 신화주의가 바로 저런 사람들에게서 나오는 것이에요."

기미히토는 불현듯 사도광탄과 다카가와라는 범상하지 않은 두 인물이 언젠가 크게 부딪칠 것 같은 예감에 몸을 떨었다.

검은 목갑

야마자키는 아침 일찍 다카가와의 연락을 받았다. 그를 만나러 가기 위해 즉시 집을 나선 야마자키는 초조함을 떨쳐버릴 수 없었다. 이치로 교수에게 맡겼던 일이 전혀 진전이 안 된 데서 오는 시간적 압박감도 있었지만, 무엇보다도 그 일이 토우의 방해로 인해 중단되었다는 사실이 불안감을 더했다.

게다가 다카가와는 중앙청의 석주가 드러났다는 사실을 지나치게 불길하게 여기고 있는 터였다. 다카가와는 스승 호사이가 중앙청의 석주가 드러나면 곧이어 조선의 국운이 상승하며 숨겨졌던 비밀들이 드러날 것이라고 말했다고도 했다.

"이것을 받으시지요."

야마자키와 마주 앉은 다카가와는 부적 하나를 내밀었다.

붉은 헝겊에 검은색으로 그려진 복잡한 무늬의 부적

이었다.

"웬일로 부적을?"

"일전에 기미히토 교수를 신문했을 때 이치로 교수를 살해하고 컴퓨터에 선택적 장애를 일으켰던 것은 토우의 신비한 힘이었다고 한 것이 생각나십니까?"

"네, 분명히 그렇게 말했었지요."

"이치로 교수의 무덤을 파헤쳤을 때 그 힘이 조선으로부터 왔다는 것을 확인할 수 있지 않았습니까?"

"그랬었지요."

"그 토우는 조선에서 헌병으로 복무했던 스기하라 씨가 조선에서 가지고 온 것이었습니다."

"그렇습니까?"

"당시 조선의 지맥을 다 막아 기를 끊었습니다만, 조선의 다른 큰 힘인 팔만대장경의 기를 끊기 위해 총독과 무라야마가 대장경을 수호하는 토우를 파헤쳤습니다."

"그 토우가 어디 있는 줄 알고 파헤칠 수 있었습니까?"

"무라야마는 스승님을 한반도로 초빙하여 토우의 발기를 탐색해달라고 요청했습니다. 스승님은 토우가 묻힌 자리를 찾아내어 일러주시긴 했지만, 대장경의 신비력이 워낙 크니 손을 대지 않는 것이 좋다고 하셨습니다."

"그런데도 무라야마 선생은 그 토우를 제거했군요."

"그랬지요. 하지만 스승님의 경고에 겁을 먹은 무라야마는 함부로 대장경을 건드리지는 못했습니다. 다만 해인사가 있는 합천군 가야면의 무식한 순사부장에게 해인사의 경판 몇 장을 빼내도록 지시하고 다시는 해인사에 내려가지 않았지요."

"그 순사부장은 경판을 빼냈나요?"

"물론입니다."

"그 경판들은 지금 어디에 있습니까?"

"그것은 알 수 없습니다. 아마 무라야마는 그 이후에도 여러 번에 걸쳐 대장경의 힘을 흩뜨리기 위해 내용을 모르는 사람들을 시켜 경판에 손을 댔을 겁니다."

"모두 무사했나요?"

"그렇지 못했을 겁니다. 토우를 일본으로 가지고 온 사람들이 스기하라만 남고 모두 죽자 무라야마는 스승님을 찾아와 살 수 있는 방법을 물었습니다."

"그래서요?"

"스승님은 진판을 빼낸 자리에 가판을 만들어 넣어두라 하셨습니다. 무라야마는 급한 나머지 가판을 정교하게 만들지 못하고 아무렇게나 만들어 넣었습니다. 심지어는 대나무로 만들어 넣은 것도 있어요. 지금 조선의 해인사 경판고에 있는 경판 중에는 그때 만들어 넣었던 경판들도 꽤 섞여 있을 겁니다."

스기하라를 제외한 모두가 죽었다는 말을 듣자 야마자키는 다시 불안해지는 모양이었다.

"그 토우는 확실히 요사스런 기가 다 빠졌나요?"

"그렇긴 하지만 혹시 다른 일이 생길지 몰라 부적을 지니고 다니라는 것입니다."

"다른 일이라면?"

"기미히토 교수와 같이 한국에서 왔다는 사람이 있었지요?"

"네."

"어쩌면 그 사람이 왔기 때문에 토우는 다시 단순한 흙인형으로 돌아간 것일지도 모릅니다."

"그렇다면 그가 보통 사람이 아니란 뜻인가요?"

다카가와는 대답 대신 고개를 끄덕였다. 야마자키는 다카가와의 표정이 이렇듯 심각한 적이 없었기에 놀랐다.

"어제 아침 메이지신사의 강연회에 그들이 찾아왔더군요."

"그들이라면?"

"기미히토 교수와 그 한국인 말입니다. 그를 보니 이상하게도 불길한 기분이 들더군요."

"불길하다면?"

다카가와는 구체적인 설명을 하지 않았다.

"기분이 썩 개운치가 않아요. 그래서 서둘러 부적을 지은 겁니다."

다카가와의 얘기를 듣는 야마자키의 얼굴에 불안한 기색이 크게 번졌다.

"그렇다면 혹시 그가 토우 대신 괴력을 발할 수도 있

다는 것 아닙니까?"

"그럴 가능성이 있지요."

야마자키는 토우가 이치로뿐만이 아니고 자신까지 저주하고 있다는 말을 언젠가 다카가와에게서 들은 적이 있었다. 불안은 갑자기 거센 분노로 이어졌다. 야마자키는 일개 조선인 때문에 이토록 불안에 떨어야 한다는 사실을 견딜 수 없었다. 그는 다카가와가 내린 부적을 방바닥에 팽개쳤다.

"안 되겠소. 역사학계의 태두고 뭐고 간에 강제로라도 그 〈묘제의 연구〉를 풀게 해 조선의 뿌리를 파헤쳐 버려야겠소. 필요하다면 그 이상하다는 놈도 내가 직접 제거해버리겠소. 그리고 다카가와 선생, 이제껏 선생을 존경해왔지만 지금 이 꼴은 우습지 않소. 토운지 뭔지 하는 흙인형 하나 못 당해 이치로 교수가 죽고, 한국에서 왔다는 이상한 놈 하나 못 해치워 부적이나 지어주다니, 이 야마자키는 모든 게 마음에 들지 않소."

야마자키의 목소리가 보통 때와는 달리 유난히 높아지고 있었다. 평소 그의 목소리가 아니란 기분이 들어 다카가와는 급히 야마자키의 눈동자에 시선을 모았다. 야마자키의 눈은 초점을 잃고 있었다. 뿐만 아니라 그의 얼굴에는 평소 느끼지 못하던 이상한 기운이 퍼져 있었다. 이치로 교수의 무덤을 파헤쳤을 때 느껴지던 기운이었다.

"헉!"

다카가와는 황급히 부적을 주워 야마자키의 얼굴에 씌우려 했다. 그러나 야마자키는 다카가와의 손을 뿌리치며 자리를 박차고 일어섰다.

"내가 해! 이 야마자키가 하고 말겠어. 나는 무사의 자손이야. 이제껏 법술 따위에 현혹되어 불안해하다니, 내가 바보였어. 단칼에 베어버리고 만다. 이 야마자키의 앞을 가로막는 자는, 이 무사의 자손을 가로막는 자는, 위대한 일본혼을 무시하는 자는 단칼에 죽여버리겠어!"

야마자키는 다카가와를 돌아보지도 않고 문을 박차고 나가버렸다. 다카가와는 자신도 알지 못할 이상한 기분에 휩싸였다.

연구소에 출근한 야마자키는 자신의 사무실에 들어가서는 문을 잠갔다. 이제까지는 아무렇지도 않았지만 토우의 저주를 알고 나서는 〈묘제의 연구〉를 생각만 해도 긴장이 되었다. 창을 통해 바깥을 내다보니 아무도 보이지 않았다. 그는 조심스럽게 커튼을 내리고 육중한 금고 앞에 섰다.

번호를 돌리는 손길이 분노와 흥분으로 가늘게 떨렸다. 야마자키는 잠시 멈췄다가 남은 번호를 마저 돌렸다. 금고 안에는 검은 옻칠을 한 목갑이 놓여 있었다. 야마자키는 호흡을 고르고 마음을 가라앉힌 다음 목갑의 뚜껑을 열었다.

색이 바랠 대로 바랜 자료집 한 권과 디스켓이 야마자키의 눈에 들어왔다.

조심스럽게 자료집을 들어 첫 페이지를 넘기자 서문이 눈에 들어왔다. 페이지를 넘김에 따라 낡은 종잇장들이 눈을 어지럽혔다. 책을 목갑에 다시 넣으려던 야마자키의 손길이 멈칫했다. 갈등이 일어나고 있었다.

'도야마가 문제는 풀지 않고 이 책과 디스켓을 파괴한다면?'

죽일 것이다. 그러나 죽인다고 해서 이 책과 디스켓이 돌아오지는 않을 것이다. 〈묘제의 연구〉는 도야마의 목숨만을 담보로 하여 안심하기에는 너무도 중요한 물건이었다. 도야마는 조건을 내걸었다. 한 권의 책과 한 장의 디스켓만이 이 세상에 존재하도록 하라는 것이 그가 내건 조건이었다. 나이만큼 교활한 늙은이라는 생각이 들었다.

도야마는 이 〈묘제의 연구〉가 있다는 사실을 알면서도 한평생 고조선을 부정하는 연구로 일관해온 사람이었다. 풍문에 의하면 그는 그 묘의 발굴에도 참가했다지 않은가. 물론 그라고 해서 당시의 어용 역사 연구라는 주류에서 벗어날 수는 없었겠지만 그런 것은 이제와서 변명이 될 수 없었다.

도야마가 〈묘제의 연구〉에 들어 있는 수수께끼를 풀겠다고 승낙한 것도 자신이 평생을 바쳐 연구해온 것을 헛된 것으로 만들고 싶지 않아서였을 것이다. 그러나 그가 이 증거들을 없앨 가능성도 있었다. 비록 그 대가가 죽음이라 하더라도.

복사는 반드시 해야 했다. 그러나 야마자키가 복사를 겁내는 이유는 따로 있었다. 토우, 토우가 무서운 것이다. 다카가와는 토우가 힘을 잃었다고 했지만 그것을 어떻게 믿겠는가. 설사 토우가 힘을 잃었다 하더라도 이상한 자가 한국으로부터 왔다고 하지 않았는가. 그게 그거였다.

야마자키는 〈묘제의 연구〉를 자신에게서 떠나보내야만 한다는 생각과 도야마의 속셈 사이에서 한참 고민을 했다.

'그놈을 죽여버리면 되지 않는가.'

그렇다. 안 보이는 저주를 쏟아내는 토우가 문제지 사람이라면 두려워할 이유가 없지 않은가. 한국에서 왔다는 자를 먼저 죽이면 그만이라는 생각이 야마자키에게 자신감을 심어주었다.

야마자키는 일단 디스켓의 내용을 자신의 컴퓨터에 내장시켰다. 그러고는 책과 디스켓을 목갑에 넣고 나서려다 다시 불길한 예감에 사로잡혔다. 다카가와가 일부러 자신을 불러 부적을 주던 생각이 났다. 어쩌면 쥐도 새도 모르게 이치로처럼 될 수 있다는 생각이 야마자키로 하여금 다시 하드디스크의 내용을 지워야 한다는 결심을 하게 했다.

목숨은 모든 것에 우선한다. 이치로에게 무슨 잘못이

있었는가. 그가 죽은 이유는 다름 아닌 〈묘제의 연구〉를 디스켓에 담아두었다는 것뿐이 아닌가. 야마자키는 다시 컴퓨터 앞에 앉았다.

'지워야 한다.'

막 키보드를 누르려던 야마자키는 아차 하며 손으로 이마를 쳤다.

'왜 그 생각을 진작 못했을까.'

남의 컴퓨터에 넣어두면 되는 것이다. 야마자키는 음흉한 미소를 머금었다. 〈묘제의 연구〉 따위에는 아무런 관심도 없는 사람, 아니 자신의 컴퓨터에 뭐가 들어왔는지도 모르는 사람, 컴퓨터를 그저 장식으로 사둔 사람, 책상 위에 보란 듯이 놔두지만 일 년 내내 한 번도 켜보지 않는 사람, 그러나 통신용 ID는 가지고 있는 그런 사람이 누구일까를 생각했다. 이윽고 그는 한 사람을 떠올렸다.

사촌이었다. 그런 사람에게까지 저주가 퍼부어지지는 않을 것이다. 야마자키는 사촌에게 전화를 걸었다. 물론 대답은 오케이였다.

간단한 컴퓨터 작업은 하지만 아직 통신은 할 줄 모르는 야마자키는 연구원 한 사람을 불렀다.

"하드디스크에 있는 내용을 이리로 전송해 주게."

"알겠습니다."

"전송이 끝나면 본체에 있는 것은 지워버리게."

"알겠습니다."

연구원은 야마자키의 지시에 따라 전송을 완료하고는 본체에 있는 〈묘제의 연구〉를 지워버렸다. 야마자키는 그 과정을 놓치지 않고 지켜보다가 연구원이 나가자 목갑을 들고 일어섰다.

진실의 이면

삐이 삐이.

"무슨 소리지?"

컴퓨터에서 나는 소리에 기미히토는 고개를 갸우뚱했다. 며칠째 컴퓨터만 만지고 있던 수아가 잠시 밖에 나간 사이에 컴퓨터에서 계속 소리가 나고 있었다. 기미히토는 컴퓨터 앞으로 다가가 모니터를 들여다봤다. 그러나 화면에는 아무것도 뜨지 않은 채 경보음만 울렸다.

따르르릉.

전화벨이 울려 기미히토는 일단 전화를 받으러 갔다.

"수아예요. 혹시 별일 없나요?"

"컴퓨터에서 계속 경보음이 울리는데요?"

"이런! 하필이면……. 바로 올라가긴 하겠지만 3분쯤 걸릴 거예요. 해킹하실 수 있죠?"

"글쎄, 자신 없는데요."

"알겠어요. 곧 갈게요."

전화를 끊은 지 얼마 지나지 않아 수아가 뛰어들어왔다. 가쁜 숨을 토해내며 컴퓨터 앞에 앉은 그녀는 손가락이 보이지 않을 정도로 빠르게 키보드를 두드렸다.

"빨리 해야 하는데……."

수아는 쉴 새 없이 키보드를 두드리다가 갑자기 멈추고는 발을 굴렀다.

"이런 바보 같은 계집애, 하필 이 순간에 자리를 비우면 어떡해."

"무슨 일인데 그렇게 흥분해요?"

"그게 들어왔었단 말이에요."

수아는 금방이라도 울음을 터뜨릴 것 같은 얼굴이었다.

"그거라니?"

"〈묘제의 연구〉 말이에요. 이쪽으로 넘어오기 직전에 저쪽에서 컴퓨터를 꺼버렸어요."

"〈묘제의 연구〉가 넘어올 뻔했다구요?"

기미히토는 깜짝 놀랐다. 수아는 이제 절망한 듯 얼굴을 두 손에 묻고 있었다. 그러다 무슨 생각이 났는지 퍼뜩 고개를 들었다.

"맞아요. 어쩌면 흔적은 남아 있을지 몰라요. 넘어오는 순간 꺼졌으니까."

수아는 재빠르게 키보드를 두들겼다. 과연 화면에는 대학노트 한 장 분량의 글이 떠올랐다.

"선생님!"

수아가 정신없이 고함을 질렀기 때문에 테드가 뛰어

나오고 사도광탄 역시 다소 놀란 표정으로 컴퓨터 앞으로 왔다.

"〈묘제의 연구〉예요."

"무슨 소리냐, 컴퓨터로는 찾을 수 없다고 하지 않았니?"

"그래요. 그래도 혹시 몰라서 연구소의 컴퓨터에 〈묘제의 연구〉가 뜨기만 하면 즉시 삐삐가 울리도록 해두었거든요. 그런데 하필 그 중요한 순간에 제가 자리를 비우고 말았어요."

수아의 얼굴은 발갛게 상기되어 있었다.

"그래도 몇 줄은 살릴 수 있었어요. 그런데 이게 무슨 말이죠?"

화면에 떠오른 것은 서문에 해당되는 글이었다.

나는 평양 근교의 강동군에 있는 큰 무덤의 내력에 대해 예로부터 많은 이야기가 전해 내려오는 것에 주목했다. 또한 이 무덤은 몇몇 믿을 만한 조선의 역사서에도 분명히 기록되어 있어, 발굴을 해서 그 내력을 분명히 할 필요가 있다고 생각했다.

그리하여 조선총독부에 발굴을 허락해줄 것을 요청한 바, 총독부에서는 발굴의 조건을 심히 까다롭게 제한했을 뿐만 아니라 발굴의 발표 여부를 조선총독부에서 임의로 결정하고 발굴자는 그 지침에 따를 것을 요청했다.

또한 발굴자는 그 이름을 밝히지 못하고, 자료를 작

성하지 못하며, 누구에게도 발굴 사실을 누설해서는 안 된다고 못을 박았다. 총독부의 이러한 태도는 학문적 진실을 왜곡할 우려가 있어 나는 심히 못마땅했으나, 일단 고분의 실체에 접하는 것이 중요하다고 생각하여 총독부의 계약서에 서명 날인을 하고 발굴을 시작했다.

발굴은 야간에 조선인들이 나타나지 않는 틈을 타서 극비리에 진행되었으며, 거기에서 출토된 유물들과 석실에서 떼어낸 벽화는 모두 총독부의 파견관이 엄격하게 관장하여 비밀리에 반출했으므로 나는 그 유물을 자세히 조사할 기회를 얻지 못했다.

그 후에도 조선총독부는 그 발굴에 대한 발표를 일절 하지 않았으므로 나는 정당한 발굴사의 대접을 받지 못했다. 뿐만 아니라 나는 침묵을 강요받았다.

그러던 중 나는 다시 만주에서 하나의 무덤을 발견했다. 천운이었다. 너무나 오랜 세월이 지나 봉분도 없어지고 묘석은 물론 그것이 무덤이라는 흔적을 보여주는 것도 전혀 없었다. 전문가의 눈에도 그저 뜨일 듯 말 듯 한 희미한 흔적을 더듬은 나는 이제는 누구에게도 알리지 않고 혼자 파들어갔다.

황량한 벌판에서 혼자 하는 작업인 데다 사람들의 눈에 뜨이지 않아야 했으므로 너무나 힘들었다. 그러나 일주일이 지나 묘실을 발굴한 나는 기뻐 미칠 지경이었다. 강동군에서 보았던 그 선인화가 분명히 벽에 조각되어 있는 게 아닌가. 그러나 그 선인화는 아무것도 아니었다. 그다음 내가 발견했던 것에 비하면.

거기에는 신물이 있었다. 신물에는 글자가 새겨져 있었다.

'조선의 천운이 다하여 여기에 신물을 묻노니 영원히 박달겨레를 지키리라.'

나는 갑자기 온몸이 떨려왔다. 단 한 조각의 부장품에도 손을 댈 수 없었다. 신비스러운 일이었다. 나는 등 뒤에서 누가 나를 무서운 눈초리로 노려보는 듯한 느낌이 들었다. 돌아보면 아무도 없었지만 공포에 질린 나는 허겁지겁 능을 나오고 말았다.

그러고는 신들린 사람처럼 내가 팠던 능의 입구를 흙으로 막았다. 왜 그랬는지는 나도 모른다. 다만 보이지 않는 힘에 이끌렸을 뿐이다. 이후 나는 말이 없는 사람이 되었다. 여기저기를 떠돌며 술 한잔이라도 마실 수 있으면 행복해하는 사람이 되었다. 그리고 이제 죽음을 예감하고 있다.

나는 지금 하는 일이 잘하는 건지 아닌지는 알 수 없다. 다만 죽음에 이르러 학자로서 내가 보았던 것을 기록하는 게 옳다고 생각하여 〈묘제의 연구〉라는 제목으로 남겨 역사적 진실을 지키고자 한다. 다만 저급한 인간들이 하늘의 뜻을 어기는 것을 막기 위하여 능의 위치를 고조선의 역사와 만주의 옛 지명을 섞어 암호로 남긴다.

-마에다

눈으로 따라 읽던 사도광탄의 숨소리가 거칠어졌다. 수아는 자신도 모르게 몸이 부들부들 떨리는 것을 느끼고 있었다. 그런 수아의 손을 어느새 테드가 잡고 있었다. 기미히토 역시 긴장되는지 침을 삼켰다.

"〈묘제의 연구〉는 이런 것이었군요."

모두들 한동안 말을 잃었다. 무거운 침묵을 깨고 먼저 입을 연 것은 테드였다.

"마에다라는 사람이 강동군과 만주에서 같은 종류의 능을 발굴했다는데 누구의 능일까요?"

"그래요. 강동군의 발굴에서 보았던 선인화를 만주에서 다시 보았다고 했어요. 마에다라는 사람은 거기에 큰 의미를 두는 것 같아요."

수아가 덧붙이며 사도광탄을 바라보았다.

"선생님, 선인화가 뭐죠?"

"문자 그대로 선인을 그린 그림이지."

"선인이요?"

"그래."

"선인화가 그 능의 주인을 말해주나요?"

"그렇지."

"선생님은 그 능의 주인이 누구인지 알고 계시죠. 지난번에도 얘기하려다 마셨잖아요. 이제 〈묘제의 연구〉를 보셨으니 얘기해주세요."

사도광탄의 얼굴은 자못 엄숙했다. 그는 시선을 들어 창밖의 강을 내다보다 혼잣말처럼 입속에서 한 단어를 밀어냈다.

"단군릉."

사도광탄의 대답에 모두 놀랐다. 특히 테드는 자신도 모르게 큰 소리로 다시 물었다.

"네? 단군릉이라구요? 그렇다면 단군이 실제로 존재했던 인물이란 말이에요?"

"그래."

사도광탄은 침통함과 분노가 뒤섞인 얼굴로 눈을 감았다.

테드는 당황했다. 사도광탄에게서 이런 모습을 보는 것은 처음이기 때문이었다. 얼마간의 시간이 흐르고 나자 눈을 뜬 사도광탄은 마음의 평정을 되찾았는지 차분한 목소리로 테드에게 물었다.

"북한에서 최근에 단군릉을 발굴했다는 뉴스를 들은 적이 있나?"

"네, 자세한 내용까지는 기억이 안 나지만요. 김일성이 단군릉 발굴 현장에 가서 학자들을 독려하고 대대적으로 주변 환경을 조성했다는 정도는 기억이 나는데요."

"그렇다면 자네는 아까 왜 단군이 실재했던 인물이냐고 물었지?"

"저는 그 모든 것이 거짓말이라고 생각했거든요."

"북한에서 단군릉을 발굴한 것이 그들의 거짓이라고 이해했다는 건가?"

"네, 신문에서 그렇게 읽었어요. 북한이 정권의 정통성을 선전하기 위해 단군릉이라는 있지도 않은 무덤을 조작해낸 것이라고 우리나라의 학자들이 해설을 달았던데요."

"음, 그 경우는 우리나라라고 칭하는 것은 옳지 않아. 남한이라고 하는 게 맞지. 항상 우리나라의 반쪽인 북한이 존재하고 있다는 생각을 해야 통일도 앞당겨지는 거야."

사도광탄은 평소 같지 않게 엄격했다.

"죄송해요, 선생님."

"자네에게 무슨 잘못이 있겠나. 게다가 남한 학자들의 그런 의심이 전혀 터무니없는 것은 아닐지도 모르지. 하지만 북한의 발굴을 무조건 백안시하는 것은 옳지 못해. 북한에서 이루어졌다는 이유 하나만으로 말이지."

"그래요. 남한의 학자들이 북한에 가서 발굴 현장을 보고 맞다 틀리다 얘기했다면 신빙성이 있겠지만 가보지도 않고 무조건 조작했다고 하는 것은 지나치다는 생각이 드는군요. 그런데 선생님, 진상은 어떤 건가요?"

수아가 나섰다.

"남한의 학자들이 북한의 단군릉 발굴을 조작이라고 얘기하는 가장 유력한 단서는 단군의 유골이 안치된 관에서 나온 못 때문이야."

"못이요?"

"그래. 관 뚜껑을 박은, 녹이 슬 대로 슬어 삭아버린 철못이 고구려 시대의 것이라는 거지."

"그 못이 고구려 시대의 것이라고는 누가 판정한 거죠?"

"북한의 학자들이지."

"그럼 말이 안 되는군요."

"뭐가 말이냐?"

"남한 학자들의 주장이 말이에요."

"어째서 그렇게 생각하지?"

"없는 단군릉을 조작하는 마당이라면 군이 단군의 관에서 고구려의 철못이 나왔다고 주장할 바보가 어디에 있겠어요?"

"바로 그렇다."

사도광탄은 조금 전의 엄격하던 얼굴과 달리 흐뭇한 미소까지 띠고 테드를 칭찬했다.

"내가 보기에 북한이 발표한 단군릉의 발굴보고서는 매우 솔직하게 쓰였어. 그들은 유골의 연대를 확인하는 데 사용한 방법까지도 자세하게 공개했지. 외부의 검증을 진지하게 받아들이겠다는 의사표시일 뿐 아니라 사실관계에 대해서도 자신이 있다는 얘기야."

"과학적 연대 측정에 의하면, 그 유골은 언제 사람이라는 거죠?"

"지금으로부터 약 5천 2십 년 전의 사람이라는 거지."

"그럼 단군의 시대와 맞나요?"

"약간의 오차를 감안하면 들어맞아."

"그럼 고구려 시대의 철못이 나온 것에 대해서는 어떻게 설명하고 있죠?"

"이렇게 생각해보자. 요즘은 고고학이니 발굴 과학이니 하는 것들이 발달되어 뭔가가 발굴이 되면 그걸 박물관 등에 전시하여 보전하지만, 고구려 시대에는 유골을 꺼내 발굴한다든지 하는 과학이 없었어. 과학의 시대가 아닌 신앙의 시대였기 때문에 유골에 깃들인 정령을 해치려 하지 않았지. 따라서 고구려 사람들이 고분을 발굴했다 하더라도 그대로 관 뚜껑을 다시 닫는 것이 오히려 자연스런 일이었을 거야. 고구려의 철못은 이런 관점에서 이해해야 하겠지."

"그러니까 오랫동안 전해오던 그 무덤을 고구려인들이 발굴했다가 철못을 박아 다시 뚜껑을 덮었단 얘기군요."

"그렇게 이해하는 것이 자기공명 측정에 의해 수천 년이나 된 것으로 밝혀진 유골을 고구려인의 것이라고 주장하는 것보다 더 신빙성이 있지 않을까?"

"그렇군요. 그렇게 보면 남한의 학자들이 무조건 북한의 단군릉 발굴을 부정하는 것은 오류를 범할 가능성이 아주 크겠군요."

"그럴 위험도 크지만 무엇보다 문제가 되는 것은 이미 단군을 마음속으로부터 지워버린 듯한 태도야. 역사학자들이 무서운 집념으로 단군을 찾아내지 않으면 누

가 한다고, 실증이니 학문의 방법론이니 하면서 책상에
나 앉아 있는 것은 참으로 안타까운 일이지."

이번엔 수아가 물었다.

"마에다와 북한의 학자들이 평양에서 단군릉을 발굴
했는데 어째서 마에다는 만주에서 단군릉을 또 발굴했
다는 거예요?"

"단군은 한 사람이 아니다."

"……."

"단군은 임금이라는 뜻의 보통명사야. 즉, 우리가 알
고 있는 단군왕검만을 말하는 것이 아니야."

"그렇다면 단군은 몇 사람이나 되죠?"

"《규원사화》 등에는 단군이 모두 47명이라면서 1대
단군왕검부터 47대의 고열가에 이르기까지 그 이름을
전하고 있지."

"이 서문을 보아서는 〈묘제의 연구〉는 단군릉을 발굴
한 사람이 총독부에서 유물도 내놓지 않고 발표도 하지
않은 사실에 불만을 품고 진실을 알리기 위해 만든 자
료집 같아요. 그런데 이치로 교수가 도대체 무슨 연구
를 했길래 토우는 그의 작업을 저주했을까요?"

"사실을 그대로 밝힐 목적이라면 〈묘제의 연구〉를 그
렇게 숨겨두고 극비리에 작업을 추진할 필요가 없었겠
지. 그냥 〈묘제의 연구〉를 세상에 드러내면 되는 일이
니까."

이야기를 듣고 있던 수아가 고개를 끄덕였다. 사도광

탄은 잠시 생각한 후에 침통한 표정으로 말을 이었다.

"여기에는 음모가 있어. 연구란 건 말뿐이고, 야마자키의 의도는 이치로 교수를 시켜 능의 위치를 확인하고 그 신물을 파괴하려는 거야."

"네? 신물을 파괴한다구요?"

사도광탄은 고개를 끄덕였다.

"왜 신물을 파괴하죠?"

"북악의 지기를 막고 팔만대장경을 훼손하려는 것과 같은 이유에서겠지."

"그래서 토우가 작업을 방해하고 이치로 교수를 해쳤다는 얘기군요."

"그렇지."

수아와 테드는 다시 한번 사도광탄의 논리적인 추리에 놀란 얼굴로 서로를 쳐다봤다.

"그럼 이제 다 끝난 건가요? 이치로 교수도 죽었으니까."

"그게 그렇지 않다. 야마자키는 새로운 시도를 할 거야. 아니, 이미 시작하고 있겠지. 이치로를 대신할 사람을 찾아서."

"이치로를 대신할 사람이라구요? 그게 누구죠?"

"도야마."

"아, 어제 얘기하던 원로 역사학자요?"

"그래, 그 사람일 거라는 생각이 든다. 이치로와 마찬가지로 고조선을 부정하는 데 한평생을 바쳤고, 이 〈묘제의 연구〉가 드러나면 일생의 학문적 업적이 모두 사라져버리는 사람이지. 따라서 야마자키에게 약점이 잡혀 있는 사람이야."

모두는 고개를 끄덕였다. 그러곤 말을 잃었다. 이제 이 음모를 분쇄하는 일만 남은 것이었다. 어디서부터 어떻게 풀어갈 것인가. 사도광탄은 천천히 창가로 걸어 갔다.

잃어버린 시간

일본 사학계의 태두로서 이제는 교단을 떠나 전원생활을 즐기는 도야마 박사는 아침에 받은 한 통의 전화에 하루 종일 신경이 쓰였다. 정원의 화초를 다듬을 때나 새로 심은 나무에 물을 줄 때에도 상대방의 목소리는 잊히지 않았다. 상념을 털어버리려 집 뒤의 숲길로 산책을 나갔을 때는 더욱 또렷하게 귓전을 울려와 서둘러 집으로 돌아와버리고 말았던 것이다.

유창한 일본어는 아니었지만 한마디 한마디를 똑똑하게 발음하는 상대에 대한 궁금증은 시간이 지날수록 더해갔다.

"도야마 선생인가요?"

상대방은 첫마디부터 신경을 거슬리게 했다. 학계의 존경을 한 몸에 받고 있는 그를 이렇게 불경스러운 어조로 부르다니.

"그렇소만?"

"낙랑의 비밀을 알고 있겠지요?"

"뭐라구요?"

"낙랑의 비밀 말이오."

"그게 무슨 말이오, 도대체?"

"만나서 얘기하지요."

"당신은 누구요?"

"사도광탄이오."

괴상한 이름을 댄 상대는 오후에 찾아오겠다는 것이었다. 도야마는 당연히 그의 방문을 거절하려 했으나 어쩐 일인지 목소리가 제대로 나오지 않았다. 무엇이 자신을 그리도 당황하게 했는지 모를 일이었다.

산책에서 돌아와 서재의 책상 앞에 앉은 도야마는 심란한 손길로 책상 서랍에 열쇠를 꽂았다. 30여 년이나 한 번도 열어보지 않은 서랍이었다. 열쇠를 꽂아 돌리는 도야마의 손길에 가느다란 떨림이 일었다.

그러나 이내 마음을 다잡은 도야마는 힘 있게 서랍을 당겼다. 서랍 속에는 오랜 세월을 묵은 편지 봉투가 뽀얗게 먼지를 뒤집어쓰고 있었다. 도야마는 편지 봉투를 꺼내서 책상 위에 올려놓았다.

'마에다로부터'라는 겉봉의 글씨가 상념을 불러일으켰다. 긴긴 세월이 지나는 동안 한 번도 꺼내본 적이 없는 편지였다. 붓으로 쓴 먹글씨는 빛이 바래 있었고 봉투도 누렇게 변색되어 있었다. 도야마는 눈을 감았다.

단군릉을 발굴한 마에다가 편지를 보내온 것은 도야마가 역사학회의 발굴분과위원으로 있을 때였다. 도야마의 은사 무라카미는 마에다의 동료로 단군릉의 비밀 발굴에 참여했다. 도야마는 어린 나이였지만 은사를 따라 그 작업에 동참할 수 있었다.

마에다는 재야 사학자였지만 조선의 역사에 상당한 식견을 가지고 있었다. 그는 조선의 역사서를 깊이 있게 연구하여 평양 부근의 강동군에 단군릉이 있다는 것을 알았다.

그러나 당시 무라카미는 총독부와 함께 극비리에 단군릉 발굴을 부정하는 작업을 수행했다. 단군릉의 존재를 인정하게 되면 그 당시 일본의 정부와 역사학계가 전력을 다해서 조작해낸 한반도의 고대국가 기원에 대한 역사가 뒤집어지기 때문이었다.

태평양전쟁이 끝나고 몇 년이 지나 무라카미가 뜻하지 않은 사고로 급사한 직후 보내온 편지에 마에다는 알코올중독자가 되었다고 했다. 패전 전에 이유 없는 박해를 받았기 때문에 술로 한풀이를 하다가 이제는 알코올에서 헤어날 수 없는 지경이 되었다고 했다. 그는 북만주에서 새로이 발견한 단군릉에 대한 결정적인 증거가 있으며, 약간의 돈과 기꺼이 바꿀 수 있다고 했다.

반신반의하며 도야마가 돈을 들고 가서 그를 찾아갔을 때 그것은 이미 다른 사람의 손에 넘어간 후였다. 마에다는 큰돈을 받은 모양으로 누구에게 넘겼는지 결코 말하려 하지 않았다. 돈이 떨어지면 연락을 해오지 않고는 못 배기리라 생각하고 돌아와 기다렸지만 이상하게도 그로부터는 다시 연락이 없었다. 세월이 가면서 마에다의 존재는 잊혔고, 도야마는 평양의 단군릉 발굴 경험 덕분에 고조선 연구의 권위자로 칭송받게 되었다.

그런데 바로 그 마에다가 쓴 〈묘제의 연구〉가 어제 야마자키로부터 전해져왔던 것이다. 자신의 치명적인 약점에 대한 은근한 암시와 함께.

"손님이 오셨습니다."

상념에서 깨어난 도야마는 황급히 편지를 다시 책상 서랍에 집어넣었다.

"이리 모셔라."

사나이는 온화한 얼굴에 조용한 몸짓으로 들어왔다. 사나이의 풍모는 도야마가 이제껏 가졌던 불쾌함을 어느 정도 가시게 했다.

"실례합니다."

감정이 실리지 않은 인사말이었다.

"앉으십시오."

도야마는 하는 수 없이 정중하게 방문객을 맞았다.

"한국 고대사의 비밀에 대해 의논하기 위해 찾아왔습니다."

"무슨 비밀입니까?"

도야마는 경계를 풀지 않은 표정으로 사도광탄의 말을 받았다.

"선생도 참여했던 일본 정부의 단군 말살 정책에 대해 묻고 싶습니다."

"무슨 소릴 하고 있소? 단군 말살 정책이라니?"

한마디로 부인하는 도야마를 바라보며 사도광탄은 타이르듯 되물었다.

"그렇다면 선생께서는 조선의 단군릉 발굴 사실을 모르셨단 말인가요?"

"……."

도야마의 얼굴은 굳어 있었다.

"일제강점기에 이루어졌던 강동군 강동읍의 단군릉 발굴 말입니다."

"그 능을 단군릉으로 단정할 수는 없소."

도야마의 강경한 부정에 사도광탄은 어이없다는 표정으로 고개를 저었다.

"단군릉으로 단정할 수는 없다구요? 그렇다면 그 당시 발굴된 유적을 왜 한 점도 발표하지 않았지요?"

"그것은, 그것은 총독부의 방침이었기 때문이오."

도야마의 목소리가 자신도 모르는 사이에 떨렸다.

"총독부의 방침이었다구요? 그랬겠지요. 그 능에서 한국의 유구한 역사를 증명할 유물들이 쏟아져나왔으니 총독부에서는 당연히 발표를 못하게 했겠지요. 그런데 발굴이란 무엇이지요? 총독부에서 그런 방침을 정하면 학자들은 발표를 하지 않는 건가요? 그러고도 양심 있는 학자라고 할 수 있을까요?"

"당시에는 발굴에 대한 모든 사항을 총독부에서 관장했기 때문에……."

"세상의 모든 학자들이 행하는 발굴은 반드시 발굴보고서를 쓰도록 되어 있어요. 그러나 일본인들이 행한 강동군의 단군릉 발굴은 단 한 장의 보고서도 없어요. 이것은 무엇을 말하는 거지요?"

"……"

할 말을 잃은 도야마의 얼굴은 이제 드러나게 붉어져 있었다.

"발굴보고서 없는 발굴은 도굴이 아니오. 학자들이 역사를 땅에 묻어버리기 위해 참가한 발굴은 범죄란 말이오. 일본의 학자들은 이런 일을 수없이 저질렀지만 특히 단군릉의 발굴보고서를 작성하지 않고 수많은 유물을 없애버린 것은 인류에 대한 무서운 범죄요."

"우리는 총독부의 지침을 따랐을 뿐이오."

"총독부는 당시 출토된 유물을 일본으로 보냈겠지요. 단군의 유물이 노출되는 것을 막는 일은 총독부 최대의 사업이었을 테니까."

"당시 누구도 그 유물들이 단군조선 시대의 것이라고 확정할 수 없었소."

"하고 싶지 않았겠지요. 하지만 당신들이 파괴한 그 수많은 유물 중에는 그것이 틀림없는 단군의 무덤임을 알려주는 확고한 증거가 있소."

"그것이 무엇이오?"

"무덤의 네 벽에 그려졌던 벽화요."

"벽화?"

"그렇소. 선인과 장수를 그린 단군왕릉의 벽화요. 그 벽화는 어디로 갔소?"

"벽화를 잘라 옮겼는지 어쨌는지는 기억이 나지 않소. 유물의 관리는 모두 총독부에서 했으니까. 어째서 그 벽화가 단군릉임을 확실히 입증하는 증거라는 거요?"

"선인화니까요. 물론 고구려 시대의 무덤에도 선인을 그린 예가 없는 것은 아니오. 하지만 선인 혹은 신선을 독립된 주제로 그린 것은 없고, 다른 주제에 선인이나 신선은 오직 부차적으로만 그려져 있소. 그러니 선인이 독립적 주제로 그려져 있었다면 그것은 틀림없이 단군의 무덤이란 얘기가 되는 것이오."

"일리는 있지만 확실치 않은 얘기요. 지금 당신의 주장은 마치 북한이 얼마 전 발굴한 고구려의 무덤을 단군릉이라고 주장하는 것과 다를 바 없소."

"북한의 발굴이라고 해서 우습게 보지 마시오. 북한 역시 그 무덤을 발굴한 동기는 일본인 학자들이 발굴한 것과 같소. 잘 아시겠지만 강동군 강동읍의 그 무덤은 이미 수많은 역사서에 의해 단군의 무덤으로 기록되어 오고 있던 것 아니오."

"……."

사도광탄의 단호한 말에 도야마는 대꾸를 잃었다. 그는 단군릉을 발굴하고도 발굴보고서를 쓰지 않았던 것에 대해 오랜 세월 자책을 느껴왔던 것이다. 막무가내로 찾아와 자신을 질타하는 상대에 대해 심기가 무척 불편했지만 뭐라고 항변할 수 없었다. 사실 당시 제국주의의 분위기에선 어쩔 수 없는 일이었지만, 학자의 입장에서는 사후에라도 진실을 밝혀야 했다. 자신 또한 그 일로 고민했던 것이 사실이었다. 그러나 어쩔 수 없었던 세월이었다. 도야마는 더 이상 긍정도 부정도 않은 채 말을 돌렸다.

"그런데 아까 낙랑의 비밀이라고 했던 것은 도대체 무엇을 말하는 겁니까?"

은폐된 비밀

"일본 학자들이 아무리 한민족의 고대국가를 부정해도 고조선의 실체는 지워지지 않았어요. 수많은 중국의 사서에 조선이라는 나라가 등장하기 때문이었지요. 그러자 일본은 고조선을 작고 초라한 나라로 조작하려 했어요. 그래서 연구해낸 것이 한사군의 위치를 조작하는 일 아니었습니까?"

"우리가 한사군의 위치를 조작했다구요? 그런 어처구니없는 주장은 처음 들어보는군요. 한사군의 위치는 출토된 유물을 중심으로 엄밀히 고증된 것이오. 당신의 정체가 무엇인지 모르겠지만 그렇게 함부로 얘기하지 마시오."

도야마는 거칠게 항변했다. 그러나 사도광탄은 담담한 어조로 말을 이었다.

"일본은 기를 쓰고 낙랑군이 지금의 평양을 중심으로 한반도 안에 있다고 주장해왔어요. 그래야만 한반도가 기자조선, 위만조선에 이어 한나라의 지배를 받아왔다고 할 수 있기 때문이지요. 불행하게도 지금의 한국 교과서에도 그렇게 실려 있지만. 게다가 일본의 교과서에는 그 무렵 한반도의 남부는 일본이 지배했다고 쓰여 있으니 일본은 한민족을 최대한 초라하게 만들었지요."

"그렇다면 당신은 낙랑군이 평양 부근에 있었던 게 아니란 얘기를 하고 있는 거요?"

"그렇소."

"터무니없는 소리. 나의 스승을 비롯한 학자들이 평양의 고분을 발굴했을 때 수많은 부장품들이 나온 것은 도대체 어떻게 설명할 거요? 한나라의 것과 동일한 양식의 유물들과 한나라의 연호가 새겨진 유물, 그 무엇보다도 낙랑이라 새겨진 기와 조각들. 그것조차 모두 허위였다는 얘기요?"

"틀림없이 그런 유물들이 나왔지요. 하지만 거기에는 함정이 있소."

"무슨 함정이 있다는 말이오?"

"평양의 고분에서 나온 부장품들은 서한이 아닌 동한의 양식이었소. 위만조선을 무너뜨리고 한사군을 설치한 것은 서한이오. 그러면 한사군에서는 당연히 서한의 문물이 나와야 하지 않겠소? 그러나 평양 고분에서 출토된 유물은 서한이 아닌 동한의 것이었소. 여기에는 엄연한 차이가 있음에도 불구하고 평양 고분군을 발굴한 일본 학자들은 한나라의 유물이 출토되었으니 평양은 낙랑군의 일부였다는 이론을 세워버렸던 거요. 물론 선생의 스승 같은 사람들이 앞장선 일이지요. 광개토대왕비의 안 보이는 세 글자로 임나일본부를 조작해내는 솜씨니 그쯤은 일도 아니었겠지."

들고 있던 도야마가 고함을 질렀다.

"낙랑이라는 글자가 엄연히 기와에 새겨져 있었는데도 평양이 낙랑군의 일부가 아니라고 주장할 수 있단 말이오?"

도야마의 표정은 확고했다. 그러나 사도광탄은 나지막하나 힘 있는 목소리로 도야마의 고성을 막았다.

"도야마 선생, 조용히 하시오. 발굴 기록도 숨기는 범죄자가 무슨 자격으로 고함을 친단 말이오? 당신도 역사학자라면 낙랑의 비밀이 무엇인지 겸허하게 들으시오. 그다음은 당신의 양심에 맡기겠소."

도야마는 분노가 치밀었지만 신경을 집중하여 듣지 않을 수 없었다. 자신의 은사 무라카미는 낙랑 유물을 근거로 한사군의 한반도 지배설을 끌어낸 사람들 중 하나였고, 자신도 낙랑이라는 글자가 새겨진 기와를 결정적인 증거로 생각하고 있는 터였다.

"선생은 낙랑공주와 호동왕자를 알겠지요?"

도야마는 분을 참으려는 듯 한숨을 한 번 내쉬고는 대답 대신 고개를 끄덕였다.

"바로 그 이야기에 낙랑의 비밀이 숨어 있소."

"하지만 그 이야기는 야담이 아니오?"

"야담? 그런 정도도 모르는 사람들이 남의 역사를 그

리도 비틀었단 말이오? 잘 들으시오. 낙랑공주와 호동왕자는 당신들도 정통성을 인정하는 《삼국사기》의 대무신왕조에 나와 있는 엄연한 역사의 기록이오."

"그럼 낙랑공주가 실재했던 사람이란 얘기요?"

"그렇소. 《삼국사기》의 기록에 따르면 고구려 대무신왕의 아들인 호동왕자는 옥저로 사냥을 나갔다가 낙랑 왕 최리를 만나 낙랑으로 가서 그의 딸과 혼인을 했소. 당시 낙랑에는 적이 쳐들어오면 저절로 울리는 자명고가 있었기 때문에 고구려가 낙랑을 정복하기는 매우 어려웠소. 그 비의는 망을 보는 훌륭한 시스템이 있었다는 얘기요. 호동왕자는 낙랑공주를 시켜 몰래 북을 없애도록 하여 결국 고구려가 낙랑을 정복할 수 있었소. 역시 낙랑공주가 그 시스템을 와해하도록 사주했단 얘기이고. 이 사실을 안 최리는 딸을 죽인 후 항복했고, 호동왕자도 대무신왕의 원비의 모함과 낙랑공주에 대한 사랑으로 번민하다가 결국 자살했소."

"재미있는 얘기이긴 한데 그것과 낙랑의 비밀이 무슨 상관이 있다는 얘기요?"

"이 재미있는 이야기 속에 역사의 음모를 밝힐 수 있는 열쇠가 들어 있소."

도야마는 잔뜩 찌푸린 표정으로 신경을 집중했다.

"우선 이 이야기에서 우리는 어째서 최리가 낙랑의 태수가 아닌 낙랑 왕이라 불리고 있는지에 주목해야 하오. 낙랑군을 다스리는 자는 태수라야 하는데 낙랑 태수가 아닌 낙랑 왕이라고 기록된 데서 최리는 낙랑군이 아닌 낙랑이라는 한 나라의 왕이라고 생각해볼 수 있 소."

도야마는 아무런 반응이 없이 듣고만 있었다.

"다음으로 사냥을 가서 만난 호동왕자를 바로 자신의 나라로 데려가서 공주와 혼인을 시켰다면 최리는 중국 인이 아니라고 볼 수 있소. 중국인이었다면 쉽게 말이 통할 리도 없었을 테고, 그렇게 쉽사리 결혼을 시켰을 리도 없었을 거요."

일리 있는 얘기라는 생각이 도야마의 뇌리 한구석에 서 똬리를 틀기 시작했다.

"무엇보다도 낙랑군은 기원후 313년이 되어서야 고 구려의 미천왕에게 멸망하는데, 기원후 32년에 최리가 딸을 죽이고 고구려의 대무신왕에게 항복했다는 것은 이 낙랑국이 한사군의 낙랑군과는 전혀 다른 나라, 즉 고구려에 면해 있는 한 소국이었다는 것을 의미하는 유 력한 증거요. 옥저와 가까운 낙랑이라는 이름의 한 작 은 나라, 이 나라가 평양 부근에 있었을 것이라는 추측 은 매우 자연스럽소."

"그렇다면 평양에서 발굴된 유물들도 낙랑군의 것이 아니라 바로 낙랑공주의 나라인 낙랑국의 것이라는 말 이오?"

"바로 그렇소. 낙랑이라는 글자가 새겨진 기와가 평 양에서 발견되었을 때 일본인 발굴자들은 그 낙랑이 한

사군의 낙랑군을 의미하는지 최리의 낙랑국을 의미하는지를 깊이 연구했어야 했소. 그러나 일본 학자들은 이것저것 살피지 않고 바로 낙랑군과 연결해 한민족의 역사를 기원전 108년부터 중국의 지배를 받아온 비참한 역사로 규정지어버렸던 거요."

도야마는 항변하고 싶었다. 그러나 어떻게 항변해야 할지 갈피가 잡히지 않았다. 상대의 얘기는 합리적인 가설이었다. 도야마는 이 사람의 정체에 대한 궁금증이 강하게 일었다.

"생각해보시오. 기원후 32년이면 한나라가 강성하던 시기인데 낙랑 태수가 고구려에 항복한다는 것은 말이 안 되는 것 아니오."

도야마의 양심이 살아나기 시작했다.

"그렇긴 하오. 고구려는 그 당시 한사군의 견제를 피해 겨우 일어나고 있었는데 낙랑군이 고구려에 항복한다는 것은 어불성설이오."

"그렇다면 이 낙랑공주와 호동왕자의 얘기 속에 숨어 있는 낙랑의 비밀을 이해하겠소?"

"최소한 낙랑공주의 나라가 한사군 중의 낙랑군이 아니었을 거라는 확신은 들지만……."

사도광탄의 차가운 눈빛이 무섭게 파고들었다.

"선생이 학자라면 지금 이 자리에서만이라도 양심대로 대답을 해보시오. 이제까지는 고조선을 없애려고 그렇게 기를 써왔겠지만……."

도야마를 노려보는 사도광탄의 눈빛에는 얼음장같이 싸늘한 기운이 감돌았다. 도야마는 쏘아보는 사도광탄의 눈길을 대하자 마음속으로부터 심한 자괴감이 일었다.

단군릉을 발굴하고도 보고서를 쓰지 않은 것은 일생의 과오였다. 왜, 무엇 때문에 그 당시는 조선의 역사를 깎아내리는 데만 혈안이 되어 있었는지 지금 생각해보면 이해가 가지 않았다.

나이가 들어 학문의 세계에서 고요함과 삶의 의미를 누리고 있는 터에 예고 없이 찾아온 이 사람은 도야마의 양심을 무섭게 흔들어대고 있었다. 일본 역사학계의 태두라는 칭송을 듣는 자신보다는 차라리 마에다가 훨씬 행복한 사람이라는 생각이 들었다. 자신은 제국주의 정부를 위해 앞장을 서다 보니 이제는 거짓과 허위로 뭉쳐진 비참한 인간이 되어버렸지만, 마에다는 비록 알코올중독이 되었어도 떳떳하게 진실을 밝히고 간 사람이라는 생각에 숨이 막혀왔다.

단군릉의 은폐. 잊어버리고 싶었던 그 일이 오늘 이 사나이를 대하자 도저히 빠져나갈 수 없는 올가미가 되어 자신을 칭칭 감아왔다. 게다가 지금 사도광탄의 불이 튈 것 같은 눈길은 무서운 공포를 불러일으켰다. 그의 눈은 사람의 것이 아닌 듯했다.

도야마는 떨리는 목소리로 입을 열었다.

"당시 우리는 최리의 낙랑국에 대해서는 모르고 있었

소. 평양에서 낙랑이라는 글자가 나오자 당연히 한사군의 낙랑군이 평양에 자리 잡고 있었던 것으로 생각했소."

사도광탄은 고개를 끄덕이고는 일어섰다. 도야마는 사도광탄에게 무슨 말이라도 할 것처럼 입술을 달싹거리다가 목이 메는 듯 힘들게 목소리를 밀어냈다.

"단군릉을 발굴하고도 발굴보고서를 내놓지 않은 것은 두고두고 일본 학계의 부끄러움으로 남을 거요. 지금이라도 당시의 유물을 찾고, 발굴보고서도 내놓는 것이 진정한 학자의 길이지만…… 아, 나는 이미……."

도야마는 감정이 격해졌는지 더 이상 말을 잇지 못했다. 그는 얼굴이 붉게 달아오르더니 갑자기 가슴을 움켜쥐었다.

"지난 식민시대에 조선의 역사를 우리가…… 군국주의자들의 강요에 의해 조작했던 것은 두고두고 씻을 수 없는 부끄러움이오. 일본 학자들을 대신해…… 내가 이 도야마가 진심으로 사죄하고 싶소. 우리는 조선의 역사에 대해 일종의 열등감을…… 아, 그것을 보상받기 위해 우리는 조선의 역사를 파괴해야 한다는 강박관념을 가졌던 것이오. 용서하시오. 내가…… 내가…… 이 도야마가……."

사도광탄은 도야마의 얼굴에 참회와 더불어 고통스런 표정이 자리 잡는 것을 보자 불타는 듯하던 눈길을 거두어들이고는 현관을 나섰다.

신화의 나라

"어디를 다녀오셨어요, 선생님?"

사도광탄이 도야마를 만난 얘기를 하자 수아는 의외로 깊은 관심을 나타냈다. 수아는 평소 주변의 일본이나 중국의 역사와는 달리 한국의 역사만 왜 그토록 짧은가 하는 의문을 떨칠 수 없었다. 늘 반만년의 유구한 역사라 하면서도 막상 국사 교과서에는 기원을 전후하여 생긴 신라, 고구려, 백제만을 고대국가의 기원이라고 하는 것을 이해할 수 없었다. 단군과 고조선은 과연 어디로 갔단 말인가.

"선생님, 단군릉은 어떤 역사서에 기록되어 있어요?"

"《신증동국여지승람》에 강동에는 두 개의 큰 무덤이 있는데 그중의 하나는 민간에서 단군 묘라고 전해오는 것으로 둘레가 410자라고 기록되어 있고, 숙종실록에는 강동의 단군 묘와 평양의 동명왕 묘를 해마다 수리할 것을 건의한 이인엽의 상주를 허락했다는 기록이 있지. 영조실록에는 영조가 평양감사에게 단군 묘를 잘

보수 관리할 것을 명령한 내용이 기록되어 있고, 또 정조실록에는 정조가 평양감사에게 단군 묘의 묘지기를 정하고 강동의 지방관으로 하여금 매년 봄과 가을에 묘를 둘러보는 것을 제도화하라는 지시를 내렸다는 기록이 있어."

"일본인들의 단군릉 발굴에서는 총독부의 마음에 들지 않는 유물이 나왔겠네요."

"그렇지. 발굴보고서를 쓰지 않은 이유는 바로 그것 때문이 아니었겠어?"

"우리 교과서에서는 단군을 역사가 아닌 신화로 소개하고 있잖아요, 도대체 그 이유는 뭐예요?"

"우리 역사학계에서는 그간 일본인 학자들이 조사하고 연구한 실적을 토대로 우리 역사를 구성해왔단다. 일본인 학자들은 그 당시 신국사관에 사로잡혀 우리 역사를 깎아내리는 데 혈안이 되어 있었지. 하지만 그 모든 것들이 근대 학문이라는 틀 속에서 이루어졌고, 학자들은 그 학문적 방법론을 중요시하다 보니 일본인들의 주장을 그대로 따르고 말았어."

"정말 한심하군요. 우리나라 역사를 짓밟아온 일본의 함정 안에서 우리의 교과서가 편찬되고 학생들에게 가르쳐지고 있다니 말이에요."

"게다가 전에도 얘기했듯이, 일본 학자들은 그들의 신화는 사실로 인정하면서 유독 한반도에서만은 철저한 고증을 부르짖었지. 그러니 우리 학자들은 고증이 되지 않은 것은 모두 배제하는 것이 옳은 줄 알고 만주나 시베리아에 갈 수도 없는 상황에서, 또 일본인들에 의해 철저하게 사료를 파괴당한 상황에서도 고증만을 부르짖는 어리석음을 저질렀지. 그러니 한민족의 고대사가 실종될 수밖에……."

"저도 한 교수가 텔레비전에 나와 단군은 고려시대에 몽고의 침략을 받자 민족의식을 고취시키기 위해 나타났다고 말하는 것을 본 적이 있어요."

사도광탄은 고개를 저으며 말했다.

"정말 큰일이구나. 그것은 미우라라는 일본인 학자가 조선사편수회에서 처음 주장한 내용이고, 그 후로 단군과 고조선을 부인하는 데 전매특허로 쓰인 허구인데 말이야."

"일본인이 처음 주장했다고 해서 허구로 몰아붙일 수는 없잖아요?"

"그들의 의도가 문제지. 일본이 한반도에서 가장 역점을 둔 정책이 바로 단군과 고조선의 부정이었어."

"단군은 불교적 믿음의 산물, 혹은 조작이라고 한 역사 선생님도 계셨던 것 같은데요?"

"단군을 전하는 기록 중 대표적인 것이 일연의 《삼국유사》와 이승휴의 《제왕운기》야. 두 사람의 경향은 매우 다르지. 한 사람은 승려이고 한 사람은 유교 학자이니까. 그러나 이 두 책에는 같은 내용의 단군 이야기가 실려 있어. 이것은 무엇을 의미하는 걸까? 누가 어떤 목

적을 위해 조작한 것이 아니라는 훌륭한 반증이 아니겠
니?"

수아는 내심 뿌듯한 기분을 느끼고 있었다. 사도광탄
이라는 아주 특이한 사람으로부터 듣는 역사는 학자들
의 그것과는 사뭇 달랐다. 낙랑공주와 호동왕자로부터
고대사의 비밀을 거미줄 뽑아내듯 하는 솜씨에는 존경
심이 생기지 않을 도리가 없었다.

"저는 이해할 수가 없어요. 비록 물리적으로 어떻게
하지는 못한다 하더라도 도야마 교수가 그렇게 참회했
다면 진실은 밝혀진 셈인데, 선생님은 왜 이렇게 언짢
은 표정이시죠?"

"문제는 저런 학자가 아니야. 모두의 정신을 지배하
는 자는 따로 있어."

"그자가 누구죠?"

"……."

사도광탄의 표정이 굳어졌다.

야마자키는 도야마가 심장마비로 쓰러졌다는 소식을
듣고는 서둘러 그의 집으로 갔다.

억세게도 재수가 없다고 생각하던 야마자키는 도야
마의 몰골을 보는 순간 머리털이 곤두서는 듯한 두려움
을 느꼈다. 부인의 말에 따르면 어제 한 한국인이 왔었
다는 것이었다. 그가 급작스런 심장마비로 쓰러진 것은
그 한국인의 영향 때문일 수도 있다는 예감이 들었다.

야마자키는 황급히 〈묘제의 연구〉부터 챙겼다. 이제 어떻게 할 것인가 고민하던 야마자키는 자존심을 누르고 다카가와를 찾아갔다.

"그놈이 나타났소."

다카가와는 대답 없이 야마자키를 쏘아보기만 했다.

"한국에서 왔다는 놈이 도야마에게 찾아갔었소."

"⋯⋯."

"도야마가 쓰러졌소. 그놈이 왔다 간 다음 쓰러졌단 말이오."

"허둥대지 마시오. 그런다고 될 일이 아니오."

"내가 허둥대지 않게 생겼소? 토우보다도 더 무서운 놈이 나타났는데, 어떻게 할 거요?"

"뭘 말이오?"

"뭐라니? 어떻게 그놈을 죽일 거냔 말이오."

"그는 그렇게 쉽게 다룰 수 있는 사람이 아니오."

"그럼 그냥 둔단 말이오?"

"매사는 운명에 따라 흘러가는 법이오. 스승님의 유언도 있고 하니 기다려봅시다."

"유언이라구? 그렇다면 이 조선 놈이 나타날 것을 호사이 선생은 알고 있었단 말이오?"

"그렇소."

잠시 뭔가를 생각하던 야마자키는 고개를 가로저었다.

"당신네 법술사들은 믿을 수가 없어."

순간 다카가와는 눈을 치켜떴다. 그러나 야마자키는

조금도 개의치 않는 표정으로 내뱉었다.

"60년 전 그 토우가 나타났을 때도 호사이 선생만 무사했지. 지금도 당신만 살 테지. 방법은 그놈을 없애는 것밖에 없어. 어차피 조선의 뿌리를 잘라버리려는 판에 하찮은 놈 하나 더 없애는 것이 뭐 그리 어려워. 나의 선친은 식민지배 당시 이 칼 한 자루로 조선인들의 목을 백 개도 더 떨구었는데."

야마자키는 들고 있던 칼집에서 칼을 쭉 빼들었다. 불빛을 받아 차갑게 빛나는 칼날을 눈길로 훑으며 야마자키는 중얼거렸다.

"죽일 놈들! 다케시마가 자기네 것이라구? 무지렁이 같은 놈들이 감히 대일본에 대적을 해?"

보란 듯이 자리에서 일어나 기합과 함께 허공에 대고 칼을 휘두르는 야마자키의 얼굴에는 강한 살기가 뻗쳤다. 그는 이미 제정신이 아니었다. 그간 맺힌 게 있었던지 그의 입에서 흘러나오는 말들은 횡설수설했다.

"어업협정이란 또 뭐야. 나포하는 대로 모조리 형을 살려야지. 냄비 같은 놈들. 선장에게 가혹행위를 했니 어쩌니 하고 들끓다가도 사흘만 지나면 싹 잊어버리는 놈들. 반일이니 뭐니 하다가도 급하면 돈 빌려달라고 손부터 내미는 놈들. 감히 총독부를 철거할 때부터 죽여버리고 싶었어."

다카가와는 야마자키의 그런 모습을 지켜보다 고개를 가로저었다.

"기다려보시오. 내일이면 그자의 운명이 결정될 테니까."

"운명이 결정되다니?"

"죽거나 살거나 둘 중 하나요."

"호사이 선생의 유언이 바로 그것이오?"

"그렇소."

그제야 야마자키는 다소 흥분이 가라앉았는지 칼을 거두고 다카가와 앞에 앉았다.

사도광탄은 다카가와와 약속한 날 신사로 그를 찾아갔다.

"귀인이 오셨는데 차를 한잔 대접해 드려야 할 것 같군요."

"그럼 신세를……."

두 사람은 신사에서 얼마 떨어지지 않은 다카가와의 집으로 갔다. 다카가와는 사도광탄을 찻방으로 안내한 후 다다미에 무릎을 꿇고는 두 손을 모으고 눈을 감은 채 마음을 가다듬었다. 이제 얼마 후면 이승을 이별할 사람이라고 생각하니 마음이 썩 좋지 않았다.

그러나 운명을 어떻게 할 것인가. 자신과는 아무런 관계도 없는 일이었다. 스승이 이미 오래전에 준비해둔 절차였다. 오히려 그는 과분한 대접을 받는 건지도 몰랐다.

이제껏 스승이 내준 세 가지 문제에 접근할 수 있었던

사람은 아무도 없었다. 그의 얼굴을 보면 연민이 생기지 않는 것은 아니었지만 이것은 자신이 자비를 베푼다고 해결될 일이 아니었다. 신과도 같은 스승의 일일 뿐이었다.

이윽고 눈을 뜬 다카가와는 정성스런 손길로 청동화로를 꺼냈다. 화로의 양면에는 날아갈 듯한 선녀의 옷깃이 바람에 펄럭이며 하늘에까지 닿아 있는 조각이 새겨져 있었다.

다카가와는 간단한 주문을 읊조리며 숯불을 피웠다. 파란 불꽃이 가늘게 일 때까지 연기 한 가닥 피우지 않는 그의 솜씨는 일품이었다. 파르스름한 불꽃 위에 먼지 한 점 묻지 않은 백자 주전자를 올려놓는 동안 다카가와는 잔기침조차 하지 않았다.

정성스럽게 귀를 기울여 물이 끓는 소리를 듣고 있던 다카가와는 한 손으로 소매 깃을 잡고 주전자를 들었다. 공손하게 무릎을 꿇고 사도광탄의 찻잔에 차를 따르는 그의 자태는 이미 인간의 모습이 아니었다.

"좋은 차로군요."

"바로 한국 지리산의 차밭에서 가지고 온 것입니다."

"아, 그런가요? 지리산의 새벽이슬 맞은 차는 한국에서도 으뜸이지요. 이 차는 그중에서도 최고라는 운상이로군요. 이 차를 여기서 맛볼 줄은 몰랐습니다. 이 차에 얽힌 원효와 의상대사의 얘기를 하나 해드릴까요?"

"재미있을 것 같군요."

"의상대사가 깨달음을 얻자 선녀가 나타나 매일 지리산의 구름 위에서 자라는 찻잎을 따 한잔씩 대접했습니다. 어느 날 의상대사는 선녀에게 내일은 손님에게 차를 대접하고 싶으니 두 잔을 가지고 오도록 부탁했지요. 그러고는 선녀가 오는 시간에 원효대사를 청했습니다. 의상은 하늘도 자기를 알아준다는 것을 원효에게 자랑하고 싶었던 겁니다. 그러나 원효대사가 오고 나서 아무리 기다려도 선녀는 나타나지 않았어요. 기다리던 원효가 떠나자마자 선녀가 차를 가지고 나타났지요. 화가 난 의상대사에게 선녀가 하는 말이, 이미 한 시간 전부터 차를 가지고 왔지만 원효의 주변에 5백이나 되는 나한이 둘러싸 그를 보호하므로 방이 꽉 차서 들어올 수 없었다고 하더랍니다. 운상이라는 차에 담긴 선담이지요."

　"선승들은 차를 한잔 마시는 것만으로 도를 깨치기도 하지요. 연전에 성철 선사가 돌아가셨을 때에는 저도 차를 한잔 끓여내어 가시는 길에 내놓기도 했습니다."

　"차를 끓여내기 전에 대장경 경판이라도 찾아주셨으면 선사께서 즐겁게 받아들이셨을 텐데요."

　사도광탄과 다카가와가 나누는 대화는 선문답 같았다.

　"역사학자들과 더불어 강론을 하는 것은 뜻밖이더군요."

　"우리 일본의 경우 신도와 역사는 분리하기가 어려운

부분이 있습니다."

"……."

"특히 고대의 전승이나 신화에 대한 결정적인 자료는 신궁에 보관하고 있는 경우가 많습니다. 역사학자들은 많은 부분을 신관에게 의지하고 있습니다."

"하지만 신관들의 맹목적인 신앙이 역사를 왜곡하기도 하는 것은 위험한 일이지요."

"그런 사례가 있던가요?"

"이소노카미의 신궁에 있는 칠지도는 일본이 백제의 종주국이었던 것처럼 보이기 위해 신관이 글자를 깎아 보이지 않게 하려 했지요."

백제의 왕이 일본 태자에게 하사한 칠지도는 일본 우월주의자들을 괴롭혔다. 그들은 칠지도를 중국으로부터 받은 것으로 조작하기 위해 표면의 연호를 깎아버렸던 것이다.

"그 일은 유감입니다."

다카가와는 부정하지 않고 시원하게 유감을 표시했고, 사도광탄도 더 이상 얘기를 꺼내지 않았다.

차의 향기는 말할 수 없이 은은했다. 사도광탄은 다카가와에게 진심으로 인사를 챙겼다.

"참으로 오늘 한 잔 차에 정신이 맑아지는군요."

"무슨 말씀을요."

"기미히토 교수에게 단순한 최면이 아닌 초혼의 법술을 쓴 흔적을 보고 많이 놀랐습니다."

"아하, 그랬군요. 그것을 아셨군요. 하지만 스승님의 진전에 비하면 저는 새의 깃털과도 같은 재주죠."

"그분은 어째서 조선의 기를 그렇게 얽어놓으려 하셨던가요?"

"만년에 저에게 말씀하시길 동방의 지기는 일본과 한국이 나누어 가진다 하셨습니다. 한국이 승하면 일본이 기울고 일본이 승하면 한국이 기운다 하셨습니다."

"그렇다면 그 해결책은 따로 있지 않을까요. 명산대천에서 수도인들이 기도를 하고, 신을 모시는 사람들이 화합의 굿을 하며, 지맥을 다루는 사람들이 한국과 일본 사이에 흐르는 기가 대척하지 않도록 비보와 염승을 만드는 것 등등 말입니다."

"스승님은 당시 일본이 천기를 얻고 인물이 동하는데 반해 지기가 따라주지 못하는 현실을 크게 안타까워하셨습니다. 지기만 승했으면 미국과의 대전에서도 질리가 없었지요. 전쟁을 예견하시고는 조선의 혈을 막아 기를 최대한 받으려 하셨지요."

"기는 결국 정의를 따르게 되어 있지요. 기가 승한 것을 정의라 하니까요. 만주와 한반도의 지기를 막아 일본이 승하려 했다면 불의를 행하려 한 것이고, 사필귀정이라 결국은 무너질 수밖에 없는 것이지요."

다카가와는 대꾸하지 않았다. 어차피 죽을 사람인데 깊이 다툴 필요가 없다고 그는 생각했다.

"호사이 선생이 신의 경지에 이르렀다 하나 인간의

정의를 가볍게 보았으니, 나는 선생의 생각과 능력이 지금에 와서 그대로 재현될 것을 염려하고 있어요."

"무슨 말씀인가요?"

"지금도 일본인들은 괴상한 우월주의에 사로잡혀 있지 않나요?"

"괴상한 우월주의라……. 그것은 어디에서 오는 것이죠?"

"일본의 신화주의에서 오는 것이지요."

"신화주의?"

"아까 선생이 얘기했듯이 일본의 역사는 신도와 분리할 수 없을 정도로 신도의 영향을 받고 있어요. 신도는 결국 신화시대의 인물들을 모시는 것 아닌가요."

"일본의 역사가 일본 신들의 뜻에 따라 전개되는 것은 당연한 일이오."

"문제는 일본 신이 타민족의 신보다 우월하다고 생각하는 데 있는 거지요."

"일본 신은 하늘의 자손이오."

"모든 민족의 신화에서 시조는 항상 하늘의 아들이지요. 문제는 그 신화로써 역사를 대치하려는 데 있는 것이오. 따라서 일본인들은 타민족에 대해 언제나 우월감을 갖게 되어 있소."

"사도 선생은 스승님과 내가 그 우월주의를 심어주고 있다고 생각하오?"

"그렇소."

사도광탄은 단호했다.

이제껏 부드러운 표정으로 일관했던 다카가와의 몸에서 살기가 꿈틀했다. 다카가와의 살기가 온몸으로 뻗치기 시작하더니 급기야는 눈으로부터 광포한 기운이 뻗쳐나왔다. 이제 그는 사도광탄을 어떻게 죽여야 할 것인가를 결정해야 했다. 하지만 그 전에 절차는 거쳐야 할 것이다.

"스승께서는 중앙청의 석주가 세상에 드러나면 조선의 지맥이 풀릴 것이라 하셨소. 그리고 찾아오는 사람이 있을 것이니, 그가 유체를 보고자 한다면 세 가지 문제를 내보라 하셨소."

"세 가지 문제라고요?"

"그렇소. 이제껏 나는 어떤 수도인도 그 문제를 푸는 것을 보지 못했소."

"하물며 나는 법술도 모르는데 어떻게 그 문제를 풀겠소?"

"그 점은 염려 마시오. 임진란 후에 사명대사가 건너오셨을 때에는 신관들에 의해 법술을 시험받으셨지요. 그때 사명대사는 훌륭한 법술로 모두를 놀라게 하시고 수많은 포로와 보물을 도로 찾아가셨소. 온돌이 녹도록 불을 땐 방에서 수염에 얼음이 붙은 채로 나온 사명대사는 최고의 경지에 이른 분이었소. 하지만 지금 세상에 법술이 무슨 의미가 있겠소? 스승은 말로 대답할 수 있는 문제를 내고 가시면서 오히려 법술보다도 어려운 것이라 하셨소."

"그렇다면 한번 들어보기로 합시다."

다카가와는 고개를 끄덕였다. 마침내 이 사람은 죽음에 동의한 것이다.

세 가지 물음

    다카가와는 앞장을 서서 사도광탄을 신전을 모신 방 안으로 안내했다. 다다미가 깔린 실내에는 옅은 향내가 풍겨나고 있었다. 앞서 들어간 다카가와는 방 한쪽 편에 가려져 있는 장막을 걷어 올렸다. 거기에는 커다란 초상화가 놓여 있었다. 신비함과 비범함이 엿보이는 노인이 살아 있는 듯 생생한 모습으로 눈을 치뜨고 있는 초상화였다. 다카가와는 공손히 고개를 숙였다.

    "스승님이십니다."

    초상화 밑의 위패에는 호사이라는 이름이 쓰여 있었다. 이 사람이 바로 제국주의 시대 일본의 정치인과 군인, 그리고 학자들에게 일본의 신국주의에 대한 믿음을 주입했던 신관이자 법술사로서 그 신묘한 힘을 가늠하기 힘들다는 신비인 호사이였다.

    예를 마친 다카가와는 제단의 서랍을 열고 낡은 봉투 하나를 꺼냈다. 검은색이었다. 봉투에서 하얀 종이를 끄집어내는 다카가와의 표정은 상기되어 있었다.

긴장하고 있기는 사도광탄도 마찬가지였다. 시공을
꿰뚫고 윤회를 굽어보던 과거 어느 때에는 세상의 일
에 대해서 모두 깨쳤다고 생각했다. 그러나 주화입마를
겪음으로써 폐인이나 다름없는 상태가 된 적도 있었다.
사도광탄은 흐릿한 생각 한가운데서도 정신을 집중했
다.

삼국지에는 왜 그렇게 많은 깃발이 등장하는가?

다카가와의 건조한 음성이 조용한 방 안에 울렸다. 스
승이 돌아가신 후 긴 세월을 생각해오던 문제였다. 그
러나 그는 스승이 남긴 해답지를 볼 정도도 못 되었다.
이미 여러 번 느끼는 것이지만 무엇을 말해야 하는지,
아니 그 전에 무엇을 묻는 문제인지조차 알 수 없었다.
깃발이라는 것이 소속 부대를 알려주고 병사들에게 용
기를 북돋워주는 것 외에 도대체 무슨 역할을 한단 말
인가.
"세상의 기는 삼각형에서 비롯되니 네 개의 삼각형이
동서남북을 각각 가리킨다면 우주의 힘이 모여 없는 힘
은 있게 하고 있는 힘은 더욱 강하게 한다. 따라서 깃발
의 의미는 기를 모음이다. 이를 위해서는 깃발의 모양
을 삼각으로 만들고 동서남북을 정확히 택하여 세워야
한다. 또한 깃발은 부적으로 전쟁터의 뭇 귀신으로부
터 병사를 보호하니 귀신의 수만큼이나 많은 깃발이 필

요한 까닭이며, 깃발은 병사의 혼을 잡아매는 최면이니 병사들로 하여금 고향을 잊게 하고 부모를 잊게 하며 눈앞에 죽음이 있더라도 서슴없이 뛰어들게 한다. 따라서 깃발은 많을수록 좋다. 그러나 깃발의 근본은 삼각형인 것을 잊어서는 안 된다. 혹시 사각으로 할 경우에는 반드시 삼각으로 시작하는 부적의 형태를 넣어야 한다. 사각 바탕에 단순히 용을 그린다든지 별을 그리는 것만으로는 깃발을 만들었다고 할 수 없는 것이다."

다카가와는 자신의 귀를 믿을 수가 없었다. 사도광탄은 마치 평소에 생각해두기라도 한 듯이 이 이상한 문제를 거침없이 풀어냈다. 세상에 누가 깃발에 대해 이렇게 생각해두었을 것인가. 그러나 스승과 사도광탄은 신기하게도 깃발이라는 것에 기묘한 일치를 보고 있었다.

다카가와는 해답지를 꺼냈다. 그리고 분명한 스승의 필치로 쓰인 삼각과 부적이란 두 단어를 보며 탄식했다. 술법에는 한 경지를 이루었다고 말했지만 삼각에 그런 큰 힘이 있는지는 미처 몰랐던 것이다. 부적도 수없이 그렸지만 전쟁의 부적이 삼각형으로 시작하는지는 미처 깨닫지 못했다. 사도광탄의 말을 듣고 나서야 전쟁의 부적에 삼각이 많이 들어 있다는 사실이 떠올랐다.

다카가와는 사도광탄에 대한 외경심이 크게 일어나는 것을 느끼며 다음 문제지를 펴들었다.

진시황이 찾은 신선과 불로초의 땅은 어디인가?

"노자는 선인은 멀리 동쪽에 있다 하였고 《삼국사기》에는 고조선의 단군을 선인이라 기록하고 있으니 신선사상은 원래 고조선에서 생겨났다 할 것이다. 《사기》에는 진시황이 산둥성에서 서불을 중국의 동쪽 바다로 보내어 봉래, 방장, 영주의 삼신산을 찾아가 불사약을 찾아오도록 했다는 기록이 있으니 중국의 동쪽 바다에 있는 고조선이 신선의 땅이었다고 할 것이다. 《괄지지》에는 불사약을 찾는 서불이 선인을 만나기 위해 들어간 땅은 단주라고 되어 있으니 이는 단군의 땅이란 얘기이다. 경상남도 남해군 금산에는 중국의 고문자로 새긴 마애석각이 있으니 그 내용은 '서불이 일어나 일출 때 예를 올렸다(徐市起, 禮日出)'는 내용이며, 제주도 서귀포에 있는 정방폭포에도 '서불이 이곳을 지나갔다(徐市過此)'는 마애석각이 있으니 신선과 불로초의 땅은 한반도와 만주를 포함하는 고조선이라 할 것이다."

다카가와는 이해가 가지 않았다. 납득이 가지 않는 문제였다. 그러나 스승의 답지에는 분명히 신선과 불로초의 땅은 조선이라 되어 있었다. 조선의 지기를 막고 심맥을 막으려 그리도 애썼던 스승이 왜 조선이 신선의 땅이라는 사실을 일부러 문제로 삼았을까 하는 의문이 사라지지 않았다.

그러나 다카가와는 의문을 누르고 다음의 문제를 꺼

냈다.

어째서 백팔번뇌인가?

　백팔번뇌. 불교에서는 이 세상의 온갖 번뇌를 일컬어 백팔번뇌라고 한다. 그런데 부처는 왜 하필이면 번뇌를 108개라 했을까. 거기에는 무슨 신묘한 뜻이 있는 것인가. 다카가와는 사도광탄의 대답이 기다려졌다.

　"유대인의 카발라에는 72명의 천사가 나오고, 자바의 보로부드르 사원에는 72개의 불탑이 있으며, 중국 소림사의 무예는 72가지이다. 72는 지구의 지축이 흔들리면서 태양이 황도대의 별자리 1도를 이동하는 데 걸리는 연수이다. 72와 36의 결합인 이 108이라는 수는 태양이 열두 개 별자리의 중심에 위치하는 데 걸리는 햇수인 2,160년의 반인 1,080의 10분의 1로 우주에 만재하는 모든 물상이 꽉 차 있음을 상징적으로 나타낸다. 앙코르 와트 사원의 석상은 모두 108개가 있으며, 아그니카야나에는 1만 8백 개의 벽돌이 있고, 장미십자회도 108년의 주기에 따라 행동을 결정한다. 리그베다 역시 1만 8백 개의 연으로 이루어져 있다. 백팔번뇌는 태양과 우주의 돌고 도는 현상을 나타내는 비의인 동시에 지축 이동으로 다가오는 대재해의 무서움을 경고하는 수비학적 전승이다."

　숨소리조차 들리지 않는 조용한 방에 울려 퍼지는 사

도광탄의 목소리를 들으며 다카가와는 온몸의 털이 곤두서는 듯한 두려움을 느끼고 있었다.

그는 이제야 비로소 사도광탄의 깊이를 알 수 있었다. 또한 그토록이나 조선의 지맥을 막으려 애썼던 스승이 왜 팔만대장경을 절대 건드리지 못하게 했는지, 중앙청의 석주가 드러나면 인물이 나기 시작한다고 말했는지 이제야 이해가 되었다. 스승은 그 모든 것을 이미 알고 있었던 것이다.

다카가와는 새삼 사도광탄의 비범함을 깨닫지 않을 수 없었다. 사도광탄은 자신과 같이 술법의 연마를 통해 경지에 올라선 것이 아니라 단번에 큰 깨달음을 얻은 사람이라는 사실 또한.

"다 맞히셨소."

다카가와는 옷깃을 가다듬더니 갑자기 무릎을 꿇고 큰절을 올렸다. 사도광탄은 다카가와에게서 은연중 풍겨나오던 살기가 완전히 사라진 것을 깨달았다. 다카가와는 진심으로부터 우러나오는 삼배를 올렸다. 사도광탄은 다카가와를 붙잡아 일으켰다.

"호사이 선생은 사물이 흘러가는 흐름을 꿰뚫은 분이었소."

"아마 사도 선생님이 오실 것을 알고 계셨던 것 같습니다."

다카가와는 말투조차 완전히 바뀌었다.

"조선의 지맥과 심맥을 막으면서도 대장경을 함부로

건드리지 않았던 것을 보면 호사이 선생은 하늘을 읽고 땅을 볼 줄 알았던 분이라 아니할 수 없소."

"스승님께서는 조선의 신비력을 높이 보셨습니다. 특히 팔만대장경은 동양의 정신을 대표하는 보물이라고 하셨지요. 조선에 어떤 위기가 오더라도 팔만대장경이 있는 한 다 극복할 수 있다고 하셨습니다. 또한 북악의 기가 드러나면 기인이 찾아올 것도 예상하셨고, 그 기인이 세 가지 문제를 풀면 스승을 대하듯 하라 하셨습니다. 기인이 나오면 그간 조선에 인물이 나오지 못하고 사람들이 화합하여 지내지 못하던 것이 모두 해소되리라 하셨으니, 진심으로 축하드립니다. 또한 저더러는 10년간 폐관하라 하셨으니, 이제 저는 관문을 닫고 10년간 좌선할 예정입니다."

"그렇게까지 할 필요가 있을까요?"

"그것은 스승님의 유언입니다. 이제 저는 세상에 펼쳤던 기를 다 거둘 것입니다. 폐관하기 전 〈묘제의 연구〉를 찾아드리고 도쿄대학교에 있는 토우도 거두어 팔만대장경이 있는 원래의 자리에 묻겠습니다."

"원래의 자리를 알고 있나요?"

"그렇습니다. 스승님께서 무라야마에게 일러주셨습니다."

"참으로 다행스러운 일이군요. 그런데 단군의 신물을 파괴하려는 자는 어떻게 할 건가요?"

"……"

다카가와는 야마자키에 대해서는 한마디도 하지 않았다. 다만 사도광탄의 얼굴에 시선을 모으며 쓸쓸한 목소리로 말했다.

"사실 그 문제를 풀 수 있는 사람이 있을 거라고는 생각도 못했습니다. 저는 그 문제의 의미조차도 알 수 없었지만……. 이제 참된 힘이 무엇인지 알 것 같습니다."

사도광탄은 다카가와에게 정중히 고개를 숙이고 돌아섰다. 패배를 받아들일 줄 아는 수도인에 대한 예의였다. 다카가와는 대문 앞까지 나와 사도광탄을 배웅했다.

다카가와는 하늘이 참으로 인색하다는 생각이 들었다. 사도광탄의 얼굴에 보이는 주화입마의 흔적이 연민의 정을 금치 못하게 하는 것이었다. 선지식을 가진 선지자가 조금만 인도했어도 스승 호사이, 아니 그 이상으로 깨우칠 자질이었다.

다카가와는 사도광탄이 숲길로 들어서는 것을 보면서 몸을 돌리다가 이상한 기분이 들었다. 뭔가 보이는 것 같기도 하고 아닌 것 같기도 했다. 다카가와는 다시 사도광탄의 뒷모습을 눈으로 쫓았다. 그러나 그 순간 사도광탄은 이미 숲속으로 들어가 보이지 않았다.

퍼뜩 뇌리를 스치는 예감이 있었다. 그의 얼굴에 보였던 비명횡사의 뚜렷한 기운. 그를 처음 보았을 때 다카가와는 언뜻 그에게서 사망수를 읽었다. 그러나 그리 놀라지는 않았다. 자신은 스승이 내려준 문제를 낼 것이고 그는 못 풀 테니까 당연히 자기 손에 죽을 것이라고 여겼던 것이다. 그러나 그는 문제를 다 풀어냈다.

그런데도 그의 얼굴에 드리워져 있던 죽음의 기색은 없어지지 않고 오히려 더 짙어져 보였다. 다카가와는 자신이 잘못 봤다고 생각했다. 자신보다 높은 경지에 이른 사람이기에 그럴 수도 있겠거니 생각했던 것이다. 그런데…….

'야마자키.'

이 이름이 떠오르자 다카가와는 고함을 질렀다. 그러나 사도광탄의 모습은 보이지 않았다. 다카가와는 터질 듯한 심장을 가까스로 억누르고 뛰기 시작했다. 얼마 가지 않아 사도광탄의 모습이 보이자 다카가와는 안도의 한숨을 내쉬었다.

그러나 다음 순간 다카가와는 소스라치게 놀랐다. 사도광탄이 지나간 숲으로 번개같이 내달리는 자가 있었다. 야마자키였다. 그의 손에는 에도시대의 자객들이 즐겨 사용하던 짧은 칼이 들려 있었다.

"안 돼!"

다카가와의 입에서는 자신도 모르게 비명이 터져나왔다.

"사도 선생!"

사도광탄은 뒤를 돌아보았다. 그러나 야마자키는 이미 사도광탄의 코앞에 다다라 있었다. 피할 시간은 물론 놀랄 시간조차 없었다.

"이얏!"

외마디 기합과 함께 시퍼렇게 날이 선 야마자키의 칼이 허공을 가르는 순간이었다.

"안 돼! 멈춰!"

그러나 다카가와의 목소리는 쉿 하는 칼바람에 묻혀버렸다. 야마자키의 칼이 허공을 가르며 사도광탄의 목을 향해 한 치의 어긋남도 없이 날아든 것으로 보이는 순간 다카가와는 고개를 돌려버렸다.

그러나 다음 순간 다카가와는 자신의 눈을 의심하지 않을 수 없었다. 땅바닥에 나동그라진 사람은 사도광탄이 아니라 야마자키였던 것이다.

육중한 체구의 야마자키는 마치 통나무처럼 맥없이 쓰러졌다.

다카가와가 다가갔을 때 야마자키는 이미 죽어 있었다.

"며칠 전부터 얼굴에 급살수가 있더니만……."

다카가와는 야마자키의 눈을 감겼다.

"선생께서 내 목숨을 구해주셨군요."

사도광탄은 고개를 숙였다. 다카가와는 놀랐다.

"아니, 제가 아닙니다. 까닭을 모르겠군요."

주변에는 아무도 없었고 어떤 소리도 들리지 않았다.

아직도 피가 계속 흘러나오고 있는 야마자키의 머리를 살펴본 다카가와가 고개를 갸웃거리며 이해가 안 간다는 표정으로 주위를 둘러보았다.

"총에 맞았는데요."

경찰이 와서 주변을 샅샅이 뒤졌지만 아무런 흔적도
발견되지 않았다.

그 시각 이미 현장을 떠나와 차 안에서 자신의 행동과
앞으로의 계획을 곱씹어보는 한 사나이가 있었다.

'안 돼. 누구도 그를 죽여서는 안 돼. 내가 신문해서
내 판단에 따라 결정하기 전에는 그는 죽어서는 안 돼.'

바로 기디온이었다.

눈동자

다카가와의 적극적인 증언으로 사도광탄에 대한 경찰의 조사는 곧 마무리되었다. 다카가와는 야마자키의 사무실에서 〈묘제의 연구〉를 찾아 사도광탄에게 전해주었다. 한참 동안이나 〈묘제의 연구〉를 검토하던 사도광탄은 수아와 테드를 불렀다.

"받아라."

"어, 이것은 〈묘제의 연구〉 아니에요? 아니, 이 중요한 것을 왜 저희에게 주세요?"

수아와 테드는 놀라서 어쩔 줄을 몰라했다.

"지난 백 년간 우리나라는 자기를 올바로 볼 줄 모르고 남에게 끌려다니는 어리석음을 범했다. 그 결과 오늘날 너희 젊은이들의 머리와 가슴에는 아무것도 남아 있지 않게 되었다. 이런 상태에서 국력이니 뭐니 하는 것은 온당치가 않아. 하지만 천기는 거스를 수 없는 법. 이제 북악의 기가 드러났으니 팔만대장경을 온전히 정비하고 단군의 성물을 찾으면 21세기에는 잃었던 우리

나라의 기가 온 세계에 뻗치게 된다."

"잃었던 우리의 거대한 힘들을 하나하나 찾아내는 것인가요?"

"그렇다."

"그렇다면 이 〈묘제의 연구〉를 학자들에게 주어 우리 역사를 밝히게 해야 하지 않나요?"

사도광탄은 고개를 가로저었다

"아니, 이것은 너희들의 일이야. 중요한 것은 너희들의 의식이다. 우리 역사의 뿌리를 캐는 노력은 몇몇 전문가만의 일이 아니라 바로 너희 자신의 문제라는 것을 깨닫는 게 더 중요해."

사도광탄의 목소리는 숙연했다.

"네."

수아는 〈묘제의 연구〉를 넘겨받았다.

"그 책에는 만주에 있는 단군릉의 위치가 역사의 암호로 적혀 있다. 고조선의 실제 위치와 수도, 그리고 능의 위치가 우선 고대의 지명을 명확히 하는 데서 출발하고 있어."

수아는 〈묘제의 연구〉를 넘겼다. 서문에 이은 마에다의 글이 눈에 들어왔다.

내가 단군릉을 발견한 것은 결코 우연이 아니었다. 능을 처음 발굴할 때의 그 신비한 느낌. 선인화에서 뿜어져 나오던 엄숙함. 신물에 욕심이 생길 때마다 등을 떠미는 듯하던 그 알 수 없는 힘.

나는 이번만큼은 결코 도굴범들에 의해 훼손되어서는 안 된다는 엄숙한 사명감을 느꼈다. 그리하여 능의 위치를 고대의 지명을 이용하여 표시함으로써 찾아낼 수 없도록 하였다.

수많은 인물들의 일치된 견해가 나왔을 때에야 비로소 능의 위치가 드러나도록 하려는 것이다. 이것은 도굴범을 막는 데 효과가 있을 뿐 아니라 단군의 기록을 말살하여 조선의 역사를 조작하려는 총독부의 음모를 막는 데에도 효과가 있을 것이다.

하니 후인들은 수많은 사서를 비교 검토하여 올바른 지명을 찾아야만 능에 이를 수 있을 것이다.

과연 마에다의 말대로 다음 장부터는 다섯 가지의 물음이 던져져 있었다.

1. 만리장성의 동쪽 끝은 어디인가?
2. 요동은 어디에 있었나?
3. 패수는 어느 강이었나?
4. 만번한은 어디였나?
5. 장당경은 어디였나?

이 다섯 가지의 물음 뒤에 다시 다섯 가지의 물음이 이어져 있었다. 마에다는 스무고개식 방법으로 단군릉의 위치를 밝히고 있었다.

"이제야 알겠군요. 야마자키가 왜 고조선 연구의 권위자를 그렇게 찾았는지."

"그래. 하나하나의 물음이 학자들에 따라 이견이 무성해서 쉽게 대답할 수 없는 것들이지."

"그런데 이렇게 어려운 것을 전문 학자도 아닌 우리가 어떻게 밝히죠?"

"우리나라의 모든 젊은이들이 힘을 합치면 비밀은 풀릴 것이다. 젊은이들의 의견을 전부 수렴해. 그 과정에서 젊은이들은 단군을 찾아야 한다는 의식을 갖게 될 것이다. 물론 올바른 지명도 얻게 될 테고."

"좋은 생각이 있어요. 이 〈묘제의 연구〉를 인터넷에 띄워 우리나라의 모든 젊은이들이 볼 수 있게 하겠어요. 테드 빼고는 우리나라의 젊은이들이 모두 참가할 거예요."

"하하하하."

사도광탄은 이렇게 웃어보는 것이 참으로 오랜만이라는 생각이 들었다. 사도광탄은 수아와 테드의 어깨에 양팔을 올려놓았다.

"기쁘구나. 너희에게는 우리가 젊은 시절 겪었던 독재도 없고 가난도 없어. 우리 세대가 온몸으로 이겨냈던 그 힘들었던 세월이 너희를 이렇게 꽃피웠구나. 그 유머와 여유, 나는 너희를 보면서 우리 민족의 미래에 희망을 갖는다."

"염려 마세요. 방학이 되면 돌아와 해인사에 갈 작정이에요. 최고의 문화유산인 팔만대장경의 경판 수조차 아무도 확실히 모른다니 어처구니가 없어요. 일본인들이 훔쳐간 후 대나무로 깎아 넣은 것도 있다면서요. 그 얘기를 듣고는 NBA 농구니 내셔널리그니 하는 것만 찾으며 살아왔던 제 자신이 부끄러웠어요. 인터넷을 통해 자원봉사자를 구해 그들과 같이 그 무겁다는 경판을 한 장 한 장 나를 거예요. 팔만대장경을 깨끗하게 보존하고 싶어요."

수아가 사도광탄을 위로하듯 부드러우나 야무진 목소리로 말했다.

기미히토는 이제 작별해야 한다고 생각하니 아쉬웠다. 그동안 함께 지내며 갖게 된 이들에 대한 애정은 생각보다 컸다. 비록 국적은 달랐지만 그것은 아무런 문제가 되지 않았다. 이들은 친형제 이상으로 정이 가는 사람들이었다. 이들을 만남으로써 과학에 대한 인식의 전환뿐만 아니라 이웃 나라 한국의 문화에 대해서도 새롭게 인식하게 되었다. 그것은 무엇보다 큰 것이었다. 자신은 그간 이웃 한국이라는 나라에 대해 너무 모르고 지내왔던 것이다. 이들을 만났다는 것이 자랑스러웠다.

"기미히토 교수님을 만난 것은 제 인생의 큰 행운이었어요."

수아의 맑은 목소리가 아쉬움에 머뭇거리는 기미히토

의 귀에 전해져왔다.

"미국에서 다시 만나요."

"할 적마다 이길걸요, 해킹 말이에요."

"만만치 않을걸요!"

"어려우면 프로메테우스의 도움을 받지요."

"하하하하."

"사도 선생님께는 참으로 많은 걸 배웠습니다."

"별말씀을."

"과학이 만능이 아니라는 것도 깨달았고, 무엇보다도 동양사는 다시 써져야 한다는 걸 뼈저리게 느꼈습니다."

"그간 정신의 역사가 부당하게 무시되었지요."

"그동안 고마웠습니다."

테드도 기미히토에게 작별 인사를 했다.

기미히토는 세 사람을 나리타공항까지 배웅했다. 돌아오는 길에 기미히토는 컴퓨터와 동양적 신비주의의 결합을 필생의 연구 주제로 삼아야겠다고 생각했다. 과학과 기술이 현대 세계를 이끌어가는 중요한 수단이긴 하지만 눈에 보이지 않는 정신세계가 모든 현상의 배후에서 인간의 본질을 형성한다는 생각이 들었다.

동양의 정신문화는 서구의 물질문화가 이르지 못하는 깊은 깨달음의 경지를 이루어왔고, 이 깨달음이 물질에 마비된 인간의 정신을 일깨워 자유로운 인간으로 존재하게 하는 가장 훌륭한 수단이라는 것을 기미히토는 사도광탄을 통해 깊이 느꼈던 것이다.

김포공항에는 기미히토의 연락을 받고 서 원장이 마중 나와 있었다. 서 원장은 사도광탄을 진심으로 반겼다. 그녀가 주차장에 자동차를 가지러 간 사이 수아는 사도광탄에게 작별을 고했다.

"저는 이제 아버지를 뵈러 가야겠어요. 선생님은 제 가슴에 우리 민족의 긍지를 심어주셨어요. 보고 싶을 거예요."

수아는 공항에서 바로 시외버스터미널로 가겠다고 했다. 테드는 섭섭했지만 이제 곧 중국으로 가야 하는 자신의 일정상 수아와는 미국에서 만나자고 약속했다.

"선생님, 미국에서 편지 드릴게요."

"그래, 잘 가라."

수아가 두 눈을 붉히며 작별을 아쉬워했다.

"네, 선생님. 그럼 이제 인터넷을 통해 만나요."

"그래, 네가 자랑스럽구나."

"저야말로 아저씨가 자랑스러워요."

수아는 사도광탄을 선생님이라고도 불렀다가 아저씨라고도 불렀다. 존경과 친근함을 다 같이 느낀다는 의미일 것이다.

수아와 테드를 보내고 난 사도광탄 앞에 서 원장의 자동차가 와서 멎었다.

"제천으로 가서 머무르고 싶군요."

서 원장은 올 것이 왔다는 생각이 들었다. 그는 언젠

가는 떠날 사람이었다.

"제천에는 연고가 있나요?"

"아뇨, 그래도 정 붙이고 살았지요. 이지영이도 있고……."

사도광탄은 무슨 말을 덧붙이려는 듯 입술을 달싹거리다가 말았다.

"무엇보다도 자연이 있어요."

서 원장은 그런 사도광탄에게 연민을 느꼈다. 자신만의 생각인지는 몰라도 외로움이 느껴졌던 것이다.

"오늘은 우리 집에서 지내는 게 어때요? 병원으로 가지 말고."

서 원장은 그녀답지 않게 약간 어색해하며 물었다.

"아뇨, 그냥 병원으로 가겠습니다."

서 원장은 자동차를 병원으로 몰았다.

다음 날 아침 사도광탄은 병원을 나섰다.

"연락도 없이 가면 누가 맞아주지요?"

"오랫동안 누가 나를 맞아준다는 생각을 해본 적이 없어요."

서 원장은 고개를 끄덕였다.

"제천에도 사도 선생을 알아주는 사람들이 있나요?"

"자연이 있지요. 지금은 시퍼렇게 흐르는 강물 위로 솟구칠 물고기가 있구요. 그 밖에 뭘 더 바라겠습니까?"

"서울에 오면 꼭 들르셔야 해요."

"……."

사도광탄은 말없이 서 원장의 눈을 들여다봤다.

사도광탄은 청량리로 가서 기차를 탔다. 평일 아침이라 제천으로 내려가는 중앙선 열차는 텅텅 비어 있었다. 창가에 앉아 바깥 풍경을 내다보던 사도광탄은 앞자리에 두 사람이 와서 의자를 자신과 마주 앉게 돌리는 것을 보고는 상대방들의 얼굴을 쳐다봤다.

양복을 깨끗하게 차려입은 두 사람의 신사가 사도광탄에게 밝은 미소를 지어 보였다. 한 사람은 깨끗한 피부의 잘생긴 외국인이었다. 그는 쾌활한 목소리로 인사를 했다. 독일인이었다.

"구텐 모르겐."

사도광탄도 빙긋이 웃으며 고개를 끄덕였다.

"사도광탄 씨, 맞죠?"

한국인이 물어왔다. 쾌활해 보이는 외국인과는 달리 신중하고 근엄해 보였다. 사도광탄은 고개를 끄덕였다.

"조용히 만나고 싶어 기다리던 중이었습니다."

"누가요?"

"이분은 유럽에서 오셨습니다. 기디온 교수입니다."

그제야 사도광탄은 외국인을 자세히 쳐다봤다. 그는 여전히 미소를 짓고 있었다. 성직자 같아 보이지는 않았다.

"이분은 독일의 종교학 교수입니다. 로마의 교황청으

로부터 교리 해석에 대한 위임을 받고 있습니다."

"평범한 교수 같지는 않군요."

상대방은 복잡한 인상을 풍기는 사람이었다. 이 말에 기디온은 싱긋 웃었다.

"저는 이분으로부터 통역을 의뢰받았습니다."

"이분은 교황청의 요청에 의해 나를 만나러 온 건가요?"

사도광탄의 질문에 기디온은 잠시 생각하는 눈치더니 대답했고 사내가 통역했다.

"그는 몇 가지 신과 인간의 문제에 대해 자유롭게 대화를 나눌 수 있기를 바랍니다."

통역이 말을 전하는 동안 사도광탄은 사나이가 풍기는 이상한 기운이 어디서 오는 것인가를 생각했다.

기디온은 보기 좋은 미소를 띠고 있었다.

사도광탄은 고개를 끄덕였다.

"신성에 대해서 어떻게 생각합니까?"

"인간이 바로 신이오."

너무나 직선적인 사도광탄의 대답에 기디온의 미소가 순간적으로 사라졌다.

"그것은 너무 교만한 생각 아닙니까?"

"인간이란 참으로 깊고도 깊어요. 그 안에는 신도 있고 우주도 있어요."

"그렇다면 모든 인간이 신이 될 수 있다는 얘긴가요?"

"신이란 헤아릴 수 없이 깊은 인간을 말하는 것이니, 깊어지면 누구나 다 신이 될 수 있지요. 그러나 모든 사람이 깊어지지는 못해요."

"어떻게 해야 신이 될 수 있지요?"

"눈을 감고 앉아서 끝없는 사색으로 들어가면 평소에 알지 못하던 새로운 세계가 펼쳐져요. 물질과 욕심에 가려 느끼지 못하던 세상의 또 다른 모습이라고 할수 있을까요. 우선 신선한 정신을 얻게 되고, 추하고 이기적인 생각이 모두 흩어져 없어지는 대신 존재에 대한 공허한 마음이 생겨나지요. 나뿐만 아니라 모든 살아 있는 것들, 심지어는 무생물에게조차 마음이 전해져서 그들과 내가 하나이며 서로 그 존재의 뜻을 존중하게 돼요. 이 단계에서는 꽃잎과도 대화를 나누고 하늘을 나는 새들이나 흐르는 시냇물과도 교감을 나누게 됩니다. 이 단계는 보통 사람이라 하더라도 며칠간의 정좌로 얻을 수 있는 단계이지요."

"그런 것이 보통 사람에게도 가능하다구요?"

"물론이오. 사실 이 단계는 그리 어려운 것은 아니오. 사고가 논리적 인과구조로 짜인 서양인들에 비해 정신의 비약을 저항감 없이 받아들일 수 있는 동양인들이 훨씬 쉽게 이르는 단계지요. 물론 베토벤이나 워즈워스, 에머슨, 소로 같은 서양인들은 그 예술적 재능으로이 단계를 늘 유지하긴 했지만."

"그 단계가 되면 어떤 변화가 일어나죠?"

"탐욕스럽게 많이 먹는 것이 싫어지고 피가 배어 있는 음식을 안 먹게 됩니다. 신선하고 깨끗하지 않은 것은 피하게 되고, 재미있는 유머라 하더라도 역겨움이 먼저 느껴지지요. 친한 친구라 하더라도 피하게 되고 말을 아끼게 되며, 힘 있는 사람을 피하고 아이들을 아끼게 됩니다. 인간의 죄악을 생각하며 혼자 흐느끼거나 희열에 들떠 자연을 배회하기도 하지요."

기디온은 사도광탄의 거침없는 설명에 적이 놀랐다. 경험해보지 못한 사람은 결코 알 수 없는 내용이었다.

"보통 사람의 경우 이 단계는 계속 유지가 되지 않아요. 쉽게 다시 원상으로 돌아와요."

"왜 그렇죠?"

"이 단계에 올라서는 것은 정신이 하는 부분인데, 정신은 언제나 육체의 포로가 되어 있어요. 육체는 자기 존재를 지속시키려는 강한 경향을 갖고 있는데 이것을 본능이라 할 수 있을 겁니다. 본능은 모든 것을 지배하기 때문에 설사 자연과의 교감 단계에 이르렀다 하더라도 정신이 본능을 뛰어넘어 지속된다는 것은 보통 사람의 경우 너무나 어려워요. 본능은 우주의 질서요, 힘이기 때문이지요. 그래서 다시 평상의 단계로 떨어지고 말아요."

"어떤 사람들이 그 단계를 지속할 수 있나요?"

"아까 얘기했던 예술가들의 경우는 정신이 워낙 뛰어나고, 타고난 재능이 마치 수도자의 수도와 같은 역할을 하여 기실 그들은 오랫동안 수도를 해온 사람과 같아요. 그리하여 보통 때라도 그들의 정신은 예술이라는 신성하고 창조적인 작업에 몰입되어 있기 때문에 항상 탈속을 할 수 있는 거지요."

"수도자들과는 어떻게 다르지요?"

"수도에 정진하는 사람들은 수없이 떨어졌다가 다시 오르곤 하면서 그 단계를 지속할 수 있는 힘을 쌓아요. 그러나 보통 사람이 오직 생각의 힘에 의해서만 급속히 이 단계에 이르렀을 때에는 그다음이 어려워요."

"무엇이 어렵다는 말인가요?"

"육체의 부담이 어렵다는 뜻이지요. 정신이 아무리 높은 단계에 이르더라도 육체를 이탈할 수는 없어요. 그래서 누구라도 이 단계에 올라설 수는 있지만 쉽게 원점으로 돌아가요. 도스토옙스키의 《악령》이라는 소설에서 키릴로프는 초인적인 정신력으로 인신(人神)의 경지에까지 올라갑니다. 그러나 그는 그 단계에서 자신의 저급한 육체가 최고에 다다른 정신을 끌어내린다는 것을 알고는 자살을 택하지요. 도스토옙스키도 깊은 사색을 통해 거의 신의 경지에까지 올라갔겠지요. 그러나 깨어나 현실에 봉착하면 여느 때와 다름없는 인간으로 살아가야 한다는 한계를 처절히 느끼고는 자신의 체험을 소설로 나타낸 것입니다. 그가 선택한 인신이라는 단어만으로도 그의 체험을 알 수 있어요."

"그렇다면 그다음 단계도 있습니까?"

"물론이지요."

"흥미롭군요. 자연과의 교감보다 위에 이르면 어떻게 되지요?"

"자연현상 뒤에 숨어 있는 거대한 존재를 느끼게 됩니다. 너무나 무서운 단계지요."

"자연과의 교감을 거치나요?"

"그럴 수도 있고 아닐 수도 있어요. 선지식에 의해 인도되는 수도자의 경우라면 보통 자연과의 교감을 거치지요. 그러나 이 단계가 없이 불쑥 그 거대한 존재에게로 나아가는 경우도 있어요."

기디온은 사도광탄의 얘기에 빨려들고 있는 자신을 느꼈다. 처음 들어보는 얘기였지만 그 속에서는 깊은 체험에서 우러나는 절실함이 울려나오고 있었다.

기디온은 늘 최후의 심판을 내리기에 앞서 반가톨릭적인 수많은 사람들의 이야기를 들었다. 그러나 모두 지나치게 세속적이거나 자의적이었다. 인간의 주관적 정신세계를 이렇게 확실하고 정연하게 풀어내는 이야기는 한 번도 듣지 못했다.

"그 거대한 존재란 무엇을 말하는 거죠?"

"정신이지요. 우리의 의식세계 밖에 존재하는 거대한 정신 체계입니다."

이 부분을 기디온은 이해할 수 없었다.

"그것은 인간의 의식을 떠나 외부의 공간에 존재하는 실체인가요?"

"아니오. 인간의 의식과 그 거대한 정신 체계는 맞물려 있어요."

"그렇다면 그 거대한 존재가 객관적 절대자는 아닌가요?"

"절대자이지요. 하지만 절대자는 나를 떠나 외부에 따로 존재하는 것이 아니오. 가령 세계를 창조하고 인간을 창조한 그런 절대자가 아니란 말이지요."

"신이 아니란 말인가요?"

"신이지요. 다만 나와 연결되어 있는 신, 나도 될 수 있는 신이란 말입니다."

"인간이 신이 될 수 있다구요?"

"그렇소. 신의 본모습은 인간이오. 신이 자신의 모습을 본떠 인간을 만든 것이 아니고, 인간이 자신의 신비 체험으로 신을 만들어낸 것이지요. 인간은 종교에서 말하듯 그렇게 하등한 존재가 아니오. 그 자신이 절대자도 될 수 있고 신도 될 수 있는 불가사의한 존재이지요. 다만 육체를 떠나지 못하고 본능의 세계에 붙들려 있을 뿐이지요."

잠시 생각에 잠겼던 기디온이 다시 물었다.

"그런데 아까 거대한 존재 앞으로 불쑥 나아간다고 했는데 그 거대한 존재는 객관적 실체가 아닙니까?"

"본인의 의식 체계 안에 있는 세계이기도 하고, 객관적 실체이기도 하지요."

"이해하기가 어렵군요."

"사람들은 시인이 시를 쓸 때 보통 상상력을 동원하여 시를 쓴다고 생각합니다. 그러나 어떤 시에는 시인의 체험이 들어가 있지요. 니체의 시 〈눈동자〉에는 이런 구절이 있어요. '나는 느낀다. 나의 등 뒤에서 거대한 눈동자가 나를 보고 있다는 것을.' 사람들은 이 시를 그냥 아무렇지 않게 읽어갈 것입니다. 시인이 상상력을 동원하여 쓴 시라고 생각하며 말이오. 그러나 이 시는 니체가 직접 겪은 내용을 담은 것이오. 니체는 어느 날 밤 무슨 생각엔가 잠겨 있다가 바로 등 뒤에서 누군가가 자신을 무섭게 노려보고 있는 것을 느꼈어요. 극도의 공포에 사로잡혀 뒤를 돌아보면 아무도 없지만 바로 등 뒤에서 자기를 보고 있었던 그 눈동자를 잊지 못했던 것이지요."

　"니체가 그런 것을 경험했다고 어떻게 확신하지요?"

　기디온이 묻자 사도광탄은 기다리고 있기라도 한 듯 망설임 없이 대답했다.

　"내가 경험했으니까."

　"으음……."

　기디온의 입에서 신음이 새어나왔다. 결사에 가입하고 처음으로 회의가 왔다. 이제껏 살아오면서 누군가의 체험에서 우러나온 설명을 이해하지 못하리라고 생각해본 적은 없었다.

　그러나 지금 이 사람이 절실하게 설명하는 것을 자신은 이해하지 못하고 있지 않은가. 그럼에도 자신이 모든 것을 심판하겠다고 나선 것은 오류가 아닌가 하는 심한 자괴감이 느껴졌다. 잘못하면 중세의 종교재판의 오류를 자신이 범할 수도 있다는 두려움마저 생겨났다.

그러나 여기서 멈출 수는 없는 일이었다. 기디온은 물러서지 않았다.

"어떤 사람들이 그런 것을 경험하지요?"

"모든 사람에게 가능하지만 지속이 되는 것은 아까 얘기했듯이 단계를 거친 수도자이지요."

"보통 사람이 이 단계에 올라서면 어떻게 됩니까?"

"선지식이 없이 이 단계로 나가면 보통 혼이 빠지지요. 미쳐버리는 것입니다."

"단계를 거친 수도자는요?"

"이 거대한 존재, 즉 절대자 앞으로 나아갔던 수도자는 극도의 외경심과 더불어 지극히 겸손해지지요. 기억으로만 간직하고 절대자를 모시는 것이 자신의 일이라고 생각하지요."

기디온은 사도광탄이 얘기하는 것이 바로 깊은 성직자의 단계라고 생각했다.

"그다음 단계도 있습니까?"

"있어요. 어떤 인간은 이 절대자와 자기가 다르지 않다고 느껴요. 자신이 절대자가 되어보겠다고 생각하지요. 이것은 욕심 때문이 아니고 깨달음이 이끌어가는 자연스러운 과정입니다. 물이 위에서 아래로 흐르듯이 깨달음은 아래에서 위로 자연스럽게 진행되어 나가기 때문이지요. 사실 이 단계에서는 멈추는 것이 더 낫겠지만……."

사도광탄은 도중에 천천히 고개를 저었다. 기디온은 사도광탄의 얼굴에 희미하게 나타나는 안타까운 표정을 놓치지 않았다.

"어째서 멈추는 게 낫다는 얘기지요?"

"도저히 그 단계에 이를 수가 없어요."

"아무도 헤어나올 수 없나요?"

"그 길고 긴 인류의 역사를 통틀어도 이 단계를 넘어서는 인간은 손으로 헤아릴 정도이지요."

"그 단계를 넘어서면 어떻게 되는지 정말 궁금하군요. 절대자의 세계가 말입니다."

기디온의 물음은 이미 가톨릭의 계율을 어기는 것이었다. 종교의 세계에는 단 한 사람의 절대자만 있는 것이 아니던가.

"아까 얘기했던 육체가 더 이상 방해가 되지 않아요."

"그 단계에 오른 사람들은 누구인가요?"

"석가모니를 예로 들 수 있겠군요. 그는 깨닫기 직전 수없는 나찰들의 유혹을 받았어요. 그러나 강한 정신력으로 결국은 이겨내고야 말았지요. 예수도 광야에서 40일간을 방황하며 마귀와 싸워 미치기 직전까지 갔었지요. 그러나 그 역시 강인한 정신력으로 이겨냈어요. 석가모니와 예수는 사람들 가운데로 뛰어들었기에 알려졌지만 이 단계에 다다른 대부분의 절대자들은 세상에 알려지지 않은 채 사라져버렸지요."

"아니, 그렇게 크게 깨달은 사람들이 알려지지도 않은 채 없어진단 말입니까?"

"전혀 이상한 일이 아닙니다. 그들은 크게 보지요. 탐욕과 술수가 난무하는 인간세계라 하더라도 그들에게는 자연의 범주 속에서 늘 일어나는 일로 보일 뿐이지요. 따라서 크게 깨우쳐줄 그 무엇도 없다고 생각하지요."

"깨닫고 나면 초능력이 생기지 않습니까? 병자도 고치고 죽었다가 다시 태어나기도 하고……."

"그런 능력을 발휘할 수도 있고 그렇지 않을 수도 있어요. 하지만 진정으로 깨달은 사람들은 그런 사소한 것들의 위에 있어요."

"무슨 말인지 이해가 되지 않는군요."

"석가모니는 깨우침을 얻은 후 각지를 돌며 설법을 했어요. 그의 설법을 들은 사람들에게는 수많은 이적이 일어났지요. 하지만 석가모니 자신은 어떤 기적도 행하지 않았어요."

"그러나 그리스도는 수많은 이적을 자신의 손으로 직접 행하지 않았습니까?"

"그 단계에서는 아무런 차이가 없어요."

단정적으로 얘기하는 사도광탄의 자연스런 표정을 보고 기디온은 다시 한번 자신의 신념이 흔들리는 것을 느꼈다. 자신이 해석한 가톨릭이란 무엇이었던가. 그

세계에 들어가 믿고 복종하고 그 대가로 영생을 누린다 했던가.

기디온의 가슴속에는 앞에 앉은 이 사람에 대한 두려움이 일었다.

"그러니까 그리스도만이 이 세상에서 유일하게 깨달은 분이 아니란 뜻이오?"

"그렇소."

과거에는 이런 답변을 듣는 순간 상대방은 이미 살아 있는 사람이 아니었다. 그러나 지금은 달랐다. 너무나 확고한 사도광탄의 체험적 설명은 이제까지 들어왔던 단편적 지식과는 판이하게 달랐다. 자신이 못 미치는 단계에 있는 이 사람이 가톨릭에 도전한다는 이유로 살해해야 한다니······.

기디온은 이제 은퇴할 때가 되었다는 생각을 했다. 암살자가 상대의 사정에 귀 기울이기 시작하면 때가 왔다는 신호다. 제거해야 할 상대의 이야기로부터 새로운 인식을 하게 된다면 더 이상 아무것도 할 수 없는 것이다.

"사도 선생은 전혀 새로운 세계에 눈을 뜨게 해주는군요."

기디온의 진심 어린 말에 사도광탄은 미소를 띠며 화답했다.

"얼굴에 원귀가 가득하니 사고를 조심하고 그들을 달래며 여생을 보내는 것이 좋겠소."

"그들이라니요?"

기디온이 놀란 얼굴로 물었다.

"글쎄, 본인이 모르면 누가 알겠소?"

"그럼 내가 누구인지 알고 있었단 말입니까?"

"작게 깨달은 자는 작게 보고 크게 깨달은 자는 크게 보지요. 관상을 보고 점을 치는 것은 작게 깨달은 자도 할 수 있는 일입니다. 내가 교황청에 파티마의 제3의 예언을 공개하라고 한 것은 더 큰 오류를 막자는 뜻이지 가톨릭에 흠을 내려는 것이 아니오."

기디온은 깜짝 놀랐다. 사도광탄에게서는 이해할 수 없는 불가사의한 힘이 느껴졌다.

기디온은 자신이 신봉해온 가톨릭도 세상의 많은 종교 가운데 하나라는 사실을 수긍하기 시작했다. 그리스도 역시 크게 깨달았던 세상 사람 중 하나일 뿐이라는 사도광탄의 얘기도 함께.

교황이 말하는 종교의 평등이란 이런 것이었던가. 이런 평화를 타 종교와 같이 누릴 수 있었단 말인가.

기디온은 사도광탄의 말 속에서 교황의 얘기와 동일한 메시지를 느꼈다. 내가 믿는 예수만큼이나 남이 믿는 석가도 존중해야 하지 않을까. 내가 가진 종교만큼이나 남이 가진 종교도 인정해야 하지 않을까. 교황은 바로 그것을 얘기하고 있는 것이 아닌가.

그러나 다음 순간 기디온은 고개를 세차게 흔들었다. 그럴 수는 없었다. 더 이상 망설여서는 안 된다. 결코 흔들려서는 안 된다. 그는 자신을 다잡았다. 지극히 위험한 이 인물, 가톨릭을 흔들어놓을지도 모를 이 인물을 반드시 이 세상에서 사라지게 해야 한다. 그건 피할 수 없는 이 사나이의 운명이라고 기디온은 생각했다.

기차가 다음 역에 닿자 기디온은 손을 내밀었다. 사도광탄은 그와 악수를 나누었다. 출입구를 향해 가는 그의 걸음이 불안했다. 그의 뒷모습을 바라보는 사도광탄의 눈길도 흔들리고 있었다.

우리가 잃어버린 것들

　합수머리의 강물은 푸른색으로 변해 있었다. 오랜만에 낚싯대를 드리운 사도광탄은 한들거리는 찌를 바라보며 모처럼 평화를 맛보았다. 이지영은 찌개를 끓이느라 분주하게 움직이고 있었다.

　"자네, 제천에 내려온 지 열흘이나 되도록 연락조차 않다니 섭섭하네."

　"기거할 데부터 마련하느라 그랬네."

　"그래, 과수원 움막이 내 집보다 편하단 말이지."

　"때로는."

　"제기랄, 집사람이 끓일 땐 쉬워 보이더니 이것도 품이 많이 드는데."

　재미인지 불평인지 모를 소리를 중얼거리는 이지영을 보자 옛날의 어느 한때가 떠올랐다.

　지영과 선주, 그리고 몇몇 친구들과 함께 한탄강으로 야유회를 간 적이 있었다. 그때에도 모두 즐겁고 홀가분한 마음으로 떠들었다. 선주가 끓인 찌개를 지영이

덜어내다 뜨거워 쏟아버렸던 일, 맨발로 놀다 유리 조각에 찔린 선주를 등에 업고 오던 기억들이 파노라마처럼 스쳐 지나갔다.

"남의 등에 업히면 결혼해야 한대."

이 한마디에 힘든 줄도 모르고 버스 안까지 선주를 업고 갔던 기억이 떠올라 사도광탄은 희미한 미소를 지었다. 자신에게도 그런 그림 같은 시절이 있었던가.

찌개가 맛있게 끓었다.

"한잔해."

이지영은 소주병을 기울여 술을 따랐다. 말없는 가운데 몇 번 잔이 오고 갔다.

"선주 말이야……."

"……."

"무척 불행했던가 봐."

"……."

"유학 가서 결혼한 미국인 교수가 좋지 못했던 모양이야. 지금은 이혼하고 혼자 지낸다더군."

"그만하게."

사도광탄은 술잔을 기울였다. 그러나 이지영은 기어코 한마디를 더 했다.

"몇 번이나 자살을 기도했던 모양이야. 기댈 데도, 위로받을 사람도 없는 그 낯선 나라에서……. 가톨릭에 의지해서 살았나 봐. 자살 기도를 했을 때도 신부와 수녀에 의해 목숨을 건졌다더군."

"성모 마리아가 고맙군."

"이해할 수 없네. 그토록 기독교를 매도하던 자네가 마리아에게 고맙다니."

"나는 기독교의 그 오만하고 독선적인 해석과 타 종교와 문화에 대한 무조건적 부정과 공격성을 탓할 뿐이야. 특히 기독교에 기생하여 권력과 부를 누리며 민족 문화를 마구 짓밟는 자들을 경고하는 거지. 올바른 기독교에 대해서는 나도 무척 존경하고 있네. 그래서 나는 교황청에 그 올바른 기독교의 모습을 드러내라는 의미에서 마리아의 예언을 공개하라고 촉구하는 거네."

이지영이 고개를 끄덕였다.

날이 어두워지면서 두 사람은 낚싯대를 거두었다. 술병도 비어 있었다. 이지영은 과수원 앞에서 사도광탄을 내려주었다.

"식사는 집에 와서 하게."

"생각나면 가지."

자동차가 떠나자 사도광탄은 낚시 가방을 어깨에 둘러메었다. 사과나무 사이로 난 길을 한 걸음 한 걸음 내딛는 걸음이 흥겨웠다. 하늘에는 어느새 보름달이 휘영청 떠 있었다.

'보름달이 뜨는 밤에는 사람들이 미친다고.'

문득 수아의 얼굴이 떠올랐다. 그 아이가 보고 싶었다. 그녀에게는 저 보름달조차 과학적으로 설명을 해주어야 받아들이겠지.

'미국의 과학자들이 보름달이 뜨는 밤에 범죄가 발생하는 빈도를 조사했더니 평일보다 훨씬 많다는 통계를 얻었다더라.'

까다로운 녀석, 그러나 귀여운 녀석.

사도광탄은 소리 내어 웃었다. 결혼을 해서 아이가 있다면 녀석처럼 밝은 성격일까. 사도광탄은 인서라는 이름을 떠올려보았다. 갑자기 아이가 있었으면 하는 생각이 간절했다. 만약 아이를 갖게 된다면 꼭 지어주고 싶었던 이름이 있었다. 인서(仁恕)였다. 동양 유교 정신의 핵인 인(仁)과 서양 기독교 정신의 핵인 서(恕)의 두 자를 합한 이름. 그럼 사도인서가 되는가? 그는 허허롭게 웃었다. 그 아이에게 어질게 용서하며 사는 법을 가르쳐주고 싶었는데…….

얼굴을 스치는 바람을 타고 향긋한 내음이 코에 스며들었다. 보름달은 등 뒤에 떠 있었다. 서늘한 달빛 속에 생겨난 자신의 그림자를 밟았다. 어린 시절 아버지의 손을 잡고 서낭당 고개를 넘어가던 생각이 났다. 아버지는 돌을 하나 주우라 했다.

'소원을 빌면서 던지거라.'

이제는 가고 없는 시절이다. 상실한 것은 시간만이 아니다. 풍습도 없어졌다. 서낭당도, 던지던 돌도 이제는 모두 없어져버렸다. 서낭당이 마귀라고. 제사 빼고 굿 빼고 산신령 빼고, 마귀란 것들 다 빼고 나면 한국 문화는 뭐가 남는가.

사도광탄은 돌멩이 하나를 주웠다. 서낭당 대신 사과나무 위로 돌멩이를 던졌다. 달빛을 받고 포물선을 그리며 날아가는 돌멩이를 보는 사도광탄의 시선에 외로움이 짙게 배어 있었다.

나는 시간 속 어디에 있는가

사도광탄은 보름달에 비치는 그림자가 하나 더 늘어
난 것을 보았다. 긴 그림자였다.

사도광탄은 직감적으로 그가 누구라는 것을 알아차렸
다. 사도광탄은 걸음을 멈추었다. 그림자 역시 멈추었
다.

사도광탄은 천천히 몸을 돌렸다. 짐작대로 창백한 얼
굴빛을 한 기디온이 서 있었다.

사도광탄은 고개를 들어 하늘을 보았다. 차가운 달빛
이 얼굴에 쏟아져 내렸다. 사도광탄은 눈에 힘을 모아
별을 찾으려 했다. 어린 시절 하늘을 보면 언제나 찾아
지던 그 별들이 오늘 밤은 좀처럼 보이지 않았다.

'엄마, 사람은 죽으면 뭐가 돼?'

'죽으면 별이 되지.'

'별?'

'그래, 저 어두운 하늘에 빛나는 별이 되는 거야.'

가난한 어린 시절이었다. 농사는 늘 시원치 않았고 뭐

든지 뜻대로 할 수 있는 게 없었다. 그러나 자연이 있었다.

삶이 견딜 수 없는 무게로 짓누를 때 사도광탄은 늘 강으로 나갔다. 거기엔 바람이 있었고 물결이 있었다. 낚싯대를 던지고 한없이 출렁이는 물결을 보면서 사도광탄은 세상을 생각하곤 했다.

온화한 미소를 띠고 자신을 바라보고 있는 사도광탄을 기디온은 두려움으로 지켜보고 있었다. 기디온은 망설였다. 한 번도 자신이 행하는 이 일에 회의를 가져본 적이 없었다. 그러나 이번엔 달랐다. 이건 아니었다. 이 사람은 감히 자신이 심판할 상대가 아니었다. 그러나……

장례식은 초라했다. 상여는 합수머리 강변을 따라 주천강을 거슬러 올라갔다. 이지영과 서 원장, 조 교수, 그리고 변 교수만이 상여 뒤를 따랐다.

사도광탄을 떠나보낸 뒤 쓸쓸한 심정으로 돌아온 이지영은 사도광탄의 거처였던 움막을 찾았다. 편지 한 통이 남아 있었다.

수아에게
언젠가 너는 내가 누구인지 물었었지.
어디서 와서 무엇을 하고 살았는지 오늘은 그 얘기를 좀 하려 한다.

나는 시골에서 태어나 어린 시절을 가난하게 보냈다. 대학에 들어가기 전까지는 그냥 평범한 시골 아이에 불과했지. 가난했던 아버님은 그래도 외아들인 내가 대학에 들어가기를 간절히 바라셨다.

대학에 들어가니 모든 것이 새로웠다. 여유 있고 깊이 있어 보이는 학우들 사이에서 나의 모습은 아마 초라하고 왜소해 보였겠지. 허약한 촌뜨기. 그러나 나는 자신이 있었어. 내 인생을 내 손으로 개척한다는 생각에 들떠 있었다.

내가 대학에 다니던 시절은 독재에 반대하는 학생운동이 대단했단다. 학교는 공부보다는 투쟁의 장소였지. 그러나 나는 데모에 나서지 않았다. 나는 무슨 행동을 하기 전에 먼저 완전하게 세상을 보는 통일된 시각을 갖고 싶었다.

학우들이 끌려가는 것을 볼 때마다 고통스러웠고 지금 하고 있는 이 공부가 과연 옳은가 하는 회의도 들었지만 나는 묵묵히 책을 읽었다.

사회과학, 철학, 인문학, 문학, 물리학, 수학, 생화학, 천문학, 심지어는 관상학과 방중술까지도 당시의 내게는 모두가 우선적으로 싸워야 할 대상이었다. 물론 종교도 예외가 아니었다. 힌두교, 불교, 조로아스터교, 기독교, 이슬람교, 그리스정교, 유교, 도교 하나하나의 종교에 나는 사제보다도 더 심취했단다.

그러기를 3년. 나는 드디어 책을 던져버렸다. 마침내

세상이 보이기 시작했고, 어느 교수에게서도 더 이상 깊이를 느낄 수 없었다. 수입한 사상에 반드시 수반되어야 할 사색이 없이 일차원에 머무르는 그들이 답답하게 보이기만 했다.

나는 그 후로 사색을 시작했단다. 이 세상에 운위되고 있는 모든 개념과 원리를 나는 철저하게 의심하고 덤벼들었다. 가령 모두가 나쁘다고 생각하는 것은 과연 나쁜가. 강도, 절도 따위는 말할 것도 없고 살인조차도 내 사색의 범위를 벗어날 수는 없었다.

어떤 살인은 극악이지만 어떤 살인은 찬양받지. 나는 결국 이 세상에 그 자체로서 나쁜 것은 없다는 결론에 도달했단다. 인간은 자신이 존재하는 공간에 의해 한계지워질 수밖에 없는 운명의 소유자라는 결론은 나를 슬프게 했다. 모든 것이 상대적이라면 도대체 어떤 것을 의미 있다 하고 어떤 것을 무의미하다 할 것인가.

나는 파계승처럼 이 세상의 모든 것을 무시하고, 허무주의에 빠져 되는 대로 살다가 군에 입대했다. 거기에서 광주사태를 맞은 나는 전 부대원이 집결했을 때홀로 단상에 올라가 군부독재를 규탄했지. 그것은 사회에 대한 애정 때문이기보다는 허무할 수밖에 없는 인간이라는 존재에 대한 분노 때문이었을 것이다.

나는 말로는 표현할 수 없는 잔혹한 고문을 받았다. 그러나 생에 대한 애착이 없었던 당시의 나는 그런 혹독한 고문조차 조롱했다. 나는 내 육체를 끝없이 학대

함으로써 이 세상에 보복하고 싶었으니까.

나는 죽기를 바랐지만 그들은 나를 죽이지 못했다. 결국 나는 정신병자로 석방되었지.

아, 참으로 인간은 이상한 존재이다. 그때 나는 하나의 가능성을 보았다. 인간의 길 위에 있는 또 하나의 길. 고문과 쾌락이 전혀 다를 게 없는 경지. 어쩌면 그 경지에 다다를 수 있을 거라는 생각이 전광석화처럼 뇌리를 스쳤다.

그 후 나는 산으로 들어갔단다. 혼자 산속에서 끝없는 정신의 경지를 구했다. 불행하게도 나는 정신적 스승을 만나지 못했다. 하지만 나는 인간이란 진정 위대한 존재라는 사실을 깨달았다. 허무 위에는 성실한 인간의 조화로운 평화가 있었고, 그 위에는 자연과 통하는 길이 있었다.

어느 늦은 봄날. 개나리 꽃잎이 떨어지면서 내게 '내년에 또 올게요. 세상은 아름다웠어요' 하는 소리를 나는 분명히 들었다. 나는 혼신의 기를 모아 최고의 깨달음에 이르기 위해 명상에 들어갔다. 시간이 얼마나 흘렀는지 모르지만 나는 온갖 단계를 겪으며 결국은 마지막 경지에 올라섰다.

그러나 불행히도 나는 최고의 깨달음 직전에는 반드시 머리에 마(魔)가 침입한다는 사실까지는 알지 못했단다. 깨달음의 막바지에서 모든 기를 쏟아부었기 때문에 몸과 마음이 허할 대로 허해져 있을 때, 마는 도저히 견뎌낼 수 없는 형태로 침입하는 법인 것을…….

이미 모든 정신력이 진리의 피안에 가 있던 나였기에 정신의 어느 한편을 타고 들어오는 마를 방어할 수 없었다. 필경에 최고의 경지에 도달했다는 기억만을 가진 채 나는 미쳐버리고 말았지.

당시 나는 최고의 희열과 최고의 공포 속을 헤치고 지나가다 어느 순간 돌아가야 한다는 것을 깨달았지만 이미 때가 늦었다. 일단 그 단계에 올라서면 뒤돌아설 수가 없다. 그래서 절반의 절대자란 없고 오직 광인이 있을 따름이란다.

마는 바깥에 있는 것이 아니라 자신의 마음에 잠재되어 있는 기운이란다. 흔히 심마(心魔)라고 하는데 평소에 이것은 본능에 가려 있기도 하고, 수많은 종류의 관념들이 머리에 존재하고 있는 탓에 별로 느껴지지 않지. 그러나 어떤 생각에 깊이 몰두하여 기가 몹시 허해졌을 때 인간의 육체적 힘으로부터 벗어나 정신에 침입하는 것이 곧 마란다.

아무튼 이후 나를 보호한 것은 우리나라의 역사와 문화였다. 인간은 기가 뭉쳐진 존재이기 때문에 자신이 태어난 땅과 일체이다. 그 가파른 구도의 길에서 절대자로 나아가기 직전 실패한 나를 이 땅은 부드럽게 어루만져주었다.

나는 마침내 어머니인 이 땅으로 돌아온 것이다. 그제야 이 땅과 이 땅의 사람에 대한 애정이 생기더구나.

애정을 갖고 바라본 이 땅의 역사와 문화는 참으로 가슴 아팠단다.

어느 정도 몸을 회복한 후 한반도를 살피니 기는 꽉 막혀 있고 민족문화는 피폐해져 있었다. 다행히 21세기에는 천기가 되돌아오는 형세라 나는 그 단초를 기다렸다.

중앙청 석주가 드러나고 일본에 있는 토우가 힘을 발하면서 겨레의 운명에 서광이 비치기 시작했으나, 하늘은 우리에게 숙제를 내주었다. 지금 우리 겨레에게는 진지한 고민이 필요하단다.

수아, 무엇보다도 중요한 것은 잃어버린 역사를 찾는 일이다. 인간은 결코 혼자의 힘만으로는 완전해지지 않아. 개인의 행복이란 것도 결국은 역사와 문화 속에서 찾아진다는 것을 잘 알겠지. 그래서 나는 단군을 찾아나선 것이다.

이제 그 일이 너에게로, 아니 이 땅의 모든 젊은이에게로 넘어갔구나. 비운의 세기를 당하여 잃어버렸던 겨레의 시조 단군을 되찾는 날 천기는 우리에게로 돌아올 것이다.

수아야, 놀라지 마라.

네가 이 글을 읽고 있을 때쯤이면 나는 이 세상 사람이 아닐 것이다. 나는 마지막으로 이 민족, 이 땅을 위해 무엇을 할 수 있을까를 생각했다.

깊은 사색 끝에 나는 이 길을 택하기로 했다.

피해 갈 수도 있는 길이지만 나는 그러지 않을 작정이다.

그러니 슬퍼하지 마라.

내 죽음은 이 겨레의 앞날에 음덕이 될 것이다.

잘 있거라. 비록 몸은 헤어지지만 정신은 언제나 함께할 것이다.

이제 나는 이 땅을 살다 간 모든 혼백들과 함께 영계에서 너희 젊은이들을 지켜보고 있을 작정이란다.

안녕.

〈끝〉